El leviatán

Primera edición: junio de 2022
Título original: *The Leviathan*

Diseño de cubierta: David Mann
Corrección: Raquel Bahamonde e Isabel Mestre

Publicado por Ático de los Libros
C/ Aragó, n.º 287, 2.º 1.ª
08009, Barcelona
info@aticodeloslibros.com
www.aticodeloslibros.com

ISBN: 978-84-18217-65-4
THEMA: FV
Depósito Legal: B 9461-2022
Preimpresión: Taller de los Libros
Impresión y encuadernación: Liberdúplex
Impreso en España – *Printed in Spain*

El leviatán

Rosie Andrews

Traducción de
Aitana Vega

Para Hugh Rooney

El infierno es la verdad vista demasiado tarde.

Thomas Hobbes, *Leviatán* (1651)

Pon tu mano sobre él; te acordarás de la batalla, y nunca más lo volverás a hacer.
He aquí que la esperanza acerca de él será burlada, porque aun a su sola vista se desmayarán.

Job, 41, 8-9

Parte I

1

24 de marzo de 1703

En un lugar alejado del mar

Está despierta.

Y tengo que recordarme cómo empezó todo.

El final de todas las cosas. Era un tiempo de brujas, un tiempo de santos. Un tiempo en el que los conejos cazaban zorros, los niños nacían sin cabeza y los reyes perdían la suya en el cadalso. El mundo estaba del revés, o eso decían algunos. «Llora, Inglaterra, llora», gritaban los periódicos, y los poetas y filósofos, que temían por sus propios pescuezos, aplazaban sus poemas y filosofías, o los encarcelaban en la prisión del latín y del impenetrable griego, para exhumarlos en una fecha más ilustrada.

Ahora, menos de cien años después de que los hombres y la magia empezaran a distanciarse, caminamos por una nueva tierra. Nos hemos vuelto razonables, y nos adherimos a nuestras certezas como una vez nos adherimos a los monarcas. Ahora, las historias enterradas se desestiman al considerarlas cuentos de viejas, exageraciones y falsedades. Sin embargo, todavía burbujean entre las grietas, se aferran a la luz y se niegan a sumirse en la oscuridad.

Las palabras que se almacenan durante demasiado tiempo adquieren cualidades extrañas. A la tenue luz de mi pequeño estudio, que nunca está lo bastante iluminado, las escribo con tinta negra y sincera, pero ya han pasado su punto álgido. La cera de la vela se agota, pero siguen llegando, y la pluma se desliza por la página como si lo hiciera por voluntad propia.

No obstante, mi intención era recordarlo. Me levanto y camino hasta la librería; giro la llave y abro la puerta con celosía. El estante se encuentra cerca de la ventana, que mantengo ligeramente abierta a pesar del frío. Entra una corriente de aire, afilada como unos colmillos, que arrastra el frío nocturno de finales de invierno y desprende de los libros los olores que han caminado a mi lado desde la infancia: vitela, cola de cuero, resina y hueso de sepia, esparcidos por las páginas finas como la seda.

Mas no es un libro lo que saco de las estanterías, sino una cartera de piel de becerro, de la que sacudo las telas de araña abandonadas hace tiempo y una gruesa capa de polvo. La cartera alberga muchos trozos de pergamino, cartas, panfletos y otras bagatelas acumuladas a lo largo de los años. Aquí se encuentran un boceto de los ejércitos en la batalla de Edgehill y una receta de vino de cereza que creía perdida.

Ahí. Escondido entre tanta baratija, apartado de la vista y de la memoria, está el objeto buscado. Pongo la mano sobre él, pero me detengo un instante; mi intención vacila. Tal vez sea un viejo tonto que debería saber que no hay que desenterrar lo que está enterrado. Aun así, me lo llevo al escritorio.

La caligrafía, perteneciente a mi padre, es sobria, y la frugalidad se refleja en las palabras densamente colocadas. No todas son legibles; el resultado inevitable de doblar y desdoblar el papel en repetidas ocasiones, o de los daños causados por el agua, tal vez. Se trata de un testimonio, una declaración, con fecha del 16 de agosto de 1628. Los testigos fueron mi padre y su pariente, John Milton. Aquí, pues, fue donde empezó todo.

Habíamos llegado tarde. El Guldern llevaba navegando cinco miserables meses. Habíamos perdido al convoy semanas antes. Las olas y los vendavales actuaban en nuestra contra, por lo que los hombres menos experimentados gemían de angustia y vaciaban el contenido de sus estómagos por el costado del barco. Se trataba del estrecho de Kattegat, frente a la costa de Anholt, en Dinamarca, a finales de invierno, con cielos oscuros, angosto y traicionero, lleno de arrecifes y bancos de arena, tan poco profundo...

En un rato, llega Mary. Se inclina y lee. Las líneas de preocupación entre sus cejas plateadas son profundas, pero, cuando miro su mano sobre mi hombro, las arrugas y las manchas de la edad se desvanecen en la penumbra. Sé que somos afortunados, si no de los más afortunados, por haber vivido tanto tiempo y en relativa felicidad. Le pregunto si ha cambiado algo desde la cena. Me dice que no mientras mira al techo; todo está igual que antes. Sin embargo, el sutil temblor de su mano, que sigue apoyada en mi hombro, desmiente sus palabras.

Me pregunta si quiero echar más carbón a las brasas, pero en estos días no podemos permitirnos el lujo de encender el fuego. Con todo, la habitación está fría. Mi aliento nubla la luz de las velas y la baja temperatura se cuela bajo mis pantalones. Me coloco sobre las rodillas artríticas una manta de lana que una vez perteneció a mi padre. Mary me pregunta cuánto tiempo pienso escribir. Miento y le digo que tal vez media hora más. Detesta que fuerce los ojos y me regaña, así que le digo que no los estoy forzando, sino ejercitando, para apreciar mejor su belleza. Se ríe, un sonido suave como una pluma, y se va, sin prisa y con la misma determinación de siempre, llevándose toda la certeza con ella. Solo, vuelvo a donde dejé la historia.

Ahora mis pasos iban cuesta abajo; el barco estaba muy inclinado. Las riquezas, el tesoro, el botín de repente no eran más que fuegos fatuos, fantasmas. Allí había algo más, algo que respiraba y gemía, algo todavía vivo. Tanteé como un ciego. Con el arma en la mano derecha, di otro paso adelante.

Me reclino hacia atrás y me froto los ojos para agudizar mi vista dispersa. Es solo una distracción de lo que sé que debo hacer y de la verdad instalada en la boca del estómago, agazapada allí desde el amanecer, cuando Mary bajó las escaleras con las mejillas tan pálidas como el vellón de un cordero bajo el pelo alborotado y pronunció las palabras que, hacía mucho tiempo, sabía que oiría:

Está despierta.

2

27 de diciembre de 1643

North Norfolk

Queridísimo hermano:

Mi corazón aleteó cuando recibí tu última carta. Me he desollado las rodillas hasta los huesos suplicándole a Dios que no sufrieras ningún daño. Descubrir que estarías en la vanguardia de la lucha me pesó tanto que soy incapaz de describir la agitación de mis pensamientos. Por fortuna, mis oraciones han sido escuchadas, y la noticia de que estás a salvo ha sido el mayor regalo que el Señor hubiera podido conceder a nuestra pequeña familia. Me indica que estamos realmente bendecidos por Dios. Por ello, sé que el Parlamento prevalecerá.

No obstante, ahora que el peligro ha pasado, o eso me dice padre, pues yo soy ignorante de estas cosas, debo admitir lo que no he confesado hasta ahora. Las cosas no han ido del todo bien en casa. Te ruego que regreses a nuestro lado tan pronto como te sea posible. Por favor, no te retrases por ningún motivo.

No voy a contarte ahora toda la historia. Es larga, y temo que te resulte inverosímil al leerla a la luz del día. Pero yo te escribo en las sombras, alumbrada por la llama de una vela, mientras las manos me tiemblan, como bien notarás en la dificultad que encuentro a la hora de formar estas letras, porque nuestro hogar sufre el ataque de un mal inmenso e impío.

Esta perversión rodea a la ramera Chrissa Moore. Recordarás que apareció en abril, sin reputación ni un apellido respetable. Te juro, Thomas, que esa muchacha está atrayendo a nuestro padre cada vez más hacia sus corrupciones. Hay ocasiones en las que creo que está fascinado por ella, cuando no me escucha. Temo por su seguridad y por su alma. Se encuentra indefenso. Ella es Babilonia, hermano, la abominación de la Tierra.

El Éxodo es claro: «A la hechicera no dejarás que viva». Dado que esta es la palabra de Dios, debo actuar. El asunto no puede demorarse. Espero que, para el momento de tu regreso, nuestro hogar haya recuperado la paz. Sin embargo, si la bruja triunfa sobre mis pocas fuerzas, en caso de que Dios no considere oportuno prestarme más, tal vez encuentre en ti a un enemigo más poderoso. No le falles a Dios, ni a mí. Por favor, regresa a casa lo antes posible.

Que Dios bendiga siempre al rey, y que el ejército al mando de Cromwell logre liberarlo de los malos consejos de los papistas.

Que Dios te bendiga.
Tu amada hermana,
Esther

Doblé la carta y me la volví a guardar en el jubón. Solo la había sacado para recordarme su contenido y descubrí que, bajo la luz mortecina, mientras mi cuerpo subía y bajaba con el trote del caballo, me arrepentía de haberlo hecho, ya que apenas conseguía leer los temblorosos trazos de mi hermana. Recordé todas las ocasiones en las que Esther me había pedido ayuda en sus cartas, y sentí una aguda punzada de vergüenza.

Estaba histérica, era evidente. Resultaba natural, tras pasar todo este tiempo atrapada en la granja, con solo dieciséis años. Una mujer joven, sobre todo una con su imaginación y su humor melancólico, necesitaba amigos, personas con las que reírse y que equilibraran su tendencia al pensamiento excesivamente ansioso. Nuestra finca estaba demasiado aislada, enterrada en su propio valle poco profundo, rodeada tan solo por unas cuantas aldeas. No tenía una madre que le enseñara y la guiara. Aparte de padre, los demás habitantes de la casa eran sirvientes. Esa joven, Chrissa, a la que yo no conocía, y Joan, nuestra otra criada. Joan era una chica honesta y amable, pero tonta e inconstante como un cabritillo. Decidí hablar con padre para buscarle una compañera a mi hermana, alguien de su edad que la rescatase de sí misma.

A Chrissa Moore apenas le dediqué un pensamiento. Aunque padre rara vez aceptaba nuevos sirvientes y, de haber prestado más atención, me habría extrañado que hubiera contratado a una mujer sin referencias, otros asuntos me preocupaban. Estaba herido; arrastraba una lesión desde Newbury que no había cicatrizado, y cada trompicón del caballo me producía una nueva punzada de dolor cerca de la ingle que me llenaba la mente de imágenes no deseadas. El astil serrado de la pica de mi enemigo al golpear con una fuerza demoledora, mi intento desesperado por alejarme, la cara asustada del otro hombre y, luego, el momento de conmoción cuando la punta de acero me atravesó la cara interna del muslo. Había matado al hombre, pero había pagado un precio muy alto.

Se acercaba el anochecer y hacía mucho frío. Pasábamos por All Saints, cerca de Scottow, y el cielo empezaba a oscurecerse. El pórtico de piedra de la iglesia lucía acogedor, pero estaría cerrado para evitar a los bandidos. Vivíamos días turbulentos. No encontraríamos refugio allí.

—Vamos, Ben —dije.

El caballo relinchó, con la aparente certeza de que pronto llegaría la hora de comer y de entrar en un establo caliente, pero no había tabernas ni cantinas en los alrededores y, de todos modos, no me pareció que valiera la pena asestar otro golpe casi mortal a mi escaso monedero y buscar alojamiento para otra noche. No cuando estaba tan cerca de mi destino.

De modo que seguí cabalgando y fantaseé con mi bienvenida. Contemplé en mi mente lo que esperaba observar en la realidad: el rostro de padre al verme y sus grandes manos rodeando las mías. Estaría orgulloso de que hubiera demostrado mi valía. Me trataría como a un hombre, no como a un muchacho.

Era Navidad. Me había perdido el día en cuestión, pero la casa seguiría manteniendo su ambiente acogedor y alegre, con un fuego en el hogar, tal vez un pastel de pavo o de cabeza de jabalí, lo que fuera que padre hubiera conseguido para una sencilla celebración del nacimiento de Cristo. No habría púdines de ciruela, ni caballitos de juguete, ni coronas de acebo y laurel colgadas del techo, pues padre, aunque sostenía que no nos correspondía juzgar a quienes seguían las viejas costumbres en sus propias casas, afirmaba que tales demostraciones eran libertinas. Con todo, habría cuentos invernales, sidra caliente y regalos modestos para Esther y para mí el día de Año Nuevo; un par de guantes o una oración impresa. Por las noches, padre asaría manzanas y nos leería el Apocalipsis con su voz profunda y fuerte.

Ante esas imágenes, algo renació dentro de mí, algo lo bastante fuerte como para robarme el aliento, una esperanza intensa y resucitada. La esperanza de que, una vez en casa, se me perdonarían los errores del pasado, en los que no quería pensar, pero que seguían allí, agazapados de manera traicionera en los rincones de mi mente, y todo volvería a ser como antes.

Por encima de todo, pensé en la paz, aunque solo pudiera ser temporal. Si algo me habían enseñado mis viajes, era que aquella era una tierra sumida en el caos. Qué pocos habían sido los momentos, en el camino hacia el norte, en los que no había mirado por encima del hombro en busca de vagabundos o conocido la posición exacta de mi espada. Cómo me había azotado el viento del oeste y se había reído de la insuficiencia de mi capa y mi sombrero. Ansiaba abandonar mis cargas y hundirme en la comodidad de mi propia cama, lejos de los gruñidos y las ventosidades de otros hombres, ajeno a los gritos guturales de la batalla, a salvo tras nuestras paredes encaladas.

Para entonces, la carta de mi hermana yacía olvidada en el interior de mi jubón, aunque en algún recoveco de mi mente prevalecía una vaga intención de hablar con ella al respecto. Averiguaría qué desavenencias y celos habían agriado la situación entre ella y la chica Moore, tranquilizaría a Esther y le recordaría que era la señora de la casa, y que no tenía necesidad de participar en guerras mezquinas con los criados. Si la tal Chrissa resultaba ser en efecto una alborotadora, no sería difícil despedirla.

Antes, sin embargo, me lavaría. Una tetera de agua caliente, sábanas limpias, un exceso de turba en el fuego de color rojizo. Me pregunté si podría convencer a Esther para que cantase si le hablaba con especial dulzura. El recuerdo de su voz aguda y triste al emitir un canto como el de un zorzal en alguna ocasión pasada, un cumpleaños o una Navidad, me resultaba agridulce, pues sabía que padre desaprobaría la frivolidad de la música en aquellos días sagrados. Le di al caballo una palmada de ánimo en los cuartos traseros —«pronto descansarás, amigo mío»— y me enderecé el sombrero. Seguimos cabalgando.

Una hora después, me apoyé en el tronco de un fresno. Estaba demasiado oscuro para ver el árbol con claridad, pero sabía que era un fresno, y sabía cuál era; estaba a menos de cinco kilómetros de casa.

En algún lugar por encima de mi cabeza había una rama tan gruesa como la cintura de un hombre. De esa rama, durante el reinado del orondo rey Enrique, habían ahorcado a dos hombres por un asesinato que no habían cometido, o eso decía la leyenda, y con frecuencia se había informado sobre la presencia de sus dolientes espíritus gimiendo junto al tronco. Yo nunca los había oído. Me habían contado que también había por allí una piedra que ostentaba las marcas de las garras del diablo, y un pozo con aguas curativas, pero tampoco los había encontrado nunca, a pesar de haberlos buscado muchas veces, supongo que más bien para demostrarme a mí mismo que solo eran historias para los crédulos que por cualquier otra razón.

Entrecerré los ojos en la oscuridad. Las estrellas habían aligerado la noche, pero, en ese momento, unas gruesas nubes escondían la cara de la luna, y no habría visto pasar a un camello a quince centímetros de mi nariz. No había sido mi intención detenerme, pues conocía el camino como la palma de la mano, pero, desde que Ben había trastabillado y caído sobre las patas delanteras, el animal no había dejado de cojear, y, en ese momento, dudé de mí mismo. Ansiaba con desesperación las comodidades del hogar, pero, si el caballo se rompía un hueso, tendría que acabar con su sufrimiento, y Ben me gustaba.

Así que desmonté y solté a Ben en el campo mientras buscaba refugio bajo mi capa y el ralo follaje del fresno. Continuaría a la luz del día hasta volver a encontrarme en mis propias tierras.

Supongo que me compadecía de mí mismo mientras me acurrucaba en una fisura del antiguo tronco. Ben estaba arrancando hierba felizmente a unos tres metros de distancia, y a mí no me quedaba más por hacer que cerrar los ojos, pero la herida me palpitaba y, mientras me sacaba piedras afiladas de debajo de los calzones y cambiaba el peso sobre la dura corteza, supe que el sueño no me llegaría con facilidad. Me hizo pensar en la noche anterior a la última batalla, en Newbury. Tras una larga marcha, las fuerzas del rey habían llegado a la ciudad antes que nosotros. Cuando nos detuvimos para descansar durante unas pocas horas, maldijimos con violencia al darnos cuenta del lugar donde habíamos emplazado el campamento: en las llanuras a lo largo de la ribera del río, sin techos ni camas, y con escasez de víveres. No obstante, el miedo había sido peor que ninguna incomodidad material; un frío voraz en lo más profundo del vientre, un temblor que me afligía los miembros mientras escuchaba a quince mil hombres hablar sin cesar, consciente de que por la mañana nos enfrentaríamos al terror sobrecogedor de una carga de caballería y al aroma y a la calidez de las ráfagas de mosquetes, entretejidos con el ruido de la guerra, un estruendo que recordaba al fin del mundo.

Me estremecí bajo las ramas del árbol. Me di la vuelta y me coloqué el petate debajo de la cabeza. Pensar en la batalla no serviría de nada. No habíamos ganado, ni perdido, y, en ese momento, el ejército de Essex estaba instalado en Londres, mientras que el rey se había retirado a Oxford; lo que ocurriría después, nadie lo sabía.

Había que pensar en el futuro. La guerra no duraría para siempre, no podía durar para siempre. Incluso si yo sobrevivía y el rey o el Parlamento salían victoriosos, el resultado me preocuparía poco, ya que no tenía intención de quedarme en Inglaterra para verlo. En los meses transcurridos desde que había estallado la guerra, había visto a hombres derramar océanos de sangre en pos de sus derechos y prerrogativas. Cuánto dinero de su bolsillo se podía obligar a un hombre a entregar al rey, si la ley debía aplicarse por igual a un mendigo o a un señor, qué creencias tenían derecho a albergar un hombre o una mujer en su corazón... Todas esas cosas estaban en juego. En su desesperación por ser libres, los reformistas religiosos habían elegido la revolución.

Pero estaba cansado. De todo. Cansado de que los hombres se golpearan unos a otros en el suelo como si estuvieran sacrificando cerdos. Cansado de oír cómo se rompían los huesos y de ver cómo se ensuciaban mis compañeros, todo porque un puñado de hombres, lejos de la batalla, creía que Dios sabía quién estaba condenado y quién se salvaría, y otros lo ignoraban.

No obstante, había más de una forma de ser libre.

Esa misma noche, antes de Newbury, el capitán Jack Trelawney y yo habíamos intercambiado los nombres de nuestra gente. Era más veterano que yo en la compañía, y un poco mayor, pero, cuando éramos reclutas novatos, descubrimos que nos habíamos criado a poco más de treinta kilómetros de distancia, y nos hicimos amigos. Antes de la batalla, intercambiamos información con solemnidad, como extraños, aunque nos sentíamos más como hermanos tras haber compartido la misma tierra y la misma comida despreciable desde hacía más de un año. Lo hicimos con el entendimiento tácito de que, si lo peor llegase a ocurrirle a uno de los dos, el otro buscaría a quienes debían saberlo y les expondría un relato tan falso de los últimos momentos del fallecido como fuera necesario para evitarles un dolor más profundo.

Cuando terminamos, Jack se rascó la barba con frenesí. A la tenue luz de la hoguera, su rostro picado de viruelas tenía un aspecto diferente, más reflexivo.

—Cuando esto acabe… —comenzó—. Cuando esto acabe…

Tuve la sensación de que lo que iba a decir era importante, así que esperé.

—El Nuevo Mundo, Tom —anunció con una voz llena de esperanza, de algo nuevo—. Virginia, Maryland, Connecticut. Salen barcos todos los días de Plymouth. O lo hacían antes de la guerra. Solo necesitas el precio del pasaje y tu espada. Hay tierra, millones de acres de ella, y ningún desgraciado que te diga qué hacer. Cultivan tabaco y se llenan los bolsillos con las ganancias.

América.

Los pensamientos sobre aquel continente masivo, sus verdes extensiones, sus aguas claras, sus montañas sin escalar y sus costas inexploradas danzaron ante mis ojos como una quimera.

—¿La tierra no es de nadie? —pregunté, dudoso. La idea de un espacio tan vasto y, sin embargo, sin ley y sin Dios resultaba aterradora y embriagadora.

Jack negó con la cabeza.

—Es interminable, te digo. Al alcance de la mano. ¿Qué me dices?

Sorprendido, respondí:

—¿Yo?

—¿Por qué no? No tienes esposa ni hijos. Eres un hombre de provecho. Apestas como el trasero de un zorro y eres demasiado guapo para mi gusto, pero no tienes miedo a nada y eres capaz de mantenerte. ¿Qué te parece si nos reunimos cuando dejemos el ejército y buscamos pasaje en uno de esos barcos de los que te he hablado?

—Si seguimos vivos —apunté, y Jack soltó una risotada.

—Eso no puedo asegurarlo —dijo con tono severo—. Pero ¿lo pensarás?

—Lo haré.

Y lo hice. De alguna manera, después de todos los acontecimientos que siguieron, el dolor de la herida y la sensación de desánimo tras haber matado a otro hombre, mi aprensión inicial se disolvió y no pensé en nada más. Porque ¿qué me quedaba por temer después de aquello? En cuanto a la vida, Jack sobrevivió a la batalla, pero no se iría al Nuevo Mundo. Las escarcelas le habían resultado demasiado pesadas, entró en batalla sin ellas y una pica terminó por perforarle el muslo. La herida había sido grave, y pagó el impuesto al rey en forma de pierna, que le amputaron en Round Hill mientras Essex avanzaba. Generoso hasta la saciedad, cuando hablé con él insistió en que debía ir solo y dejar atrás todo lo que estaba podrido.

En aquel momento, estaba decidido a hacerlo. Solo tenía que superar la guerra, ganar suficiente dinero para el pasaje y encontrar un barco.

En la oscuridad, como si oyera mis pensamientos, Ben relinchó con inquietud.

Por la mañana, el caballo me acarició la cara con el hocico, como si quisiera que nos pusiéramos en marcha. Aparté sus aterciopeladas fosas nasales mientras palpaba sus dientes romos y marrones con los dedos.

—Quita, aliento de demonio.

Ben continuó expectante sobre mí, como una niñera, hasta que me incorporé, húmedo en todas las partes donde se había asentado el agua de la noche. Me froté los miembros helados mientras respiraba nubes de aire gélido. No había amanecido del todo, pero había dormido más de lo previsto.

Ben desayunó —la hierba de la iglesia, lo que probablemente podría considerarse un robo— mientras yo buscaba un arroyo que recordaba que discurría por aquellos lares. Cuando oí el goteo detrás de la nave, me acerqué, me arrodillé, ahuequé las palmas de las manos para recoger el agua y bebí. Hice una mueca de dolor cuando el frío me asaltó el paladar; no me había dado cuenta de que tenía las manos tan entumecidas. Una vez saciada la sed, me lavé la cara y las manos, y me obligué a pensar con bondad en los últimos kilómetros que me esperaban, como el posfacio de un largo viaje que, pronto, le describiría a mi padre.

Había algo que no encajaba en la imagen que tenía delante.

Observé los campos del lado suroeste de nuestra granja. Otras zonas de las tierras de padre estaban arrendadas, pero aquellos campos albergaban a los animales que criábamos nosotros mismos. Contemplé el paisaje y admiré la paleta de colores rojizos del suelo casi congelado, acosado por las largas sombras de los árboles y apenas tocado por un sol que se había levantado malhumorado en las dos horas transcurridas desde que había dejado Scottow, y que ya no se elevaría más aquel día. Sujeté las riendas de Ben mientras miraba por el hueco en los setos a los campos abiertos. Mis ojos captaron el problema antes de que mi mente lo comprendiera.

Era finales de diciembre. A padre le gustaba llevar al carnero con las ovejas temprano. Los animales deberían estar inmersos en una danza de apareamiento durante la cual no cesaban de correr, balar y montar. Un ritual burdo y sagrado a la vez, tan antiguo como el tiempo. Casi esperaba ver a padre subir por la colina entre la granja y el camino, con su mastín babeante y un saludo emocionado para su hijo.

Nada se movía. Una brisa incierta me agitó la capa y, en algún lugar cercano, un búho emitió unos suaves ululatos. Era tarde para que el ave estuviera de paseo.

¿Qué era lo que veía? La luz era tenue y escasa. Forcé la vista para distinguir algo que yacía en el suelo, a varios cientos de metros de distancia, un bulto pesado y blanco, y junto a él había otro, y, cuando mis ojos volvieron a enfocar, descubrieron otro, y así sucesivamente, como si se tratara de una congregación de ángeles caídos. Observé, entre fascinado y horrorizado, cómo, desde un árbol detrás de mí, el búho se abalanzaba sobre su pálida presa y sujetaba la carne inmóvil con sus fuertes garras mientras despedazaba la lanuda piel con su cruel y curvado pico.

«He llegado a ser hermano de los chacales, compañero de las lechuzas».

Alejé las palabras, até las riendas de Ben al árbol y crucé la zanja que hacía las veces de linde en dirección al campo. Tenía que verlo.

La primera oveja podría haber estado dormida. Estaba encorvada hacia delante, apoyada sobre las patas delanteras y de espaldas a mí. Sin embargo, cuando me acerqué a la cabeza del animal, le vi la lengua negra e hinchada. Una sola mosca, fugitiva del verano, se arrastraba por su nariz. Profundos y sangrientos agujeros se abrían en su cabeza, donde el búho, o los buitres antes que él, habían empezado a darse un festín. Los ojos habían desaparecido. Pero no llevaba mucho tiempo muerta. No más de medio día, conjeturé.

Seguí andando. La segunda oveja había tenido menos suerte que la primera. Había muerto de costado, dejando al descubierto el vientre blando. Las delgadas entrañas, que se asemejaban a cintas, señalaban el camino que la oveja, malherida pero aún con vida, había seguido para intentar arrastrarse lejos de su atacante. Un rugido resonó en mis oídos, un eco lejano de soldados que se desgarraban unos a otros como carroñeros.

Conté los animales a medida que los iba pasando. Cuando llegué al otro lado y empecé a pensar en volver a por Ben, había perdido la cuenta. Unas setenta bestias habían muerto en aquel campo. No presentaban signos de violencia ni de lucha, ni otras heridas aparte de las infligidas tras la muerte. Tenía que haber sido una enfermedad. No obstante, jamás había visto nada así de virulento ni había oído hablar de ello. Las ovejas parecían haber estado sanas hacía apenas un día, y eran animales bien alimentados y cuidados, como habían sido siempre las ovejas de mi padre.

Pensar en él me provocó una sacudida. Me giré para volver sobre mis pasos. Tenía que enterarse, si es que no lo sabía ya.

Llegué junto a Ben y lo liberé. Estaba a menos de un kilómetro de casa si seguíamos el camino, y consideré la posibilidad de montar, pero el caballo todavía cojeaba. Decidí no hacerlo, y tiré con fuerza de las riendas para que se apresurase.

No encontramos a nadie a medida que avanzábamos. El camino era liso y sólido. Pocas carretas o carros circulaban por allí; no llevaba a ninguna parte, excepto a nuestra casa, una propiedad de buen tamaño que mi padre había construido él mismo al casarse con mi madre, que yacía en el cementerio ubicado al oeste y que había fallecido antes de que se me concediera la bendición de conservarla en la memoria.

Pronto llegamos a la casa. Separada de los campos circundantes por un alto seto y un huerto de manzanos y varios tipos de ciruelos, se encontraba algo alejada del camino. Ben parecía preferir esa ruta. No era un animal testarudo, pero en ese momento se resistía y empleaba todo su peso para obligarme a arrastrarlo por el camino de piedra hasta la puerta principal. No me molesté en meterlo en el establo, sino que lo solté en el prado. Ya lo recogería más tarde y buscaría a alguien que se ocupara de la lesión.

Nuestra llegada parecía haber pasado desapercibida. La puerta seguía cerrada y con la llave puesta por dentro, lo cual era inusual. Llamé. Ningún criado vino a recibirme. Volví a llamar y esperé. Con el ceño fruncido, me fijé en que alguien había tallado una pequeña cadena de margaritas en la madera cerca del suelo. Desde el fondo de la casa me llegó el ladrido del perro.

Al tercer golpe, la puerta se abrió de sopetón y reveló unos ojos azules muy abiertos en un rostro incoloro como la cuajada. Detrás del pesado marco de roble, con una apariencia más joven que la correspondiente a su edad y delgada como un junco, carente de la feminidad que uno suele reconocer en una chica de dieciséis primaveras, se encontraba mi hermana.

—¡Esther! —exclamé con alegría, y luego me sorprendí cuando se le desencajó el rostro y se arrojó a mis brazos, llorando como una niña de la mitad de sus años. Me sorprendió; era joven y se emocionaba a menudo, como les ocurría a veces a las jovencitas, pero nunca la había visto así—. Estoy aquí —dije, y le acaricié el pelo—. ¿Dónde está padre? Debo hablar con él. Las ovejas…

Deduje, por el malestar en la casa, que el desastre de los campos ya les era conocido.

—¡Ay, Thomas! —se lamentó—. Es… Yo… —Pero apenas era capaz de pronunciar las palabras.

Le acuné la cabeza torpemente.

—Tranquila, Esther, cálmate. Ven. Entremos y hablemos con padre sobre lo que se debe hacer. Todo irá bien.

Mi hermana se apartó. Con los puños cerrados, presionó sobre las cuencas de los ojos para contener las lágrimas y, cuando bajó las manos, parecía más ella misma.

—No, hermano —dijo—. No es por las ovejas. Es otra calamidad. Una mucho peor.

3

Maleficios. Diablillos con forma de mofetas y hurones. Familiares que se enroscan, en círculos cada vez más estrechos e íntimos, alrededor de las piernas de mujeres desprevenidas por las noches, o que se cuelan en sus camas. Satanás conspirando con viudas y solteronas para asesinar al ganado. ¿Alguien cree de verdad en estas cosas? ¿Cree alguna persona sensata que un hombre pueda verse arrastrado por una tormenta provocada por una amante despechada, o que le sobrevenga una apoplejía a instancias de una mujer a la que ha despreciado? Tengo que decir que yo no lo creía. Creía en las cosas que podía tocar, la corteza agrietada de un roble, el consuelo de una moneda de plata galesa en la palma de la mano.

Entonces no sabía que el propio miedo pudiera tomar forma y convertirse en algo tangible. Esa lección llegaría más adelante.

—Y así, la chica, Chrissa, ella es la raíz de todo. ¿Lo ves?

La voz de Esther me devolvió a la realidad. Seguí mirando a mi padre, que yacía boca arriba en la cama, con el rostro distorsionado como el de un lunático que una vez había visto desfilar por las calles de King's Lynn, babeando y solo medio consciente de su entorno.

Me era imposible creer que el hombre que entonces miraba al techo de la alcoba hubiera estado, la última vez que lo había visto, hacía apenas un año, sano y vigoroso, y, aunque no lo pensé en aquel momento, furioso conmigo. Parecía un espantapájaros al que le hubieran sacado el relleno a golpes. Tenía la boca abierta y húmeda, los labios azules, el ojo derecho visiblemente hundido bajo el puente de la nariz. Esther había logrado informarme de que aquella aflicción le había sobrevenido durante la noche, y que habían enviado a Joan a Walsham para buscar a un médico.

Con la mano de mi padre en la mía, flácida como un conejo muerto, sentí una repentina avalancha de dolor; la ingle había empezado a dolerme de nuevo al cruzar el umbral detrás de mi hermana. Se lo oculté. En ese momento, tenía que ser el amo de la casa y cuidar de Esther y de mi padre. Pero ¿cómo? ¿De dónde saldrían nuestros ingresos, si todas las ovejas estaban enfermas? ¿Quedaba algo de ganado? ¿Y qué les había pasado a los animales que había visto en los campos? El peso de la responsabilidad me oprimía como si tuviera un saco de piedras sobre el pecho.

¿Qué iba a decirle a Esther? «¿Lo ves?», me había dicho ella, lastimera. No, no lo veía. No había dejado de balbucear desde que había entrado en la casa, palabras y más palabras, sobre todo acerca de la sirvienta, Chrissa Moore, y sobre brujería y los pactos con el diablo. Otra mención más a los «maleficios» haría que me estallase la cabeza como uno de los barriles de pólvora de Fawkes.

Me levanté y arropé mejor a mi padre entre las mantas; tensé y alisé los bordes para que permaneciera caliente y que hubiera menos posibilidades de que se cayera de la cama, pues de vez en cuando agitaba los brazos mientras formaba frases tristes y sin sentido. Ya no podía hacer nada más por él. Estaba agotado, con el estómago revuelto y sentía dolor en el corazón. No había comido desde el desayuno del día anterior.

—¿Hay comida en la casa? —pregunté—. Tengo que comer. Luego hablaremos.

Esther dejó de pasearse, se atusó el cabello rubio bajo la cofia y se limpió la cara.

—Por supuesto —dijo—. Prepararé comida. Deberías descansar. Dormir… Yo…

—No. —Rodeé la cama y le pasé el brazo por los hombros. Sentí que abrazaba a un pajarillo—. Me haré la comida yo mismo. Te traeré algo, pues da la sensación de que estás a punto de romperte. Después me lo contarás todo, desde el principio.

—Al tercer día de su llegada, Juan me dijo, y me juró por Dios que era verdad, que había nacido un niño en el pueblo con la cabeza más grande de lo normal. La tenía llena de venas azules, como si tuviera algo dentro. Cuando Chrissa llevaba una semana aquí, y yo sabía ya entonces que había algo extraño en ella, hizo pan. Le di las cantidades exactas. Fui muy precisa. Pero estaba tan salado que parecía que lo hubiera horneado con agua de mar. Así que le dije que tenía que volver a hacerlo. Tuve mucha paciencia y le expliqué que el pan era incomible. Entonces padre se puso de su parte. Se comió la mayor parte de la hogaza, a pesar de tener que regarla con media jarra de cerveza. No hizo ningún comentario sobre el sabor.

Esther me miraba expectante. Corté otro trozo de queso. Había algunas manzanas enclenques en un cuenco en el centro de la mesa. Agarré una y la limpié en la camisa. Esperó a que me pronunciara.

—Continúa —dije de modo alentador, aunque empezaba a intuir a dónde llevaría aquello.

—Supe desde el principio que había algo indigno en ella. Cierta bajeza. Incluso la forma en que padre la encontró fue extraña, en el campo, después de que el sol se hubiera puesto. Ya solo por eso resultaba obvio. Era vil. Al principio me pregunté si la habrían despedido de su anterior trabajo. Padre me prohibió preguntarle nada más; me dijo que no estaba mostrando caridad cristiana, pero mi preocupación crecía al pensar que había algo demoníaco en ella, Thomas. Necesitaba saberlo.

Me estremecí al oír sus palabras. La gente del lugar no veía con buenos ojos que se hablara del Maligno. Si Esther había sido indiscreta con sus afirmaciones sobre la brujería, nuestra reputación podría no recuperarse de ello. También me preocupaba que terminasen por acusarla a ella. Ya había ocurrido antes: las mujeres se echaban la culpa unas a otras, y luego todas quedaban manchadas por un mismo rumor malintencionado. Mi hermana era demasiado inocente para llegar a esa conclusión, pero yo no lo era.

—¿Qué has hecho? —pregunté, horrorizado y alarmado.

—¡Solo algunas preguntas! —exclamó, indignada—. Le pedí a Joan que lo hiciera. Le encargué que preguntara con discreción sobre su gente, quién la había empleado por última vez, si tenía buena fama. Nada más.

—¿Y?

—Nada. Nadie la conocía. Nadie con quien Joan habló reconocía el nombre de Chrissa Moore, ni a nadie que respondiera a su descripción. Sin embargo, había empezado a sentir que Joan simpatizaba con Chrissa, e incluso que tal vez fuera su confidente. No me sorprendería que hubiera mentido.

Lo dudaba. Joan Gedge era una muchacha piadosa, de baja estatura e inteligencia media. Una vez la había encontrado tratando de asar un ave sin desplumar. Me costaba creer que se le ocurriera conspirar contra su señora.

—¿Por qué pensaste eso? —pregunté, y me esforcé por hablar con suavidad, pues sabía que tendía a cerrar el pico cuando se angustiaba.

—Eso fue… —Se agitó—. Es difícil de explicar.

—Está bien. ¿Y después? Porque pasaron meses desde que Chrissa llegó hasta que me escribiste esa carta. —No quise mostrarle mis dudas, así que añadí, con más cuidado—: ¿Qué hizo que me escribieras?

Esther se removió incómoda en la silla, con las mejillas tan rosadas como el salmón.

—Fue difícil, hermano. Era obvio que padre se había quedado prendado de ella, pero lo cierto es que al principio no sospeché que fuera a pasar nada. Sí, tenía la idea de que podía ser lasciva, pero me daba vergüenza dar el siguiente paso y admitir, incluso ante ti, que había una persona así en nuestra casa. Que no había sido capaz de proteger a padre. Las semanas se sucedieron una tras otra, pasó todo el verano y no ocurrió nada demasiado alarmante. Tenía la constante sensación de que algo iba mal, una sensación extraña, oscura y turbulenta, pero nada sólido.

—¿Cuándo cambió eso? —Sonaba como un abogado, y me sonrojé.

Esther no pareció darse cuenta.

—Fue justo antes de escribir la última carta. —Había alzado la voz y tenía los ojos llenos de lágrimas. Retorcía el borde del mantel entre los dedos. Envuelta en el pesado chal de lana que le había legado nuestra madre, parecía más joven de lo que era.

—Cuéntamelo —dije con tono persuasivo. Esperaba más de lo mismo: historias de celos, pan salado y favoritismo, y me culpé por ello. Debería haber mantenido un contacto más estrecho y haber intentado volver a casa más a menudo. Si no me hubiera marchado a luchar… Si no lo hubiera hecho…

Esther continuó.

—Era un día de ayuno. Habíamos asistido a la iglesia los tres juntos. Íbamos por el camino. Presencié cómo atraía a padre, cómo coqueteaba con él. Caminaba detrás de mí, junto a ella, y yo iba por delante, un poco más rápido. Entonces me giré y lo vi, su mano en el brazo de ella. Fue solo un momento. Pero ¡padre! Jamás miraría así a una mujer, no con madre muerta y enterrada. Jamás. Me sentí muy humillada por él. Era vulgar, no era digna de él. Seguí andando y no dije nada. Ella tampoco, por supuesto, aunque sabía que yo lo sabía. Ni siquiera tuvo la modestia de mostrarse avergonzada.

Sopesé las diferentes partes de la historia. Era cierto que nuestro padre no había mostrado interés en un segundo matrimonio. Parecía improbable que un hombre que había soportado la crianza de dos hijos sin casarse con una viuda respetable decidiera, de repente, que necesitaba la comodidad de una esposa. Tampoco era capaz de conciliar lo que sabía de mi padre, un hombre humilde y temeroso de Dios como el que más, con el relato de Esther. Sin embargo, conocía demasiado bien las tentaciones de la carne, algo que sin duda le era ajeno a mi hermana. La idea de que mi padre saciase una lujuria oculta con una sirvienta me incomodaba, pero no la descartaba como posibilidad. Desde luego, no me sonaba a una comunión con el diablo.

Con cuidado, porque no quería provocarle más lágrimas, pregunté:

—¿Estás segura de que no es solo eso? ¿Un coqueteo inocente, nada más siniestro?

Esther se estremeció ante la palabra «coqueteo», y me alegré de no haber elegido una más fuerte.

—No he terminado —anunció. Pero parecía incapaz de continuar. Entonces se fijó en que me había terminado el pan y agarró el cuchillo para cortar más.

—Por favor, continúa —la animé.

El cuchillo quedó suspendido unos segundos antes de que lo dejara en la mesa. Sus movimientos eran espasmódicos; lo que fuera que iba a decir la avergonzaba.

—Aquella noche rezamos todos juntos. Padre dirigió la lectura y quedó claro, no por primera vez —matizó—, que Chrissa tenía un escaso conocimiento de la palabra de Dios. Padre hacía las preguntas de catequesis, y las respuestas que ella daba eran demasiado vagas o directamente erróneas. Sin embargo, continuó, y al final nos fuimos a la cama. Desde su llegada a la casa, a mí me cuesta conciliar el sueño. Así que, cuando se produjo ruido, lo oí y me levanté.

Decidí detenerla. Consideré que no nos hacía falta llegar al fondo de la cuestión.

—Ya veo. No te preocupes, hermana, creo que ya sé lo que debe haber pasado, y no niego que sea impactante.

Solté un juramento, decepcionado como estaba, pero Esther se volvió hacia mí para reprenderme.

—Thomas, no debes blasfemar. Fue muy impactante, pero no es el final de la historia.

Me disculpé y asentí para animarla a continuar.

—Me enfrenté a ella. No quería, y la vergüenza casi acaba conmigo, pero permitir que algo así sucediera bajo este techo sin hacer nada... Me habría arrastrado a su mismo nivel. Entré en su habitación. Padre se había ido a dormir. Abrí la puerta. Estaba frente a la ventana, tu ventana. Apenas estaba vestida. La vela se había apagado, pero la luna entraba por el cristal y pude ver... —Se detuvo y, en ese lapso de tiempo, me descubrí distraído por la imagen que había esbozado.

No obstante, también me percaté de otro detalle. No me miraba a los ojos. Me acordé de una de las pocas ocasiones en que me había mentido. Una mañana, años atrás, me había asegurado que Joan había derramado un cubo cuando había sido ella misma quien lo había tirado. No tuvimos leche para la mantequilla, y Esther había acudido a mí, llorando, para admitir su pecado y rogarme que no se lo contase a padre. Había cruzado a la carrera los campos hasta la casa de los vecinos para pedirles un cubo de leche y había ocultado el incidente, pero, cuando le pregunté qué había pasado con la leche, sus ojos se habían velado con la misma intención evasiva que en ese momento.

Continuó.

—En cualquier caso, le dije que se adecentase y que se fuera. De inmediato. Y que no volviera. —Tenía la espalda tensa, a la defensiva, como si retase a alguien a desafiarla. Imaginé la escena, a la diminuta Esther despidiendo a la sirvienta más mayor; me sorprendió que pudiera albergar tanta ira.

—¿Padre no se opuso? ¿Y ella no intentó discutir? —La vergüenza de las insinuaciones de Esther impediría a Chrissa Moore conseguir empleo en cualquier otro lugar de por allí. Tendría que haberse puesto furiosa.

El tono de Esther se volvió más inseguro.

—Lo intentó, al principio. Pero ella tenía poco que decir a su favor. ¿Qué iba a alegar? Y no negó su indecencia; recogió lo poco que tenía y se marchó.

—¿Eso fue todo?

—No. Al día siguiente, las ovejas empezaron a morir. Padre no relacionó ambos eventos al principio, creyó que era un virus y separó a las ovejas sanas de las enfermas. Pero morían muy deprisa. Separaba cincuenta ovejas, todas sanas, y cuando volvíamos por la mañana… —Esther miró al infinito. Su rostro solo contenía desesperación—. Así una y otra vez, hasta que no nos quedó otra opción; tenía que contarlo. Tenía que hacer público que nos había echado un maleficio.

—¿A quién se lo contaste?

—Al principio, al alguacil Dillon.

Dillon era el policía local. Un buen hombre.

Esther continuó.

—Luego al señor Hale.

Eso ya era harina de otro costal. Hale era el pastor. Durante los sermones semanales, a menudo había deseado contar con un sombrero más ancho para mantener a raya los chaparrones de saliva, como una lluvia de fuego y azufre que caía desde el púlpito. Si Hale estaba involucrado, la chica tendría verdaderos problemas.

—Y el señor Hale llamó a John Rutherford —dijo Esther.

—¿El cazador de brujas?

Asintió.

—¿Vino?

—De inmediato, y la sacó del pueblo. Fue muy amable conmigo —añadió al ver mi ceño fruncido.

No conocía a Rutherford en persona, que actuaba en nombre de Christopher Manyon, el juez de paz de Walsham. A Manyon lo conocía bastante bien, o lo había hecho en el pasado, a través de mi padre, pero de Rutherford solo había escuchado hablar de su reputación. Era una especie de rompecabezas. Le pagaban por sus servicios, así que no era un hombre santo, pero parecía seguir los juicios locales y les sacaba confesiones a mujeres acusadas de maldecir a sus maridos, de hablar con familiares o de bailar a la luz de la luna llena.

Esther había permanecido con los ojos muy abiertos y había mantenido una actitud ingenua mientras relataba su historia. Parecía esperar a que yo dijera algo. Sin embargo, lo único que quería decirle era lo único que no podía. Que yo, Thomas Treadwater, no creía en las brujas. Ni en el diablo.

Que ya no creía en Dios.

Tosí.

—¿Luego padre cayó enfermo?

Asintió.

—Pasó ayer. Había salido con los hombres y las ovejas para intentar atender a todas las que pudiera. Volvió al atardecer. Noté al instante que había algo diabólico en el aire. Arrastraba las palabras. Su mirada… Ya lo has visto. Empezó a quejarse de una sensación de temor impío. Yo también lo sentí —dijo sin más.

—Pero ¿todavía caminaba y hablaba? No estaba…

—No como ahora, no —confirmó Esther—. Eso llegó después. Después del atardecer.

—¿A qué hora exactamente? —Apreté los puños.

—No lo sé, pero yo ya me iba a la cama.

Tenía ganas de gritar, de romper cosas, de golpearme hasta sangrar. Más o menos en el momento en que había pasado por la iglesia de Scottow, mi padre todavía se encontraba consciente y con posibilidades de recibir ayuda. Si, en lugar de descansar bajo el fresno para salvaguardar las patas delanteras de un caballo barato, hubiera seguido a pie al amparo de la oscuridad, me habría reunido con mi padre mientras aún poseía la facultad de hablar.

Al ver mi dolor, Esther continuó con delicadeza.

—Nadie hubiera podido hacer nada, Thomas. Fue muy repentino. Cayó de la cama al suelo, tan indefenso como lo has visto esta mañana.

—No —gemí, y me agarré las raíces del pelo—. ¡No hables así de él!

Indefenso. Mi padre era el hombre más fuerte que conocía. Todavía era capaz de echarse una oveja a la espalda. Ni siquiera era muy mayor.

—Lo siento, hermano —respondió con docilidad.

Me di cuenta de que había gritado. La había asustado. Me aferré al borde de la mesa y dije:

—No es culpa tuya. Es que no soporto pensar… Ahora esperemos al médico —dije en voz baja, mientras recuperaba el control—. ¿Has dicho que enviaste a Joan a primera hora?

—Con el canto del gallo.

Joan tendría que recorrer una distancia de unos cinco kilómetros. En mula, avanzando sobre el barro endurecido de los caminos, tardaría al menos un par de horas, y luego tendría que conseguir los servicios de un médico. Incluso entonces, si uno venía, podría pasar un día o más antes de que el hombre apareciera. Sin embargo, no se me ocurría una opción mejor. Aunque saliera en busca de ayuda, no había garantías de que la encontrara, y mi padre querría que me ocupase primero de los asuntos en casa. Éramos un cuerpo sin cabeza, un Estado sin soberano. ¿Tenía la capacidad de estar a la altura del desafío?

—Entonces, Rutherford… —Dudé y me sentí incómodo con el nombre de aquella mujer a la que jamás había visto—. ¿Se llevó a Chrissa Moore?

—Sí. A la cárcel de Walsham. —Pareció estremecerse—. La están vigilando.

Sabía por qué se estremecía. Para Esther, vigilar a una bruja, sentarse con ella, interrogarla y escuchar su confesión susurrada a medianoche suponía rehuir la luz de Dios, cobijarse a la sombra del diablo.

Las historias de los vigilantes se escuchaban por todas partes y se repetían en rincones oscuros dedicados al chismorreo. Privadas de sueño y comida, las sirvientas agotadas, las viudas y las mujeres que no asistían a la iglesia, capturadas por hombres como Rutherford, todas terminaban por confesar. Todos habíamos oído hablar de aquellas que daban cobijo a los espíritus oscuros en sus alcobas, que cantaban los salmos al revés y ofrecían sus pechos a los demonios con forma de perros de tres patas, o conocíamos a alguien que había oído hablar de ellas. En aquellos días lejanos, las confesiones impías vivían justo bajo la superficie de nuestras vidas, casi siempre fuera del alcance de la vista, pero siempre presentes, siempre susurradas. El conocimiento de que el mal vivía entre nosotros, lo bastante cerca como para tocarlo, escondido detrás de las sonrisas de la madre, el padre, el hermano y la hermana, era demasiado para quienes creían en esas cosas.

Y en ocasiones, como temía que pudiera ocurrir entonces, el terror que aquello engendraba se aceleraba como un corazón enfermo y estallaba en horror.

4

La chica Moore no era mi responsabilidad. Ya tenía bastante de lo que ocuparme. Lo primero eran las ovejas. Aunque no hubiera ninguna relación con la dolencia de mi padre, tenía que saber qué las estaba matando. Ignoré el pensamiento de que, si habían muerto suficientes, o si no se producía ninguna mejora, tal vez tendríamos que hipotecar las tierras. Si teníamos suerte, podríamos hacernos con más, pero las ovejas de reemplazo en aquella época del año serían caras.

Dejé a Esther rezando —era lo único que parecía desear hacer, pero me aliviaba que tuviera algo en lo que ocuparse— y fui a ver a Ben. Lo había metido en la cuadra anexa a la de la yegua de mi padre, una jaca gris llamada Templanza que, debido a su edad, se había librado por poco de ser requisada por el ejército el año anterior.

Les di agua y heno a los caballos. Templanza me reconoció y me acarició el hombro con el suave hocico. Le hice un chequeo exhaustivo a Ben para buscar el origen de su herida. No logré encontrarlo, así que decidí montar a Templanza para ir a las tierras de Noah Litt más tarde. Litt, nuestro vecino más cercano, era un prodigio con los caballos, y tal vez me hiciera el favor de examinar a Ben, aunque a cambio seguramente tendría que ayudarlo con sus cuentas en la próxima festividad de San Miguel. También tendría que comprobar cuánta plata teníamos en casa, por si necesitaba comprar medicinas o llamar a un herrador.

Me apoyé en el lomo de Ben. El cuerpo cálido y sólido me ofreció una fugaz sensación de paz que me permitió olvidar, por un instante, a padre, a Esther y el dolor incesante de mi lesión. Cerré los ojos y respiré hondo a la vez que el caballo, mientras sentía cómo subía y bajaba su caja torácica bajo la manta, e inhalé el aroma a heno fresco. El animal sabía que me sentía turbado y relinchó.

—No te preocupes —lo tranquilicé—. Haré que alguien te atienda tan pronto como pueda. Un establo cálido y buena comida es una mejora con respecto a los últimos días, ¿no?

Ensillé a Templanza y ajusté las hebillas y los estribos, pues era mas bajo que padre y más musculoso. La había montado antes y era un animal fácil de manejar, pero tendríamos que tomarnos las cosas con calma: sufría de artritis y se agotaría antes que sus homólogos más jóvenes. Sin embargo, hasta que la cojera de Ben se curase, montarlo solo empeoraría las cosas. Habría que ir paso a paso.

El paseo no acalló ninguno de mis temores. Padre gozaba de una buena posición, o lo había hecho, en términos de ganado ovino. La parte de la granja que no arrendábamos tenía unos cincuenta acres, pero no se pagaría sola. Dependíamos de las ovejas para vender la lana en el mercado a los tejedores. Los beneficios no eran altos y, aunque padre era algo cercano a un caballero, el trabajo era duro y a menudo físico, incluso con un pequeño equipo de hombres que se ocupaba de la mayor parte. En ese momento, dado que mi padre yacía en cama y casi todas las ovejas que veía eran alimento para los cuervos, temía lo que pudiera ocurrir: hipotecar la granja o incluso perderla. ¿Y si no podía hacer nada para evitarlo?

Completé el circuito, volví hacia la casa y fruncí el ceño al fijarme en un caballo desconocido atado al poste de la puerta. Era una yegua marrón de tres o cuatro años. Templanza la rehuyó al acercarnos; la yegua respondió de la misma manera y yo desmonté. ¿Habría llegado el médico? Lo dudaba. Joan solo llevaba fuera unas horas. Los médicos, por muy inteligentes que fueran, nunca eran tan fiables.

Cuando abrí la puerta trasera, Guppy, el perro de mi padre, se escabulló al jardín con un aullido y casi me hizo tropezar. Maldije. Quizá se debiera al ejercicio que acababa de realizar, pero sentí la casa más fría de lo que esperaba. Me detuve para quitarme las botas e hice una mueca de dolor cuando me dio un tirón en la parte superior del muslo. Me costó varias respiraciones pausadas que el ardor disminuyera, lo suficiente para escuchar el murmullo de una voz en la cocina.

Tengo buen oído para las voces. Las recuerdo como algunos hombres recuerdan las caras, sus particularidades y todos sus detalles inesperados. También saco de ellas más que la mayoría. A menudo soy capaz de detectar el miedo oculto. A los hombres no les resulta fácil disimular la frustración o la tristeza. Ya entonces me sorprendía la facilidad con la que distinguía la verdad de la mentira; las voces me revelaban más sobre las personas que sus palabras. Sin embargo, no noté nada singular en aquella, más allá de su uniformidad y su masculinidad. Tenía la apariencia de una página en blanco. Si se tratara de una comida, habría sido un potaje. Si se tratara de una piedra, habría sido una esteatita.

Era imposible que fuera el médico. Joan no volaba. ¿Quién más podría haberse enterado de nuestra situación?

Entré en la cocina.

El hombre que ocupaba la silla de mi padre tenía una melena castaña que le llegaba hasta los hombros, la tez blanca, casi femenina, y la nariz ligeramente achatada. Supuse que era guapo, pero su belleza era la de una tórtola, y no la de sus parientes más vistosos, el cisne o el pavo real. Cuando entré, se pasó los dedos por la raya del pelo para alisársela y se recolocó el sombrero más cerca del codo. Eran movimientos más bien pedantes, como si le importara mucho la colocación exacta de las cosas.

«Apártate de la silla de mi padre».

No lo dije, aunque quería. Porque el respeto que un hombre le ofrecía a un invitado reflejaba el respeto que se debía a sí mismo, o eso me había enseñado mi padre.

Al verme, el recién llegado se levantó. Era de mediana estatura, más bajo que yo, pero empequeñecía a Esther, cuya cabeza solo me llegaba al hombro.

—Buenos días —saludé—. Soy Thomas Treadwater.

Esther, con las mejillas enrojecidas como cerezas sobre el pálido lienzo de su piel por razones que yo desconocía, estaba sirviendo cerveza.

—Hermano, este es el señor John Rutherford, ayudante de *sir* Christopher Manyon —dijo.

No tenía motivos para sentir aversión hacia el juez de paz, ni para temerlo, y, si tuviera que apostar sobre el buen juicio de Manyon, por lo general me inclinaría a jugarme un chelín a favor del viejo, pero no estaba seguro de querer extender aquella confianza a su joven prodigio. Todavía no.

Y Rutherford era joven. Suponía que solo un año o dos mayor que yo. Proyectaba el aura de un hombre mayor y se comportaba como un maestro de escuela o un político, pero no lograba dar el pego.

—Bienvenido, caballero —dije, y Rutherford extendió el brazo. Tenía la mano suave y fría como los pétalos de una flor—. Confío en que le hayan ofrecido un refrigerio.

—En efecto —dijo, y señaló a Esther, que lo rondaba con una jarra. Esperó a que le indicara que volviera a sentarse. Una vez acomodado, se mostró satisfecho mientras mi hermana le servía una copa. Bebió solo un trago y se limpió las comisuras de la boca con un pañuelo de lino impecable. No alabó la cerveza.

Quería saber por qué estaba allí. Mis suposiciones no me producían placer alguno. Tenía mucho que hacer y prefería no tener que involucrarme en todo el asunto de la brujería y los celos femeninos, agrios como la leche cuajada. Deseaba que volviera a su montura y se marchase pisando las hojas que se acumulan por el camino hacia el pueblo. Sin embargo, en lugar de eso, tenía que mostrarme cordial. En silencio, condené los modales caballerosos y recordé con cariño la tosquedad de los soldados.

Rutherford no expuso el motivo de su visita. Me tocó a mí empezar.

—Sabrá que he regresado hace poco de cumplir con mis obligaciones con el ejército —dije. Asintió—. He pasado mucho tiempo fuera y sé muy poco del asunto que sospecho que lo ha traído aquí. Chrissa Moore —dije. Teniendo en cuenta que había llegado antes que yo, y que había estado a solas con Esther, continué—: Supongo que mi hermana ya le habrá hablado de la enfermedad de mi padre.

—Así es —confirmó Rutherford—. He venido hoy aquí con la esperanza de hablar con su padre, pero, por supuesto… —Parecía tener dificultades para encontrar las palabras adecuadas—. Comparto su pesar —dijo por fin—. Espero que su padre se recupere pronto, por la gracia de Dios.

—Gracias. Como único hijo varón de mi padre, ahora soy su apoderado en todo. Cualquier tema que desease tratar con él, puede planteármelo a mí.

Los ojos de Rutherford se posaron por un instante en Esther, que observaba la interacción en solemne silencio.

—Muy bien —concedió el hombre—. Hay ciertas noticias que puedo darle en presencia de su hermana. No obstante, hay otras revelaciones que debo compartir con usted que… —Se encogió de hombros—. Tal vez fuera mejor que hablásemos a solas, pero lo dejaré a su criterio. Hablo con la inocencia de su hermana en mente.

Esther agachó la mirada con modestia.

Debería haber apreciado su reticencia por el bien de mi hermana, pero el gesto de su boca tenía algo de lascivo, como si sintiera placer al pronunciar las palabras. Daba la sensación de regocijarse con mi vergüenza. Cuando echo la vista atrás, creo que habría disfrutado de agarrarlo por el cuello de su elegante camisa y arrojarlo por la puerta de atrás. En vista de todo lo que sucedió después, habría sido mejor que lo hubiera hecho, pero contaba con la autoridad de Manyon para estar allí, y yo no quería causar problemas.

—Por favor —dije—. Comparta con nosotros lo que considere oportuno. Hablaremos a solas después. Si es necesario —añadí.

Rutherford se incorporó. Habló como si lo que contaba fuera un hecho constatado.

La criada Chrissa Moore, cuyo lugar de nacimiento es desconocido, está acusada de yacer de manera impía con el Caído. En concreto, nos consta que conspiró con Satanás para infectar al ganado de una enfermedad y que, corrompiendo su temperamento, de otro modo piadoso, trató de seducir a su padre, Richard Treadwater, con la ayuda del diablo.

Miré a Esther, al otro lado de la mesa. Había palidecido ante la cruda descripción de los hechos, pero asintió. Le hice una señal a Rutherford para que continuara. Deseé que se diera prisa.

Él prosiguió.

—La chica lo niega, lo que es habitual en estos casos —dijo con aire despectivo; era evidente que ya había decidido la cuestión de la culpabilidad—. Sin una confesión, es probable que se enfrente a un tribunal de justicia cuando llegue el verano y, mientras tanto, recogeremos declaraciones. Incluyendo la suya —y se dirigió a Esther, que volvió a asentir—. Así como cualquier otra prueba.

—Estoy seguro de que mi hermana estará encantada de ayudar en todo lo que esté en su mano. No obstante, insistiré en estar presente en cualquier testimonio, dado que es una muchacha y menor de edad.

Rutherford hizo un gesto con la mano.

—Por supuesto. Pero no he venido hoy con ese propósito. La declaración puede y debe esperar hasta que hayamos detenido a todas las desviadas.

—¿A todas? —pregunté, confundido. Se me revolvió el estómago. Seguro que no se refería a Esther, ¿cierto? El miedo que había sentido antes me apuñaló como una hoja afilada. Mis temores se habían cumplido. Al acusar a otras, Esther había atraído la mirada del cazador de brujas hacia sí misma.

Rutherford dio otro sorbo de cerveza e hizo un ruido vago de asentimiento mientras tragaba, antes de volver a dejar el vaso en la mesa.

—Aquellas que comulgan con las fuerzas oscuras rara vez lo hacen solas. En este mismo instante, estoy investigando a quienes ayudaron a Moore en sus prácticas. Aquí es donde creo que puede ayudarme, señorita Treadwater. —Cuando se volvió hacia Esther, había algo empalagoso en su tono.

Esther, que se había estado mirando las manos, levantó la vista.

—¿Yo? —Nunca la había visto tan inquieta.

—Sí. Recuerdo que la última vez que la visité aquí, antes del desafortunado padecimiento de su padre, me habló de una joven que sospechaba que simpatizaba con Moore. ¿Otra sirvienta?

Hablé con la mandíbula apretada.

—Mi hermana le ha contado todo…

—Al contrario, señor Treadwater —interrumpió Rutherford. La formalidad me sonó falsa en sus labios, como si se burlara de mí—. Su hermana se mostró visiblemente reacia a contarme más la última vez que estuve aquí, y solo dejó caer algunos indicios, pero es vital que conozcamos la verdad absoluta y completa. Después de todo, si la joven de la que hablo es inocente de cualquier conspiración impía, entonces… —De nuevo, se secó la boca—, no tendrá nada que temer.

Miré a Esther. Así que eso era lo que me había ocultado. No solo había implicado a la tal Moore, sino también a Joan, la pequeña Joan, que llevaba con nosotros desde los diez años y que nunca había levantado la voz en una discusión ni la mano en actitud violenta ante nadie. Me sonrojé de vergüenza. La culpa era mía. Si no me hubiera ido… Pero Rutherford me miraba expectante. Lo intenté de nuevo.

—Si se refiere a nuestra sirvienta, Joan Gedge, es una empleada respetable de esta casa. Tal vez haya habido algún error, pero…

—No hay ningún error. Ya hemos detenido a la señora Gedge.

—¿La madre de Joan? Una mujer de mediana edad, una mujer que conozco desde la infancia…

—¡Una bruja, señor! —La voz de Rutherford, que hasta ese momento había hecho gala de una textura más bien maleable y sedosa, se elevó con dureza—. Una mujer culpable de actos de hechicería. Se le hallaron hierbas prohibidas, un puñado de sapos en el jardín…

—Es mayor. No cuida del jardín con la frecuencia necesaria y los sapos se multiplican, como hacen los sapos —dije, con un sarcasmo que Rutherford pareció no percibir—. No hay nada en absoluto que…

—Pese a todo, la tenemos bajo custodia. Y a la madre pronto la acompañará la hija. Si me permite ahora hacerle algunas preguntas sobre…

—No —interrumpí con rotundidad. Rutherford se mostró sorprendido, pero no tardó en recomponerse y levantó una fina ceja. Se agachó junto a la mesa y levantó su morral.

—Tengo el emblema de Manyon aquí. Me concede la autoridad necesaria. Solo tendría que informarlo, y seguro que sabe cuáles serían las consecuencias.

Soy un hombre de temperamento algo irascible. En los últimos tiempos, ese temperamento se ha amansado; el amor, el matrimonio y la vida doméstica, aunque sin hijos, lo han aplacado. No obstante, mi instinto me compele a presentar batalla cuando esta es necesaria, y aquel día consideré la posibilidad de atravesar la garganta de Rutherford con el puño.

Entonces miré la bolsa. Manyon era un hombre poderoso y, si me ponía en su contra, podría terminar dentro de una celda. No habría nadie que administrara la granja ni que cuidara de padre y de Esther. Por muy tentador que fuera decirle que no a Rutherford, tenía que aplacar mi ira. Tragué saliva.

—Muy bien —dije—. Por favor, haga preguntas cortas y directas.

Rutherford ocultó una sonrisa de suficiencia.

—Gracias. Al magistrado Manyon le complacerá su cooperación. —Se dirigió a Esther—. Señorita Treadwater, ¿podría decirme qué fue lo primero que le provocó las sospechas que me mencionó con respecto a la chica, Joan Gedge?

Esther retorció los dedos de la mano derecha con la izquierda y se removió en el asiento como un conejillo atrapado.

—Bueno, yo…

Rutherford asintió con gesto alentador.

—Me habló de su amistad con la bruja, con Chrissa Moore.

—Sí —dijo mi hermana, vacilante—. Parecían… Bueno, no puedo decir que a Chrissa le gustara Joan. No era exactamente así. Chrissa era… Supongo que la ha visto.

—La he interrogado. ¿Cuál era la naturaleza de su amistad? ¿Una relación estrecha?

—Diría que… Joan decía a menudo que Chrissa le gustaba, que entendía por qué… Por qué agradaba a los hombres. —Esther parecía sacarse a la fuerza las palabras del cuerpo.

—¿Chrissa Moore tenía admiradores masculinos? —La voz de Rutherford estaba cargada de desaprobación.

—Desde luego —dijo Esther, con expresión de alivio, como si esa fuera una pregunta mucho más fácil—. Se debía, más que nada, a la forma en que caminaba y se comportaba. No era modesta.

Las fosas nasales de Rutherford se agrandaron.

—No. No parece que lo fuera. Una falta terrible en una mujer. ¿Era la joven Joan modesta?

Esther asintió.

—Siempre ha sido humilde y dulce. Siempre ha hecho lo que le he pedido. Hasta que…

—¿Hasta que llegó la bruja?

Resoplé.

—Señor Rutherford, debo objetar. Esas no son las palabras de mi hermana. —Observar a Esther recibir las atenciones de Rutherford era como ver el baile de una marioneta condenada a seguir los enrevesados cambios de parecer de su amo—. Si esta actuación ha de continuar, insisto en que tenga lugar en Walsham, bajo la supervisión directa de Manyon. Insisto, señor —repetí, cuando Rutherford protestó—. Llevaré a mi hermana en cuanto a mi padre lo haya visto el médico. Sin demora.

Rutherford no podía negarse. Asintió. Después, mi esperanza de que la entrevista fuese a terminar se desvaneció cuando se inclinó hacia mí, de modo que pude oler la cerveza en su aliento y algo que podría ser agua de lavanda.

—Está el otro asunto.

Recordé que quería hablar de algo a solas conmigo. No creía que fuera a gustarme.

—Hermana, ¿podrías ir al salón un momento? —pregunté, y procuré que mi creciente malestar no se me reflejara en la voz. Esther se levantó, hizo una reverencia a Rutherford y se fue.

Ya podía despojarme del barniz de cortesía.

—¿De qué se trata?

Rutherford tosió.

—Tenga en cuenta que venía a hablar con el señor Treadwater, su padre, sobre este asunto. Normalmente no tendría la libertad de revelar…

Cerré los ojos con fuerza. «Sé paciente».

—Por favor, señor Rutherford, si pudiera ser lo más directo posible, se lo agradecería. Tengo mucho que hacer.

Se recostó en la silla, ofendido.

—Por desgracia, esto no le servirá de mucho consuelo. La bruja…

—La supuesta bruja. —A pesar de lo agotado que estaba, no pensaba dejarlo correr.

El rostro de Rutherford se suavizó con una sonrisilla de disculpa, tan falsa como el oro de los tontos.

—La supuesta bruja —concedió— afirma llevar en su seno al bastardo de su padre.

5

—La muchacha miente.

Las palabras salieron antes de que me diera tiempo a detenerlas. Mi padre, enfermo y amado, no podía hablar por sí mismo ni defenderse de las acusaciones. Antes de ser consciente de ello, me encontré paseando por la cocina, ruborizado y furioso.

A Rutherford no le molestó lo más mínimo mi desasosiego. Incluso pareció regocijarse por ello; los ojos le brillaban de emoción.

—Por supuesto, aún no se ha comprobado si…

—Miente —insistí, y levanté la voz. No me detuve a pensar si Esther me oiría—. Mi padre jamás… —De repente me asaltó el recuerdo de las temblorosas palabras de mi hermana y la imagen que evocaban. Una mujer, su rostro entre las sombras, su silueta desnuda a la luz de la luna.

La respuesta de Rutherford estaba envuelta en la suavidad de una falsa intención de consuelo.

—Por supuesto. El testimonio debe juzgarse a la luz de lo que sabemos. Es una mujer corrupta y dada a las falsedades, así que el magistrado Manyon es escéptico respecto a su afirmación, al igual que yo. —Hizo una pausa—. Sin embargo… —Lo miré con dureza—. Sin embargo, no podemos saberlo —terminó, y aumentó el volumen de su voz para contrarrestar mi negación automática—. Las mujeres, como ilustra claramente el Génesis, engañan a los hombres por naturaleza, pero, dado que su hermana era la única dama respetable de la casa, aceptaremos su testimonio al pie de la letra, y ella, por desgracia, insiste en que hubo un contacto indecoroso entre su padre y la muchacha. Si esto ha dado lugar al engendramiento de un niño, a pesar de que la mujer no fuera merecedora de tal regalo, entonces la situación será desfavorable para el apellido Treadwater, así como para las posibilidades de llevar a la bruja ante la justicia.

Miré hacia el salón. El lado de mi cuerpo más cercano a la puerta sentía frío, como si el fuego de la otra sala no llegase a alcanzarme. Sin embargo, el recuerdo del rostro afligido de Esther mientras me hablaba de sus temores en cuanto a padre sí que lo hacía. Estaba seguro de que había pronunciado las palabras con sinceridad. Si estaban o no respaldadas por un verdadero conocimiento de los hechos era otra cuestión.

—Debo ver a la chica, entonces —dije al final—. Debo juzgar por mí mismo la veracidad de su afirmación. —Respiré hondo—. En caso de que su acusación contra mi padre no se exponga de inmediato como la mentira que es, deberé hacerme cargo de ella hasta que la situación se aclare con el tiempo.

Rutherford negó con la cabeza.

—La chica está recluida en una celda. Es peligrosa. No debe recibir visitas.

—La veré —repetí—. Insisto en ello. El magistrado es un viejo amigo de la familia, y estoy seguro de que, si se lo pido… —Me interrumpí. Dejé que lo pensara y comprendiera que sus intereses se alineaban con mi plan.

Tras unos instantes de visible meditación, Rutherford volvió a negar con la cabeza, pero esa vez con una aceptación reticente.

—No veo necesidad de molestar a un hombre ocupado. Estoy seguro de que se podrá concertar una visita. Al menos durante unos minutos.

—También debo ver a la señora Gedge —dije—. Como empleador de su hija, debo asegurarme de que reciba un trato justo.

—Muy bien —aceptó Rutherford, aunque no parecía satisfecho.

Continué.

—No hay razón para que mi hermana sepa nada de esto. Ya está bastante angustiada.

—Debe acompañarnos y prestar una declaración jurada.

—Por supuesto.

—Y uno de los dos deberá identificar a la joven Gedge, si es que ya la han detenido.

Abrí la boca para objetar, pero la dureza de su mandíbula me detuvo: percibí una agresividad subyacente a toda aquella cortesía. Me contuve, consciente de que la discusión solo serviría para añadir leña a la hoguera del cazador de brujas. Manyon era un hombre más razonable. Estaba seguro de que, si conseguía ver al magistrado y explicarle la tensión a la que había estado sometida Esther, me escucharía, y tal vez Joan y su madre quedarían al margen de aquel turbio asunto.

Rutherford y yo concertamos una cita para reunirnos con Manyon esa tarde en el vestíbulo del pequeño juzgado de Walsham. Esther también vendría. Lo acompañé hasta el final del camino y me quedé a observar cómo se marchaba por donde había venido.

Al recordar aquella primera entrevista con el cazador de brujas, intento no analizar cada decisión que tomé, no criticar cada pregunta que hice ni lamentar las que olvidé plantear. Sin embargo, al margen de cómo enmarque mis elecciones, aunque entonces no lo supiera, el daño ya estaba hecho.

Cuando volví, Esther se encontraba arrodillada frente a las exiguas llamas de la chimenea. Parecía sumida en sus pensamientos. Quise reprenderla y preguntarle por qué no me había contado antes de la llegada de Rutherford que Joan estaba implicada en aquel asunto, pero temía que eso nos distanciara. Solo nos teníamos el uno al otro en el mundo, al menos hasta que padre se recuperase. Con qué ansia esperaba que eso sucediera pronto.

—Esther —dije. No se volvió—. Esther. —Miró a su alrededor como si se hubiera sorprendido. Me detuve junto al fuego—. Debemos emprender un viaje hoy mismo.

Pensé en cómo darle la noticia de que iban a interrogarla, pero habló antes de que me diera tiempo a continuar.

—Por supuesto. Entiendo que el magistrado requerirá mi declaración. —Se mostraba bastante tranquila—. Estoy lista para viajar, una vez que a padre lo haya visto el médico.

Eso no podía prometérselo.

—Si Joan sabe de la acusación que has pronunciado contra su madre, por no hablar de la que pesa contra ella misma, no volverá aquí, y quizás no haya tenido oportunidad de encontrar a un médico antes de que la hayan aprehendido. —Esther palideció aún más, como si no se le hubiera ocurrido aquella consecuencia de sus actos—. Creo que tendremos que buscar los servicios de un médico nosotros mismos, en Walsham, o incluso en Norwich. Partiremos de inmediato y nos llevaremos el carro. ¿Sabes si padre tiene dinero en casa?

No lo sabía.

—Veré qué encuentro.

Recordé que mi padre guardaba una caja de caudales bajo la cama, cuya llave solía estar en el estudio. La recogí y subí las escaleras. Hice un gesto de dolor al arrodillarme y rebuscar debajo del armazón del lecho, encogido de vergüenza. Me sentía como si le estuviera robando, como si fuera a despertarse, oírme allí debajo y gritarme: «¡Ladrón!». Pocas cosas en la vida me han resultado menos naturales que sacar el pequeño alijo de monedas mientras padre yacía sobre mí, indefenso como un niño. Junto con la plata, saqué un manojo de llaves de varios tamaños y antigüedad, y fruncí el ceño al darme cuenta de que no lo había visto antes. No nos faltaba ninguna llave. Pero no tenía tiempo para pensar en ese momento, así que las volví a colocar en la caja con el dinero restante.

Antes de irme, me detuve para verter un poco de agua en la boca a mi padre. Tomé una de sus insensibles manos mientras deseaba que me comprendiera.

—Un día, no más, y volveremos con ayuda. Lo juro.

Sus ojos eran como una habitación abandonada. No soportaba mirarlos, y me marché.

Padre había bautizado a la yegua con el nombre de Templanza, pero, mientras luchaba por animarla a colocarse frente al carro, se me ocurrió rebautizarla con el nombre de Obstinación, o Petulancia. No era una actitud propia de ella, que solía ser una bestia amable. Esther se mantuvo al margen mientras yo calmaba al caballo. No mostró ninguna impaciencia, pero tampoco ayudó. Siempre temerosa de los animales grandes, nunca había aprendido a montar ni a conducir el carro. Otra área en la que de pronto sentía que había sido negligente.

En los años que había pasado lejos, primero como estudiante y luego como soldado, había imaginado que Esther se convertiría en una mujer del mismo modo que las otras muchachas. Sin embargo, incluso antes de que comenzara la guerra, había regresado a Norfolk, escapando de la atenta mirada de mi tutor, con la impresión de que mi hermana, por algún motivo, se había estancado. Sus angustias infantiles, como la oscuridad, la salud de nuestro padre o el estado de su pequeño jardín de hierbas, no habían dado señales de desvanecerse. Parecía alejarse cada vez más de mí y del mundo. Luego, cuando me alisté en el ejército, volví a albergar la esperanza de encontrarla a mi regreso, si no prometida, al menos convertida en la belleza que sus rasgos delicados y uniformes siempre habían dado a entender que sería, pero parecía más niña que nunca.

Cuando estuvimos preparados, me agarré al asa del lateral del carro y me aupé hasta el asiento del conductor. Al girar, el dolor me recorrió la cara interna del muslo. Por un momento temí que la herida se hubiera reabierto. Me quedé inmóvil y bajé la vista a la pierna. Esther se percató.

—Hermano, estás herido —dijo, y acudió rauda a mi lado—. ¿Por qué no lo has dicho? Habría preparado una cataplasma.

—No es nada —la tranquilicé mientras me acomodaba en el asiento y me echaba la manta de viaje a la espalda—. Es solo un músculo que se me ha agarrotado durante el viaje.

Esther aceptó la explicación con una sonrisa de alivio. Mientras se subía a mi lado y yo tiraba de las riendas para ponernos en marcha, pensé en cómo ofrecerle mi consejo. Recorrimos un kilómetro antes de que diera con las palabras adecuadas.

Comencé.

—Manyon es un hombre astuto. No admite medias verdades ni adornos. Debes escuchar con atención y ser moderada en tu discurso. Haz una pausa antes de responder.

—¿De cuánto tiempo?

No permití que se me notase la exasperación por la pregunta.

—Solo el tiempo que necesites —dije con suavidad, y me estremecí cuando las ruedas de carro pasaron por un desnivel pronunciado del camino y el dolor volvió a recorrerme la ingle y el muslo—. Todo lo que digas quedará anotado, y podría revisarse en el tribunal, si se llega a ese extremo.

Esther se subió la manta hasta las rodillas. Parecía frágil en el asiento de al lado, a pesar de la voluminosa capa de viaje; tenía un aspecto delicado y quebradizo. Incluso a la luz del día estaba pálida, y me pregunté si habría estado comiendo bien. Sabía que Manyon, si Rutherford lo animaba lo suficiente, la presionaría mucho, y temía que no soportase el escrutinio. Aunque eso podría significar un alivio para Joan y la señora Gedge, que, sin duda alguna, habían sido víctimas de una superstición estúpida, podría provocar el efecto no deseado de meter a la propia Esther en problemas; ¿y si decidían que su acusación era maliciosa?

Mientras subíamos la colina, pensé en el problema de Chrissa Moore. Su nombre representaba para mí un enigma y un peligro. Sabía lo que la mayoría pensaba de las mujeres solteras embarazadas. No es que estuviera de acuerdo. Según mi experiencia, la mayoría de las veces cualquier pecado cometido terminaba por pagarlo con creces la propia mujer. Las había visto muchas veces, abocadas a la caridad de la parroquia, presionadas para entregar a su hijo a una familia más «piadosa». Cuando era muy joven, había escuchado a hombres como Hale, sus prédicas y condenas, y confieso que había llegado a creer que las mujeres eran unas libertinas. Pero eso había sido entonces. No entendía cómo sucedían esas cosas. Al crecer, me di cuenta de que muchas entraban a servir en las casas de hombres ricos y salían con el vientre hinchado. Me daban pena.

No obstante, en aquellas circunstancias particulares, un embarazo ilegítimo supondría la vergüenza y el ridículo para nuestro apellido. La reputación de padre terminaría pisoteada, justo en un momento en el que no podía defenderse. Por si fuera poco, yo mismo sería responsable de un bebé, un niño cuya madre era probable que terminase ahorcada antes de destetarlo. Ni por un momento se me había pasado por la cabeza entregar a mi propio hermanastro o hermanastra a Hale para que lo criara la parroquia.

Pero la madre... La realidad era que la imaginaba como una criatura corrupta. Tal vez había pasado por allí y había visto a un viudo, un hombre con recursos, cuyo hijo estaba ausente. Incluso tal vez había llegado a imaginarse a sí misma en la posición de mi madre.

Volví a pensar en la carta de Esther y en sus frecuentes errores.

—Cuando padre se recupere y todo esto quede atrás, te ayudaré a mejorar la escritura —dije, y agaché la cabeza para esquivar una rama baja. Tiré de las riendas para frenar a Templanza antes de que nos metiera en otro socavón—. Hay mucho provecho que sacarle a la lectura, más allá de las Sagradas Escrituras.

Incluso al decirlo, consciente de cómo había rechazado las oportunidades que se me habían presentado para estudiar más a fondo, me sentí como un hipócrita. No quise examinar el sentimiento con mucho detalle. Tampoco añadí que me parecía que la vida de Esther estaba demasiado vacía, sin amigas de su edad ni ningún interés real en nada que no fuera el catecismo y nuestro hogar. Un buen manejo de la palabra impresa podría ayudarla a ocupar la mente y escapar de la mundanidad.

—Gracias, hermano —dijo con solemnidad. Después, guardó silencio mientras el carro continuaba el accidentado avance hacia Walsham.

Era día de mercado.

Tras haber pasado por muchas ciudades con el ejército y durante mi regreso a Norfolk, estaba familiarizado con las formas en que la guerra las estaba cambiando. Las calles estrechas y sucias que antes rebosaban de hombres parecían más vacías allá donde fuera. Walsham no era un caso diferente. Todos los hombres se habían marchado a luchar. Muchos de los desaparecidos nunca regresarían. Sus cuerpos estaban esparcidos por los campos de batalla, se pudrían en los bosques y se hinchaban en los cañaverales. Y aquellos que regresaban no siempre lo hacían enteros. Volví a pensar en mi herida, en la suerte que había tenido de que no fuera una pierna o una mano. Pensé en el pobre Jack. Con qué facilidad podría haberme pasado a mí.

Una hilera de carros nos retrasó. Mi mente solo estaba centrada a medias en Manyon y Rutherford. Intentaba recordar en qué lugar de la ciudad podría encontrar a un médico de verdad, no a un curandero sin licencia que aplicara el mismo polvo inútil a cualquier herida abierta. Pero llevaba demasiado tiempo fuera. La última vez que había estado allí era solo un niño, con los ojos más atentos al paso de una criada atractiva que al de un hombre miope y canoso de las universidades. Cualquiera de las casas adosadas construidas alrededor del palacio de justicia podría pertenecer a un médico rural; no había ninguna indicación. Tendría que preguntar, ya fuera en el mercado o en el propio tribunal, y esperar que alguien me diera una recomendación.

—Bajemos aquí —dije a Esther, preocupado por el coste del médico.

Llegamos al pequeño juzgado y vi una argolla para caballos vacía. Até a Templanza y luego encadené también las ruedas del carro, ignorando las protestas de un orondo mercader que también intentaba maniobrar con su caballo de carga en el espacio. Me fijé en las ventanas bajas y enrejadas de la cárcel. Indicaban a los que estaban fuera el destino de quienes estaban dentro, y lo que le esperaba a cualquiera que amenazara la paz y el orden de la comunidad.

Esther revisaba su aspecto y se alisaba la falda, arrugada por el viaje. Me dispuse a detenerla, porque sentía que no debería mejorar su aspecto por nadie, pero luego pensé que no vendría mal que luciera como la chica respetable y piadosa que era. Extendí la mano para atusarle un rizo del pelo y le rocé el pómulo con el nudillo, como hacía cuando era pequeña.

—No te preocupes —la tranquilicé—. Lo único que importa aquí es la verdad.

Me sonrió con tristeza.

En el vestíbulo del juzgado se congregaban las personas habituales que viven gracias y a pesar de la ley: dos abogados con togas negras y expresiones aviesas, un secretario de mirada afilada y delgado como una cuerda y tres hombres encadenados, uno que se hurgaba la nariz y con aspecto más bien aburrido, otro que le murmuraba oraciones al techo y el tercero con los ojos llorosos de un borracho. Desde un rincón, dos amas de casa regordetas enfrascadas en cotilleos nos miraron con curiosidad cuando entramos.

Había un ocupante más en la gran sala. Rutherford había llegado temprano. De hecho, sospechaba que había ido directamente allí desde la granja. No perdió el tiempo en cortesías y habló sin rodeos:

—Vamos al despacho. Quiero poner este asunto en marcha lo antes posible. —Solo entonces, como si se diera cuenta de pronto de su falta de modales, se dirigió a Esther y se inclinó ligeramente—: Señorita Treadwater.

—¿Nos espera Manyon? —pregunté.

—Sí, sí. Ha cancelado otras citas para verlos.

—Entonces deberíamos subir —dije.

Pero no fue necesario. Una puerta se abrió al otro lado del vestíbulo y un hombre alto y canoso, con una capa cara y unas botas cordobesas de caña alta, se nos acercó irradiando una energía cálida.

—¡Thomas! Cómo me alegro de verte, chico.

Me adelanté para estrechar la mano extendida de Manyon, y me sorprendió al recibir las mías con un apretón firme y acogedor. Hacía varios años que no veía a ese hombre, y en ese momento juzgué que era una de esas personas que no parecen envejecer ni un solo día el beneficio de un cuerpo fuerte, una dieta generosa y un temperamento austero por naturaleza que no le había permitido dejarse embaucar por la grasa o la bebida, como muchos otros hombres de recursos. Era media cabeza más alto que yo, o que Rutherford, y hacía que Esther pareciera una muñeca.

—También me alegro de verlo, señor —dije, y era verdad. Me reconfortaba en cierto modo ver un rostro conocido de la época anterior a la guerra, a un amigo de mi padre y, si era sincero, a un hombre mayor de mi misma clase; me hacía sentir que otra persona asumiría el mando y me liberaría del pesado yugo que cargaba sobre los hombros. En el fondo, sabía que era una tontería, un deseo infantil, pero lo sentía igualmente.

El rostro de Manyon era compasivo.

—He recibido las noticias sobre tu padre esta mañana, por boca de John, aquí presente —dijo—. Una tremenda pena. Somos viejos amigos, Richard y yo. A pesar de algunas de sus interpretaciones en exceso entusiastas de la palabra de Dios, siempre supe que podía contar con él. Si puedo hacer algo para ayudaros, házmelo saber.

—Gracias, señor —respondí—. Debemos buscar los servicios de un médico en el pueblo, además de ayudar en lo que podamos con la investigación.

—No será necesario, hijo —dijo Manyon—. Enviaré a mi propio médico a Worstead esta misma mañana; ya lo he llamado para darle instrucciones. Tu padre recibirá la mejor de las atenciones.

El deseo de arrodillarme en señal de gratitud me avergonzó y me conformé con extender de nuevo la mano, que Manyon estrechó.

—No sabe cuánto se lo agradezco, señor. Ambos lo hacemos —aclaré, y señalé con la cabeza a Esther, cuyo labio inferior temblaba.

—Ni lo menciones —dijo, con la gentileza de un hombre que tiene la cartera llena. Volvió la mirada hacia Esther. Su actitud, que hasta entonces había sido la de un tío bondadoso, ausente durante mucho tiempo, se tornó más inquisitiva. No me pasó desapercibido el ligero endurecimiento en sus ojos al mirarla, en busca, supuse, de signos de histeria o engaño.

—Esta es mi hermana, Esther —puntualicé.

—Por supuesto. ¿Estás preparada para que se transcriba tu declaración? —le preguntó Manyon, y bajó las gruesas cejas.

—Lo estoy, señor —respondió ella. El chillido de un ratón que pasara por allí habría superado el volumen de su voz.

—Entonces vayamos a mi despacho. Pediré que nos sirvan un refrigerio y me contarás todo lo que sabes. Tú también, Thomas.

—Debo advertirle que no es mucho, señor —dije mientras Manyon nos guiaba hacia las escaleras con una mano en mi hombro derecho.

—Estoy seguro de que conseguirás arrojar algo de luz sobre todo este asunto —respondió con confianza.

Había dicho que no sabía gran cosa. Resultó que no sabía casi nada.

6

El despacho de Manyon era grande y estaba bien amueblado. En las paredes había retratos de varios hombres de su índole, tíos y abuelos vestidos con tejidos y prendas de diferentes épocas, las frentes altas y las narices picudas, muy parecidas a las del magistrado. Había otros cuadros y varios mapas enmarcados. Mientras Manyon preparaba los asientos y servía vino de malvasía, examiné un elegante portulano que mostraba el Mediterráneo y el mar Negro con detalles claros y precisos, pero que se volvía vago cuando la mente del artista avanzaba hacia el norte, hacia las heladas e ignotas costas de Escandinavia. Era un objeto precioso, trazado sobre lienzo, como un cuadro.

Rutherford parecía tranquilo. Aceptó el vino del magistrado y le pasó una copa a Esther, que negó con la cabeza y emitió un murmullo de agradecimiento.

—Solo nos queda esperar a mi secretario —dijo Manyon mientras miraba el reloj de pared—. Señor Rutherford, ¿sería tan amable de averiguar qué lo retrasa?

El cazador de brujas asintió antes de retirarse hacia la escalera.

Manyon estudiaba los papeles mientras yo sorbía el vino y Esther se impacientaba, pero, al poco tiempo, el magistrado levantó la vista.

—Conocí a tu madre, querida —le dijo con amabilidad—. Era una mujer gentil y una gran belleza. Tenía la piel más oscura que tú, mucho más parecida a la de tu hermano, pero, si me permites decirlo antes de comenzar, la hija, como en muchos casos ocurre con dos especies diferentes del mismo establo, siempre es igual a la madre.

—Se lo agradezco —dijo Esther, y enrojeció. No estaba acostumbrada a los elogios efusivos.

Tras haberla ablandado, Manyon continuó.

—Cuando regresen el señor Rutherford y mi secretario, estaremos listos para proceder. ¿Sabes qué esperar de una declaración como la de hoy? —Esther negó con la cabeza—. ¿Has declarado alguna vez?

De nuevo, dijo que no. Manyon asintió.

—Bueno, supongo que eso habla a tu favor en un caso como este. No es infrecuente que la gente reincida en las acusaciones y, por supuesto, cuanto más a menudo el niño grita «que viene el lobo»... —Suspiró—. Los actos de brujería son, además, notoriamente difíciles de demostrar, por lo que es esencial que comprobemos con muchísimo cuidado las motivaciones de la denunciante.

El breve discurso me confundió. No sabía si sentirme aliviado por el hecho de que Joan y su madre pudieran salvarse o preocupado por lo que me parecía una insinuación más siniestra de la posibilidad de que Esther hubiese actuado movida por un rencor hacia las mujeres. Sus palabras escondían una advertencia: «No me hagas perder el tiempo».

Esther asintió.

—Por supuesto.

No obstante, era obvio que Manyon la había inquietado al utilizar un tono más serio.

Intervine.

—Señor, si me permite preguntarlo, ¿se ha tomado declaración a las acusadas? —Usé el término «declaración» de forma deliberada. Temía que Manyon empleara ya la palabra «confesión», aunque la madre de Joan solo llevase unas horas bajo custodia.

El magistrado, que había estado estudiando a Esther, me miró.

—No —respondió—. Pretendemos contar con todas las pruebas antes de comenzar con los interrogatorios. Enviaremos a los investigadores, por supuesto, y cada mujer será sometida a una evaluación física.

—¿De qué clase? —pregunté, y sentí una incomodidad repentina al pensar en Joan, dondequiera que estuviera. Me repugnaba pensar en que alguien le quitase la ropa en un cuarto lóbrego mientras otros la toqueteaban.

—Nuestra matrona, que tiene mucha formación en estos temas, examinará el cuerpo de la acusada en busca de señales que indiquen una posible comunión con diablillos, familiares, espíritus o el mismo demonio —explicó Manyon—. Es una examinación estándar, que se llevará a cabo con respeto.

—¿Y después se decide si hay o no pruebas suficientes para que se celebre un juicio?

—Así es. Aunque puede llevar tiempo, y no solo reunir las pruebas, sino presentar el caso, según lo mucho que se alteren los juicios a causa de la guerra. No está claro si habrá sesiones en Norwich este verano. Muchos jueces de todo el país se están viendo obligados a celebrar ellos mismos los juicios, y a su costa, si sus comunidades ejercen suficiente presión. Y debo advertiros a ambos que cada vez es más raro que los jurados condenen a las acusadas en casos de brujería.

—¿Por qué? —pregunté con curiosidad.

Manyon esbozó una sonrisa cínica.

—Tal vez estemos entrando en una época más ilustrada, o quizá la gente sea cada vez más consciente de las muchas razones por las que se pronuncian tales acusaciones. No es mi intención poner en duda tus palabras, por supuesto —añadió mirando a Esther—. Consideramos cada caso de manera meticulosa e independiente. —Echó un vistazo hacia la puerta y frunció el ceño—. Al menos, cuando contamos con la ayuda de trabajadores rápidos y diligentes.

Me aclaré la garganta, nervioso.

—Debo decirle, magistrado, que conozco a la familia Gedge, tanto a la madre como a la hija, y me cuesta creer que…

Manyon levantó la mano.

—Te ruego que esperes, Tom —dijo, y miró a su alrededor otra vez—. Soy un hombre viejo, y mi memoria es ya poco más que un colador. Hasta que tengamos las herramientas apropiadas para dejar constancia de tus palabras, te pido que las contengas. Bueno, ¿dónde está ese muchacho?

Pasaron unos segundos más y por fin Manyon se puso en pie con una expresión de severo disgusto en el rostro. Justo cuando se dirigía a la puerta, esta se abrió y Rutherford volvió a entrar, solo.

—Magistrado, por desgracia, Timothy se ha visto entretenido. —Supuse que Timothy era el secretario—. No debería retrasarse mucho más, pero, si me lo permite, estaré encantado de…

—No —ladró Manyon—. Debemos seguir el procedimiento adecuado. El secretario del tribunal escribe el testimonio. Esperaremos. —Se volvió hacia Esther—. Mientras tanto, querida, ¿serías tan amable de acompañar al señor Rutherford a las celdas y proporcionar una confirmación formal de la identidad de Joan Gedge?

—¿Joan ha sido detenida? —intervine, sorprendido y preocupado.

—Ah, sí. El alguacil Dillon es un hombre eficiente. Fue por la chica Gedge que nos enteramos de la enfermedad de vuestro padre, ya que acudió al pueblo esta mañana en busca de un médico. Dillon se la llevó enseguida. La mula que montaba está aquí, en nuestros establos —añadió—. Podéis recogerla cuando queráis.

Asentí, distraído por mi conciencia. Joan había intentado ayudarnos y había terminado encerrada. ¿Qué podía hacer?

Rutherford le ofreció el brazo a Esther, pero, antes de que mi hermana se levantara, dije:

—Yo la acompañaré.

—Preferiría que hablásemos a solas —dijo Manyon—. Sobre el otro asunto.

Lo interpreté como una referencia a la acusación de Chrissa Moore contra mi padre. Dudé. No tenía ningún deseo de enviar a Esther a las celdas por su cuenta. Sin embargo, si no lo hacía, no tendría la oportunidad de convencer a Manyon de mi punto de vista, de que mi padre jamás cometería un acto tan sórdido.

Esther se levantó.

—Estaré bien, hermano —dijo, un poco temblorosa. Luego, se alisó las faldas y añadió—: Es una tarea sencilla, y el señor Rutherford me protegerá, estoy segura.

El cazador de brujas le respondió con una sonrisa halagadora, le sostuvo la puerta y se inclinó hacia nosotros antes de salir de la sala tras ella.

Manyon guardó silencio durante unos segundos y luego señaló la jarra para comprobar si quería tomar otra copa. No quería, pero asentí con la cabeza. Como había aprendido siendo soldado, compartir la bebida generaba intimidad, y de ese modo se obtenía información.

Mientras el magistrado servía, inclinó la cabeza hacia la puerta y habló en tono amistoso.

—Tu hermana parece una joven valiente.

Volví a alzar la copa y asentí.

—Sí. Esther es… lo que mucha gente describiría como mansa, pero…

Manyon bebió un sorbo de vino y dijo:

—*Altissima quaeque flumina minimo sono labi.*

«Los ríos profundos fluyen en silencio». Me pregunté si Manyon quería ponerme a prueba.

—Sí, señor. Cuando era más joven, más o menos en la época en que las niñas se vuelven crueles unas con otras, buscó la amistad de algunas muchachas del pueblo, chiquillas de su edad, de algunas de las mejores familias. Había una chica en particular, la hija de un guarnicionero, mucho más grande que ella, no demasiado gentil, a la que Esther temía. Me contó que se burlaba de ella, la llamaba ratoncita y después fingía ser su amiga. Ya sabe cómo son las niñas.

Manyon asintió con una mueca.

—Tengo hijas —dijo—. Perdona. Por favor, continúa.

—Un día, Esther llegó a casa llorando y con arañazos en la cara. Le pregunté qué había pasado. Me contó que estaban jugando cerca del viejo roble, en la plaza, y que la niña había encontrado un nido de pájaros en el suelo. Había un huevo sin eclosionar, y la chica mayor decidió romperlo para ver si había un polluelo vivo. Creyó que a las demás les divertiría torturarlo, o algo así. Pues bien, Esther no lo toleró. Se quedó de pie junto al huevo y se negó a moverse y, cuando la otra chica trató de apartarla, se enfrentó a ella.

Me hinché de orgullo al recordar a mi hermana pequeña, una niña que lloraba cuando se le olvidaban los salmos e incapaz de matar a un pollo para comer, con sus cicatrices de guerra, aferrada al huevo moteado que había salvado, con los ojos llenos de lágrimas mientras me narraba la historia.

Recordé que se había sentido avergonzada, hasta que la tomé en mis brazos y le dije lo que creía que necesitaba oír: que no era un pecado defender a los desamparados y que Dios vería su acto y lo reconocería como propio.

—¿Llegó a eclosionar, el huevo? —Manyon parecía realmente interesado. Desde mi punto de vista, ser capaz de aparentar fascinación cuando uno no la sentía era una gran habilidad.

—Así es —dije, y recordé cómo me había sorprendido—. Era un grajo. Un bichillo inteligente. Le crecieron las plumas en nuestro granero y luego se quedó por allí durante varios años. Tuve que alimentarlo. —Me reí—. Esther era demasiado aprensiva para buscar gusanos.

—¿Qué fue del animal?

—Un día se fue volando. No volvimos a verlo. Esther lo pasó mal.

—Ojalá todas las jóvenes fueran igual de sentidas —comentó Manyon con pesar. Volvió a mirar hacia la puerta—. Por cierto, ¿qué opinas de Rutherford?

Pensé en el bonito rostro de Rutherford y en su actitud solícita. Sabía que mi propia cara tendía a revelar lo que albergaba mi corazón, así que hice un esfuerzo deliberado por mantener una expresión neutral y me encogí de hombros.

—No opino nada —dije—. No he tenido ningún trato con él.

La mirada del magistrado se volvió más perspicaz.

—Has cambiado —dijo—. Recuerdo a un muchacho de semblante hablador, que habría respondido a la pregunta soltando más la lengua. —Me limité a sonreír, así que continuó—. Es mi sobrino, ¿sabes? El hijo del hermano de mi esposa. No es de mi sangre, pero merece la oportunidad que le he dado como asistente, aunque solo sea por el deber para con la familia. Se desenvuelve bastante bien. Un hombre inteligente. Recuerdo que de niño era muy devoto. Estaba destinado a la Iglesia.

—¿Ya no es tan devoto?

Manyon tomó un sorbo de vino y enarcó una ceja.

—Es posible que sus experiencias hayan deslustrado el camino del Señor a sus ojos, pero creo que sigue siendo un siervo de Dios. Ha tenido una vida difícil. Se casó, como hacen los jóvenes. Anne era una chica hermosa. John estaba totalmente entregado a ella.

—¿Estaba?

Manyon confirmó la deducción asintiendo.

—Se quedó embarazada. El bebé llegó. Un niño. Pero la madre sucumbió a las fiebres del parto. Murió en una noche. —Empujó la copa, distraído, dibujando un pequeño círculo—. John dejó al bebé al cuidado de una nodriza, una mujer de los Fens. Era lo único que podía hacer. —Asintió para sí mismo—. Sí, lo único. A uno jamás se le ocurriría pensar que… —Levantó la vista hacia mí.

Muy a mi pesar, estaba absorto en el relato.

—¿Ocurrírsele qué, señor?

—Que las mujeres fueran capaces de algo así. Sé que las Sagradas Escrituras nos lo advierten. Sé que la serpiente se acercó primero a Eva, y que el mal se instaló en ella primero, pero aun así...

—¿La mujer hizo daño al niño? —pregunté, y me estremecí por dentro. Rutherford era un idiota engreído, pero nadie se merecía aquello.

—No. Murió por simple negligencia —dijo Manyon con una brutalidad profesional—. Enterró el cadáver en los terrenos de su casa, pero continuó cobrándole a John sus honorarios durante varios meses, con informes de que el niño crecía guapo y próspero. Hubo otros. Cuando los descubrieron, se creyó que John perdería la cabeza.

Me costaba imaginar a Rutherford como un padre afligido, pero lo compadecí. La idea de confiarle un niño a una de las nodrizas de aspecto rudo que había visto en las calles de Norwich me revolvía el estómago. Me recordó a Chrissa Moore, su acusación, y el dolor que podría derivar de ello.

—Una pena enorme —dije con cuidado—. Y una gran maldad. —Sentía más que eso, pero Manyon estaba jugando con mis sentimientos más delicados, y prefería no mostrarme susceptible, al menos hasta que supiera lo que quería.

—Sí, pero se entrega a su trabajo. Y se le da bien. Hizo que colgasen a la mujer por su corrupción; era lo correcto.

—Un hombre debe ser hábil en su profesión —concordé sin mucho entusiasmo. Había visto colgar tanto a hombres como a mujeres, y todos habíamos oído hablar de las quemas, aunque, por fortuna, nunca había presenciado una. Me preguntaba si eran necesarias unas medidas tan drásticas para evitar unos delitos impulsados, en su mayoría, por la necesidad. Era un pensamiento poco común.

—¿Qué hay de ti? —preguntó Manyon en un tono más jocoso—. Has luchado por el Parlamento, pero esta escaramuza no durará siempre.

—Eso esperemos, señor —dije—. He visto suficiente de la guerra para satisfacer a los estómagos más sanguinarios.

Manyon asintió con seriedad.

—Sin embargo, te ofreciste como voluntario para las Compañías. —Las Compañías eran la milicia del condado. Cuando el Parlamento se levantó en armas contra el rey, me alisté como voluntario. No fue una elección propia. Mis razones no eran algo que quisiera discutir con Manyon y, aunque me sentía incómodo por dejarle pensar que tenía motivaciones nobles, asentí.

—Así es, y, hasta que mi coronel me libere, serviré lo mejor que pueda. Aunque espero que se acabe. Esta no es forma de vivir para los hombres.

Manyon se mostró de acuerdo.

—Que Dios lo quiera. Entonces, ¿qué vendrá después?

—Mi padre deseaba que me formara en leyes.

Manyon escuchó la evasiva y frunció el ceño.

—¿Pero?

—Para acceder a los Inns of Court tendría que estudiar en una de las universidades.

—Seguro que eso no es un obstáculo para un joven de tu inteligencia.

Al magistrado se le daba bien adular. Sería muy bueno en política si alguna vez decidía dejar la tranquila vida de magistrado rural y presentarse a un cargo.

—Padre me envió a un tutor para preparar los exámenes —admití, y Manyon levantó la barbilla en señal de reconocimiento.

—Sí, ahora lo recuerdo. ¿Un individuo del condado de Buckinghamshire? Cambridge, ¿no es así?

—Correcto, señor.

—¿Y te decepcionó de alguna manera?

Enrojecí. Eso distaba mucho de la realidad, pero no deseaba compartir toda la historia con el perspicaz magistrado. La vergüenza que había provocado a mi familia me pertenecía a mí, pero no por ello tenía que airearla. Sin embargo, no podía mentir. Sería peor, de alguna manera, apilar vergüenza sobre vergüenza en ese momento en que mi padre no podía reprenderme por ello.

—El fracaso fue mío —admití por fin—. El señor Milton no tuvo la culpa. —Sin embargo, a pesar de reconocer mi responsabilidad por la ruptura entre ambos, pronunciar el nombre me dejó un mal sabor de boca. Continué—: Ahora, en fin, ya no hay fondos.

—Es bueno que tengas el honor de hablar así de las faltas del pasado. Muy bien —dijo—. Considera tus planes. Ocúpate primero de tu padre y tus deberes, pero tal vez, una vez terminada la guerra, pueda ayudarte a salir adelante.

—Es muy amable, señor.

Manyon agitó la mano.

—No es más que mi deber como viejo amigo de tu padre.

La mención de mi padre provocó que me invadiera una culpa corrosiva, no solo por haberlo dejado indefenso en una casa vacía o por lo cerca que había estado de verlo antes de que se viera postrado en cama, sino, lo que era peor, por cómo, y cuántas veces, había defraudado su confianza en el pasado. Sin embargo, no era el momento de pensar en aquello.

—En cuanto a tu padre… —El rostro del magistrado era amable. Esperé, con los nervios a flor de piel—. El asunto de Chrissa Moore es delicado. No he hablado con ella en profundidad, pero… —Tal vez había escuchado algo en las escaleras antes que yo o tal vez la forma de expresarse no le había parecido la correcta, porque se interrumpió. Antes de que pudiera instarlo a continuar, Esther y Rutherford regresaron, acompañados, por fin, por el secretario, un joven cuyos ojos apagados y maneras ansiosas delataban una visita ilícita a la taberna. Manyon lo miró con irritación.

Posé la vista en Rutherford, incómodo por las confidencias que el magistrado había compartido conmigo. Tanto yo como todas las personas que conocía sabíamos de muchos que habían perdido hijos, aunque ninguno en aquellas circunstancias exactas. Buscaba pruebas de su dolor, algo que justificase la naturaleza inflexible que ocultaba tras ese velo de cortesía. Tal vez una inclinación de los hombros o un gesto melancólico en la curvatura de sus labios. No se dio cuenta de mi escrutinio, porque observaba a Esther con una expresión ilegible. No era de admiración, al menos no abiertamente. Era casi de nostalgia.

Seguí su mirada hacia mi hermana y noté que Esther se estremecía mientras se aferraba a la parte delantera de su capa para protegerse del frío. Me levanté, y lo pagué con un dolor en el muslo, pero me acerqué a ella.

—Hermana, ¿estás bien?

—Sí —dijo. Alrededor de sus ojos había un halo rojizo.

—Acércate al fuego —propuse, y la guie. Se acercó sin rechistar, se acomodó en el hueco de mi brazo y dejó que las llamas la calentaran.

Rutherford se sentó y volvió a tomar su copa.

—La joven ha identificado a Joan Gedge —informó a Manyon—. Es agradable ver a una muchacha de tan adecuada sensibilidad y piedad. Las celdas la han afectado, eso está claro, pero ha cumplido con su deber.

Hice caso omiso de sus palabras y me dirigí a Esther.

—¿Has visto a Joan? —Ella asintió—. ¿Estaba bien?

Cuando respondió, lo hizo con un susurro temeroso.

—No me dijo ni una palabra. Estuve allí mucho tiempo y… —La hice volverse y la miré a la cara mientras maldecía mi propia torpeza. Las lágrimas relucían en su rostro.

Miré a los otros hombres.

—Me gustaría llevar a mi hermana a casa lo antes posible. Debo insistir en que comencemos con la declaración.

7

A Esther le temblaba la voz.

—Comenzaron a dormir juntas en la misma habitación, en contra de mis instrucciones. Tallaron símbolos en la madera de las puertas y las ventanas, de modo que temiera entrar. La habitación de Joan despedía malos olores y, cuando le pregunté por ello, me dijo que preparaba brebajes para alejar las enfermedades según las enseñanzas de su madre. Por las noches, las veía enterrar cosas. No sé qué, pero no me atrevía a salir de la casa y, por la mañana, nunca encontraba los sitios donde habían excavado. Murmuraban maldiciones cada vez que pasaba. Sufría dolores punzantes, en la cabeza y bajo las costillas, y había veces que no recordaba lo que había estado haciendo, así de embrollada me tenían. El tiempo también era terrible; provocaban vendavales y tormentas eléctricas, aunque había pocas nubes en el cielo. Tal era su placer, torturarme con cosas sin sentido.

Al final del relato, el ceño de Manyon estaba fruncido. Esther había respondido a sus numerosas preguntas con su gentileza habitual, y él había indagado con más pesquisas. Admiraba su capacidad para poner el dedo en la llaga sin que pareciera que presionaba demasiado. Antes lo había subestimado. Esther no se había avergonzado con sus respuestas. Había hablado con voz trémula, pero con toda la apariencia de verdad.

Sin embargo, Manyon seguía con el ceño fruncido, y yo sabía por qué.

El relato de mi hermana sobre la conducta de Joan Gedge había sido claro y, hasta donde alcanzaba a dilucidar, sincero.

Había pronunciado las palabras en un tono que indicaba confianza en sí misma. No obstante, no había nada sólido, ningún cuchillo manchado de sangre, por así decirlo, con el que el magistrado pudiera justificar que Joan siguiera retenida.

Me sentí aliviado. El apasionado relato de Esther había hecho tambalearse mi confianza en que Joan era inocente y no tenía malas intenciones, pero no la había desbaratado del todo. Ambas muchachas, mi hermana y nuestra joven sirvienta, eran crédulas, y no me costaba imaginar cómo Chrissa Moore podría haberse interpuesto entre ellas y enfrentarlas. Dado que entonces esa influencia había desaparecido, esperaba que Manyon liberara a Joan. Tal vez no volviera a trabajar para nosotros, pues dudaba que lo deseara, pero pensé en alguna manera de compensarla y en qué podría hacer por su madre.

Manyon había indicado al secretario que dejara de garabatear. Parecía sumido en sus pensamientos, con las manos enlazadas bajo la barbilla. Cuando habló, lo hizo de manera lenta y precavida.

—Me parece que no hay suficientes pruebas contra Joan Gedge o su madre; por lo menos, no las suficientes para llevarlas a juicio.

—¿Las liberarán? —preguntó Esther en voz baja. ¿Le asustaba la perspectiva? La miré a la cara, pero estaba vuelta hacia Manyon y no le vi los ojos.

Hubo una larga pausa. Entonces, el magistrado dijo:

—Todavía no. Los investigadores siguen trabajando en casa de las Gedge, y lo que tu hermana ha dicho confirma lo que ya había pensado, que debemos registrar también vuestra propiedad. —Asentí. Me lo esperaba. No teníamos nada que ocultar. Manyon continuó—: También queda el interrogatorio de Chrissa Moore, que tendrá lugar esta tarde. Dada la falta de información sobre la chica, de dónde viene o si hubo intención por su parte de atraer a vuestro padre hacia la corrupción, a primera vista, parece que el caso contra ella se sostiene mejor.

—¿Qué ha dicho en su defensa? —pregunté.

—Nada —respondió Manyon con brusquedad—. Ni una palabra a nadie desde que la detuvieron.

—Siempre fue callada —comentó Esther de repente. La miramos. Parecía avergonzada por haber hablado fuera de lugar, pero, cuando vio que esperábamos a que continuara, añadió, con un matiz desafiante—: Era un silencio irrespetuoso.

Manyon suspiró.

—Sea como fuere, no se la puede obligar a hablar en su estado actual…

—¿Qué estado? —El rostro de mi hermana estaba medio ensombrecido, de espaldas a mí.

Pensé en mentir, pero la mecha ya estaba encendida. Hablé con suavidad y tomé su mano.

—La chica dice estar embarazada —dije. La mano de Esther se tensó—. Es una mentira vergonzosa —la tranquilicé—. Estoy seguro de que solo quiere evitar el juicio.

Esther comenzó a llorar. Manyon parecía incómodo, pero Rutherford la miraba con admiración. Era el momento de marcharse. Me levanté.

—Mi hermana está consternada —dije—. Si no necesitan nada más, la acompañaré a casa. —Cuando Manyon asintió, recordé la oferta de ayudarnos con el médico para padre—. Gracias, señor, por su oferta de convocar a su médico. Cubriré el coste, por supuesto.

El magistrado desechó el comentario.

—Lo enviaré en cuanto llegue. Con la providencia de Dios, vuestro padre pronto volverá a ser el que era. —Se volvió hacia Rutherford—. ¿Los acompañas a la salida?

Rutherford se inclinó hacia su jefe, que habló de nuevo:

—Te mantendré informado, Tom. Espero que todo el asunto se solucione pronto.

Descendí las escaleras, apoyando el peso en la barandilla de madera, mientras Rutherford le ofrecía el brazo a una Esther que todavía sollozaba. Cada vez que bajaba un escalón, el dolor se renovaba. La herida empeoraba. En ese momento sentí cada segundo de mi largo viaje y la profunda falta de sueño. Delante de mí, Esther se inclinó hacia Rutherford. Él se mostraba solícito y le murmuraba palabras mientras se acercaban al vestíbulo principal. No llegaba a oír lo que decían por más que me esforzara, ni tampoco creía lo que veían mis ojos; ¿podría ser que le gustara aquel hombrecillo adulador? Que a Rutherford le gustara, dada la juventud, maleabilidad y piedad de mi hermana, no me costaba aceptarlo, pero ¿que el sentimiento fuera recíproco? Era difícil de creer y, sin embargo, Esther estaba ante mí, sin lágrimas, cuando llegamos al suelo de baldosas de la sala.

—Señor Rutherford —dije, y enderecé la espalda. No quería que Esther percibiera mi dolor—. Me gustaría hablar con la chica ahora.

El hombre se volvió como si se le hubiera olvidado.

—¿La chica? Ah, la bruja. No creo que consiga sacarle nada. Pasé con ella toda la noche y no dijo ni una palabra.

—Aun así, quisiera hablar con ella. Y con la señora Gedge y su hija. Como acordamos.

El cazador de brujas dudó. Yo sabía que quería negarse, pero, tras una fugaz mirada a Esther, asintió.

—Hablaré con el alguacil —dijo. Desapareció por un arco de piedra que conducía a las celdas, en el piso inferior.

La espera fue breve. Rutherford regresó al cabo de uno o dos minutos y me hizo una seña para que lo siguiera. Lo hice esperar y le busqué a Esther un sitio en un banco.

—Espera aquí —le ordené.

Se aferró a mi mano.

—¿Tienes que irte?

—Tú has ido. Fuiste muy valiente.

—No —dijo, sonrojada—. Solo era mi deber, lo que le debía a Dios.

—Y este es el mío. El señor Rutherford se quedará contigo y se asegurará de que no te ocurra nada. No tardaré mucho.

Las baldosas cuadradas y grises del suelo del juzgado dieron paso a la piedra rugosa de la escalera de caracol que conducía a las celdas. Pensé en las pisadas de Esther en aquellos peldaños, hacía apenas unos minutos, e imaginé su turbación al alejarse de la luz. Por un momento, me sentí culpable por no haberla acompañado, pero tuve que recordarme la impresión positiva que creía haberle causado a Manyon. Con suerte, el magistrado me ayudaría a coger impulso en una profesión que me ayudara a mantener a Esther si padre no se recuperaba. No era poca cosa; de hecho, perder aquella posibilidad podría ser desastroso. Si las ovejas seguían muriendo y nuestra pequeña colección de inquilinos se marchaba a otra parte, no tendríamos medios para reabastecernos ni alimentarnos, y mucho menos para pagar las medicinas de padre. La buena opinión de Manyon podría marcar la diferencia entre pasar un invierno en nuestra propia cocina o mendigar como indigentes por los caminos. Decidí que había tomado la decisión correcta al cultivar esa relación.

La cárcel no me preocupaba mucho. Era menos inocente que Esther. Una vez, sin que lo supieran ni mi padre ni mi hermana, me habían encerrado por borracho, y había visto el interior de una celda del condado de Norwich. No recordaba el camino de bajada, pues estaba demasiado ebrio, pero sí cómo me habían vuelto a subir después de entregar hasta el último centavo que tenía en mi poder para asegurar mi liberación sin cargos.

Aquella cámara era más profunda, más antigua y más estrecha que la más grande de Norwich, pero el olor era el mismo: a seres humanos sin lavar mezclado con el hedor de las aguas residuales, donde goteaban los desechos de la ciudad desde las calles de la superficie, la peste de las entrañas de la tierra. Me hizo añorar el aire invernal de la granja y la frescura de la brisa marina. Tanteé las paredes mientras descendía e intentaba no pensar demasiado en la procedencia de la mucosidad que cubría las piedras antiguas.

Llegué al final de la escalera. Alguien, seguramente el alguacil, había encendido velas a intervalos regulares en la pared, por lo que el espacio húmedo y con corrientes de aire apenas era visible. Miré hacia delante para orientarme. Me encontraba en un sótano estrecho y alargado, revestido con piedra a un lado y con una hilera de puertas al otro, cada una con un ventanuco enrejado lo bastante grande como para meter un trozo de pan y un vaso de agua, todo lo que recibirían las personas confinadas allí, si tenían suerte. El olor a moho y a estiércol se combinaba con un regusto a cerveza rancia y vómito.

—Nada mal, ¿verdad?

Me volví y me pregunté cómo no me había dado cuenta de que un hombre tan corpulento había bajado las escaleras detrás de mí. La figura que me tendía la mano me recordaba a una duna de arena: era alto, ancho de hombros, espalda y cuello, con aspecto de buey. Sin embargo, el alguacil Dillon mostraba una amplia sonrisa de reconocimiento, a pesar de su voz ronca, y recordé que el hombre era sorprendentemente jovial para alguien con un trabajo tan ingrato.

La responsabilidad de Dillon era sencilla: encerrar, detener y presentar ante los tribunales a los despojos del distrito, es decir, cazadores furtivos, borrachos, maleantes, prostitutas y padres de bastardos. Al pensar en lo último, sentí otro arrebato de ira hacia la mujer que había venido a conocer.

Dillon era un carcelero justo en comparación con muchos de sus colegas de oficio. Los que eran liberados de su custodia a menudo le enviaban un barril de manzanas en San Miguel o un jamón en Navidad y hablaban de su sensatez y de su poderosa voz al cantar. Los que terminaban ahorcados no decían nada peor.

—Alguacil —dije, y le estreché la mano carnosa—. Me alegro de verlo, aunque no encuentro muchos motivos para la alegría aquí abajo —añadí, y señalé con un movimiento de cabeza al reducido y lúgubre espacio que había más allá.

Dillon se rio y se golpeó la cabeza en el bajo techo.

—Esto es un palacio, muchacho, comparado con algunas de las cárceles que he visto. Manyon lo mandó construir. Un buen hombre. Antes de que destinara los fondos, este sótano no contenía más que cerveza y ratas, y a los prisioneros se los arrojaba en un corral de cerdos en mis tierras.

Aunque parezca mentira, el distrito no pagaba a Dillon por sus servicios como alguacil. Tenía su propio arrendamiento que cuidar, y su puesto, técnicamente, era no remunerado. Así, el hijo adulto de Dillon cultivaba sus campos mientras su padre se ocupaba de los vagabundos y mendigos de Walsham. Pero Manyon era inteligente. No quería dar pie a los sobornos y las pequeñas corrupciones que surgirían al poner a un hombre con los bolsillos vacíos a cargo de la aplicación de la ley en su distrito. Era de dominio público que él mismo pagaba a Dillon.

Algo gris se cruzó en nuestro camino.

—Veo que las ratas siguen por aquí —comenté mientras observaba cómo la criatura se escabullía a lo largo de la pared hasta desaparecer en la oscuridad.

—Habrá ratas hasta en el fin del mundo —rio Dillon—. ¿Qué puedo hacer por ti, muchacho?

—El señor Rutherford me envía. Me ha dado permiso para hablar con la prisionera, Chrissa Moore, y para ver cómo se encuentran las mujeres Gedge.

Dillon hizo una pausa y su rostro perdió la expresión de franca amabilidad.

—Rutherford, ¿eh? —Asentí, consciente de que el cazador de brujas había hablado con Dillon, y comprendí que el hombre no gozaba de mayor estima a los ojos del alguacil que a los míos—. ¿Sabe el magistrado que te ha enviado aquí?

Me gustaba Dillon y no quería mentirle.

—Es posible que estén teniendo esa conversación ahora mismo, no estoy seguro —admití—. Sin embargo, fue explícito en lo que al permiso se refiere.

Después de pensarlo un momento más, dijo:

—Me basta. Sin embargo, ten cuidado con esa. No le des la espalda.

—¿En qué celda está? ¿Y las otras?

Dillon señaló el pasillo.

—La tercera. La madre y la hija están juntas, en la celda más alejada.

No veía la puerta del fondo. Le pedí usar una vela y accedió. La pequeña y brillante llama era reconfortante.

—Serán solo unos minutos —dije—, pero tengo que hablar con Moore en privado.

Dillon volvió a mostrarse incómodo, pero al final asintió y se retiró escaleras arriba, con las llaves tintineando en la cintura.

Deseé seguirlo de vuelta al mundo de la superficie, pero me adentré en la penumbra.

Las dos primeras celdas apenas tenían la longitud de un caballo de profundidad y eran bastante más estrechas que la envergadura de un hombre. Cada una contenía a más de un recluso. De la primera emanaba el hedor a vómito, y dos hombres, paralizados por la bebida, estaban desplomados contra las paredes. Ninguno se movió cuando pasé. En la segunda había otros tres hombres, todos hoscos y con aspecto hambriento. Uno gritó una obscenidad cuando pasé, quizás al confundirme con Dillon. Otro se rio.

Antes de llegar a la tercera celda, me detuve en seco.

«Pero los cobardes, los incrédulos, los abominables, los homicidas, los fornicarios, los hechiceros, los idólatras y todos los mentirosos tendrán su parte en el lago que arde con fuego y azufre, que es la muerte segunda».

Las palabras del Apocalipsis me asaltaron con la misma claridad como si tuviera la Biblia abierta en las manos. Las escuché con la voz de mi padre. Cerré los ojos un instante mientras asimilaba el hedor a mierda y orines, los olores del mundo. No había hechiceros ni brujas. No había pactos con el diablo ni familiares que mamasen de pechos vacíos. Solo borrachos y prostitutas, puteros y herejes, como yo.

8

Marzo de 1703

En un lugar alejado del mar

Mi alcoba da a un pequeño jardín amurallado, no lo bastante grande como para llamarlo huerto, con manzanos y ciruelos como los que adornaban la casa de mi infancia. Hoy, los árboles no tienen frutos ni hojas. Se plantaron durante una hermosa primavera de hace medio siglo, mientras Mary se apoyaba en el rastrillo y yo sacaba montañas de lastra del suelo calcáreo. Dan la espalda a un pasto de ovejas vacío con una ligera pendiente, rodeado a ambos lados por campos interminables, rebosantes de matices verdes, invadidos en verano por las olas de un mar amarillo y seco.

Suelo despertarme con el dulce y agudo canto de los pájaros. Esta mañana, sin embargo, los pájaros se han ido, y el silencio del exterior retrasa el retorno de la conciencia plena. El sol casi ha salido por completo antes de volver en mí, con una gratitud feroz por haber dejado atrás los sueños. Rara vez sueño, pero, desde hace poco, las furias me persiguen mientras duermo, baten sus alas provocando un sonido atronador y sus voces se convierten en un torbellino de gritos bestiales; no sé con qué fin, pero no dejan de chillar, burlándose de mí.

Me sacudo para despertar del todo y saboreo el alivio en las rodillas y la espalda que me proporciona estar tumbado. Es un placer efímero. Recuerdo lo que debo hacer, y no me sirve de consuelo. No despertar a Mary es un arte que he perfeccionado durante décadas; ruedo con movimientos uniformes hacia mi lado de la cama, reparto el peso e intento no toser. Al balancear los pies descalzos, un dolor punzante se me clava en el centro del pecho. Me saluda casi todas las mañanas. Durante unos treinta segundos, dibujo con el puño círculos vigorosos sobre la piel, como me han indicado los médicos, aunque no sirva de nada. El roce me blanquea el esternón y destiñe sus cicatrices rojas y ramificadas hasta cubrirlas de un blanco puro. A medida que el color regresa, casi me parece que sangran.

De pie, me pongo las calcetas y los calzones, luego el chaleco, y meto los pies en las zapatillas. Introduzco la mano en el bolsillo para que las llaves que siempre llevo encima me rocen la piel y las envuelvo con los dedos. Anticipan mi llegada, como un puñado de pólvora, un minúsculo barril que en cualquier momento podría arrancarme tiras carnosas de la mano.

Me acerco a la ventana y miro al exterior; observo hasta qué punto se ha relajado el viento. El mercurio del barómetro en madera de fresno sobre la cornisa está alto, y el cielo, de un azul benigno como un huevo de acentor, sigue salpicado de plumas blancas. Los árboles están tan quietos que podrían estar tallados en piedra. Tal y como esperaba, ha nevado durante la noche, pero solo un poco, por lo que cada rama y cada hoja están heladas, cubiertas por un ligero polvo que parece azúcar. En el suelo no hay rastros de huellas. No hay señales del paso de ninguna criatura. El silencio reina sobre el paisaje.

—Thomas —murmura la voz somnolienta de Mary desde la cama. Está envuelta en edredones y mantas, así que lo único que veo es su gorro de dormir y la curva detrás de sus rodillas, normalmente ocupada por el gato, pero esta mañana no anda cerca.

—Buenos días, esposa —digo, y vuelvo a su lado cuando comprende lo que ocurre y la expresión de su rostro pasa de la satisfacción a una profunda inquietud. Se da cuenta de que estoy decidido y se mueve más deprisa.

—Dame un segundo y estoy contigo —dice mientras empieza a levantarse—. O quizás espera hasta…

Le pongo las manos en los hombros.

—No. —Luego, mientras protesta—: No. No puedo llevarte. Debo ir solo. Y tiene que ser ahora, ya lo he retrasado bastante.

Me coge la mano. Siento su piel tibia y apergaminada, como si la vida se le estuviera escapando. La aprieto contra mi pecho. Quiero mantenerla allí, protegerla.

—Tiemblas —digo—. Ten valor. Todo irá bien.

Incluso antes de que termine, ella niega con la cabeza. Ya casi no tiene pelo en las cejas y las cataratas empiezan a nublarle el ojo izquierdo, pero su ira sigue siendo un espectáculo.

—¿Cómo puedes decir eso? Conoces el peligro, Thomas.

—Mira lo lejos que hemos llegado juntos. Ahora no es el momento de perder la confianza. —Una certeza que podría haber sido sinónimo de valentía en la boca de un hombre más joven suena a engatusamiento en mis ancianos oídos. Al parecer, también en los suyos.

—Una cosa es la confianza y otra la estupidez redomada. —Ha salido de la cama y se pone la cálida bata.

—¿Estupidez?

La frustración se arremolina bajo sus palabras.

—Que subas solo es una estupidez, cuando… —Una pausa—. Es una imprudencia.

—No hablemos más de esto, querida —digo con la mayor firmeza posible. Luego, más suavemente—: No sé lo que encontraré, y no temo lo desconocido. Tampoco deberías hacerlo tú.

Pero es una mentira. Por supuesto que temo lo desconocido. ¿Qué otra cosa hay que nos pueda aterrorizar?

No culpo a Mary por su ira y sus dudas, ni siquiera por su resentimiento. Sin embargo, debo insistir en hacer esto solo. No hay otra opción.

Agarro con fuerza las llaves, aunque siento el metal como una lengua de fuego en la palma, y bajo las escaleras. No tengo apetito; de hecho, siento náuseas al pensar en comida, pero recojo vino, pan y una pechuga de pichón fría de la despensa. Enciendo el fuego y caliento un tazón de sopa de cebolla, luego lo coloco todo en una bandeja antes de arrodillarme para rezar. Le pido a Dios que no me abandone hasta que termine mi tarea. Casi me convenzo de que me escucha. Cuando termino, me levanto con torpeza y suelto un gruñido por culpa del esfuerzo. Pongo una vela encendida en la bandeja y me dirijo a las escaleras.

Las manos me tiemblan al caminar y mis rodillas amenazan con desplomarse. Es el cambio de estación, casi primavera, pero la casa sigue presa de un frío voraz como en pleno invierno. Subo la bandeja y paso frente a los dormitorios, hasta alcanzar la puerta del final del pasillo. La puerta que siempre se mantiene cerrada.

Deposito la bandeja en el suelo e introduzco la más pequeña de las llaves en la cerradura. Gira con un clic. Al abrir la puerta, por un breve instante, huelo el mar, saboreo la frescura salada del océano en los labios y me viene a la memoria el grito ensordecedor del viento sobre las olas y el trueno, cada vez más cercano. Me mantengo atento al más mínimo sonido real. La cacofonía se desvanece. No es más que mi imaginación.

Hay catorce escalones. No hay ventanas. En lo alto, hay una segunda puerta de roble de doble hoja cerrada con llave y reforzada con un pesado tablón. Yo mismo la construí, y sé que aguantará.

No se oye nada desde arriba. Recojo la bandeja y levanto el pie. Luego, sin decidirlo del todo, vuelvo a bajarlo.

«¿Tanto miedo tienes a la oscuridad?». La idea de mi cobardía me fastidia y empiezo a subir.

Llego al último escalón. Tengo la sensación de que apenas hay aire, como si hubiera ascendido kilómetros y no solo unos metros, como un Virgilio o un Odiseo, aunque avanzo en la dirección equivocada. La casa bajo mis pies, con la chimenea y el gato escuálido que se lame los cuartos traseros bajo la mesa de la cocina, bien podría pertenecer a otro mundo.

Deposito la bandeja en el suelo, con cuidado de no apagar la vela, y saco el trozo de madera de los soportes como he hecho miles de veces.

La puerta se abre con un chirrido. Mi silueta bloquea la luz de la vela, por lo que el espacio que tengo delante está apagado y ensombrecido. Mi respiración suena áspera, y el miedo me pesa como si tuviera un trozo de hierro en el estómago. El olor a mar es ya casi insoportable.

El ático está amueblado de forma sencilla y está limpio. En un lado hay una cama con una cálida colcha, una cómoda, varias alfombras y un lavabo. Debajo del lavabo hay un orinal vacío. En el otro lado, hay una pequeña ventana que no estaba en la casa, pues la he instalado yo mismo. Deja pasar la luz y tiene vistas a los campos de más allá. Debajo de esta ventana hay un banco de madera. El rostro del residente está orientado hacia la ventana. El pelo gris como el acero, que empieza a aclararse en las raíces, cuelga suelto y largo, oscurece en parte el camisón de lino sin blanquear y llega casi hasta los grilletes que le rodean los tobillos.

Espero.

—¿Lo hueles? —La voz suena arenosa, el coste de largos años de silencio—. ¿El mar?

—No —digo tras un rato. Se me quiebra la voz.

La figura se vuelve hacia mí. El camisón se abre en la garganta y revela una piel pálida atravesada por un patrón de líneas descoloridas, de color rojo sangre, como un río y sus afluentes. Llegan hasta la clavícula izquierda.

—¿Estamos cerca?

En los pocos instantes antes de que resulte obvio que no voy a responder, soy consciente de que me están analizando.

Soy objeto de su escrutinio. Su breve risa suena como una espada al desenvainarse.

—Los años te pesan como traiciones, Thomas.

No discuto el veredicto. Estoy demasiado distraído, porque conozco la voz. Es la que he temido. Algo a lo que me había aferrado se desmorona dentro de mí.

—Te he traído comida —digo al final, y le ofrezco la bandeja.

Levanta una ceja.

—¿Compartirías el pan conmigo?

Me acerco varios pasos.

—Te daría de comer. No puedes alimentarte por tu cuenta, al menos no sin dificultad.

La mirada se desplaza hacia los grilletes, la cadena que une los tobillos a las muñecas.

—Entonces, por supuesto, comamos —dice la voz, irónica de nuevo.

Me siento en el banco y percibo el olor a sudor, a carne sin lavar y a piel desprendida. Una palangana y unas jarras de agua caliente son todo lo que sería capaz de subir por las escaleras yo mismo, pero decido hacerlo. Mary me echará en cara que insista en hacerlo solo, pero, a partir de ahora, juro que nadie más que yo entrará en esta habitación.

Levanto la copa para que pueda alcanzar el vino y espero. Cuando está medio vacía, bajo las manos y le ofrezco el pan; lo sostengo con firmeza mientras los pequeños y blancos incisivos arrancan un trozo y lo mastican con delicadeza. Sigo ofreciéndole la hogaza hasta que se acaba, y luego le doy con una cuchara la sopa blanca del cuenco.

—Recuerdo que antes te gustaba —digo, sin obtener respuesta.

Una vez terminada la comida, miro los párpados cerrados de carne translúcida, con una telaraña de venas azul celeste y apenas una arruga que indique el paso de los años.

Un movimiento repentino en la esquina me llama la atención. Un destello marrón y azul pálido: es un arrendajo solitario que buscaba protegerse del frío y quizás se haya colado por la chimenea por error. O por un agujero en el tejado que habrá que reparar. El arrendajo corretea sobre sus patas enjutas. No encuentra el camino por el que ha entrado y revolotea entre las vigas, graznando con pánico. Me compadezco, pero no veo ningún hueco por el que empujar su angustiado cuerpo, aunque consiguiera atraparlo.

—Este es un mundo nuevo. —Oigo las palabras y me vuelvo, ansioso por ver la expresión que las acompaña, pero prevalece la misma nada anodina.

—¿Nuevo en qué sentido? —pregunto—. ¿Qué recuerdas? Me regaño por hacer dos preguntas, pero el error no me cuesta la contestación.

—Más pequeño. Marchito. —Las palabras fluyen en voz baja, pero no pierden el desdén.

—¿Cómo se ha marchitado?

—Ideas. Creencias. La fe.

—¿Cómo lo sabes?

El arrendajo se posa junto a nuestros pies y después se escabulle hacia la cama.

—¿Cómo sabe esa criatura que debe volver a los cielos abiertos? ¿Que esta habitación, por muy resguardada que esté, será su muerte, que le triturará las alas contra las paredes?

El pájaro, que picoteaba un tablón del suelo, se posa con torpeza. Luego se precipita hacia la ventana, pues parece percibir la cercanía de la libertad. Pero no ha tenido en cuenta el cristal y cae, graznando, de nuevo al suelo.

—No lo sé —admito. Luego, con timidez, pregunto—: ¿Qué recuerdas de antes?

Pero no obtengo más respuestas para mis sufrimientos.

Cuando vuelvo a mirar, el arrendajo ha desaparecido. Lo busco en los días siguientes, y encuentro sus restos intactos languideciendo bajo la mesa.

Bajo las escaleras, cierro la puerta tras de mí y me guardo la llave en el bolsillo. Una vez cerrada, apoyo la frente en la madera y respiro. Permanezco allí durante varios minutos para calmar las aguas turbulentas de mi mente. Aun así, la paz no regresa. Los latidos de mi corazón están desacompasados con el resto de mi ser. Casi sin darme cuenta, he empezado a rascarme. En el pecho y los brazos, mis cicatrices han cobrado vida y parecen arrastrarse por la superficie de mi cuerpo, lo que me provoca una perniciosa necesidad de frotar y arrancarme la piel como si fueran las escamas de una serpiente, solo para deshacerme de ellas.

«Nunca te librarás de ellas».

Las palabras surgen en mi interior. «Nunca. Nunca».

Necesito a Mary.

Al llegar abajo, la llamo. Atravieso la cocina hasta el salón y el estudio. No está en la casa, y mi abrigo no está en su colgador.

El marco de la puerta está decorado con escarcha y hiedra. Los fragmentos de hielo sueltos golpean el suelo como cristales rotos cuando paso a toda prisa y mis pies mellan la fina capa de nieve. El frío atroz es un socio inesperado; el aire me purga los pulmones como el fuego.

—¡Mary!

Dejo el huerto desnudo a mi derecha y al cerdo en su pocilga a mi izquierda. Aunque la tierra está dura, las hileras rectas y la ausencia de hierbas rebeldes delatan el tiempo que se le ha dedicado. Aquí es donde se encuentra a menudo Mary. Levanta vallas para ahuyentar a los conejos y se desgasta los dedos hasta hacerse callos para construir espalderas que, aunque ahora, al final del invierno, luzcan melancólicas, en verano zumbarán con abejas y flores perfumadas, los hijos de su corazón.

La puerta noroeste conduce hasta los árboles que contemplé desde la ventana esta mañana. La puerta está atascada.

Cuando empujo los nudosos listones se resiste, y tengo que emplear todo mi peso para moverla. ¡Cómo echo de menos mi antigua fuerza, el vigor despreocupado de mis brazos! Ahora estoy débil. Esta cosa desvencijada durará más que yo.

En el huerto, mi sombra se me adelanta al pasar de un árbol a otro. Las ramas esquiladas, que a menudo susurran entre sí mientras sus dedos solitarios buscan el consuelo del tacto, están atrapadas en el silencio.

—¿Mary?

Se acurruca en mi abrigo, apoyada en el muro de piedra seca, de cara al exterior. Veo que le tiemblan los hombros antes de estar a menos de seis metros de ella.

—¿Mary?

Tiene algo en las manos. Lo acuna.

Cuando se vuelve, veo lo que es: el pequeño cadáver, un fardo andrajoso de color gris pardo y marrón, rígido como el cuero seco. Sus manos, con las palmas surcadas por las débiles cicatrices moteadas de hace mucho tiempo, están rojas e hinchadas por el frío.

Me acerco.

—¿Qué ha pasado? —pregunto, aunque ya lo veo. No le salen las palabras. El gato era viejo, me digo. El invierno pasado había cumplido dieciséis años. Y lento, con dientes romos, era presa fácil para un zorro o un tejón.

—Apenas salía —dice entre respiraciones entrecortadas—. Y anoche no lo encontré.

Me esfuerzo por hallar las palabras adecuadas. Ha pasado mucho tiempo desde que estuvimos de luto.

—Deja que lo entierre —digo por fin.

Niega con la cabeza mientras se limpia la nariz.

—El suelo está demasiado duro.

—Me las arreglaré.

Lo tomo de entre sus manos. Era una cosa vieja y babeante, sin habilidad para cazar y no mucho mejor a la hora de controlar la vejiga, y, como la mayoría de los buenos gatos con dueñas devotas, adoraba a Mary, mientras que a mí solo me reservaba un gélido desdén y un insolente movimiento de la cola.

Lo examino exhaustivamente mientras Mary observa, con una mirada extraña y brillante. Debe de haber estado aquí toda la noche. Está casi congelado y tiene el canoso pelaje cubierto de nieve. Lo recorro con las manos en busca de carne desgarrada, huesos rotos o sangre seca, pero no hay marcas por ninguna parte. La muerte le llegó en calma.

—La vejez —digo con cautela—. Y el frío. Es un final natural.

Mary bufa.

—Ha pasado menos de un día. Arruina todo lo que toca. Siempre ha ido a por los que amo. ¿Qué pasará cuando se vuelva contra ti?

Dejo al gato en el suelo. Mary espera un momento más a que le responda, pero se marcha, airada, de vuelta a la casa. Estoy a punto de seguirla, pero, en vez de eso, busco la pala.

9

28 de diciembre de 1643

North Norfolk

La forma que ocupaba la celda no era una mujer, al menos no lo parecía a primera vista, hasta que levanté la vela para añadir detalles a su contorno. Distinguí el pelo oscuro y un vestido que podría haber sido de cualquier color, pero que en ese momento parecía marrón. No le vi el rostro, y comprendí que estaba de espaldas a mí, sentada en un banco que, suponía, habían colocado allí en deferencia a su supuesto estado.

—¿Chrissa Moore? —Mi voz sonó vacía en la profundidad del sótano. No se volvió al oír su nombre—. ¿Señorita Moore? Soy Thomas. Thomas Treadwater. —Podría haberlo supuesto, pero saber mi nombre no pareció consternarla; en todo caso, su columna vertebral se irguió en lugar de desplomarse—. He venido en nombre de mi padre, Richard Treadwater. Para discernir la veracidad de su afirmación, que… —Me detuve, casi incapaz de pronunciar las palabras—.Que mi padre la ha dejado embarazada.

Siguió de espaldas.

Dudé. No quería que los hombres de las celdas contiguas tuvieran nada que contarle al magistrado. Al final, en voz baja, para que nadie más que ella pudiera oírme, dije:

—Sé que no es una bruja. Hay quienes creen en esas cosas, pero yo no me encuentro entre ellos. Mi hermana es una muchacha sensible. Todo lo que declare estará basado en la verdad, pues Esther es incapaz de contar falsedades graves, pero eso no significa que tenga una comprensión correcta de lo que ha visto.

Por fin se produjo un cambio. La mujer se puso de pie y, por primera vez, me percaté de lo alto que era y del modo en que el cabello le caía por la espalda, como sombras enmarañadas. Sin embargo, siguió sin mirar en mi dirección.

—El objeto de mi decepción —continué— no es mi hermana, sino mi padre. Y no porque me crea la acusación que ha pronunciado contra él, pues no la creo ni por un instante, sino porque nunca lo consideré tan tonto como para ponerse en una posición en la que podría ser acusado de algo así.

Aparte de algunos murmullos incoherentes procedentes de la celda de los borrachos, la cárcel estaba envuelta en un silencio asfixiante. La mujer no parecía dispuesta a escuchar mis palabras, ni a reconocer mi presencia en modo alguno, y supe que tenía que presionarla más, provocarla, si quería sacarle algo.

—Que mi padre acogiera a una puta en la casa, con cualquier pretexto, fue el acto de un hombre enfermo, estoy seguro —sentencié.

Por fin, se volvió, y la escuché tomar aliento.

No, el sonido provenía de mis propios labios. Esther había hablado de los admiradores masculinos de Chrissa Moore, y yo me había imaginado una moza con hoyuelos, bonita e insolente, como las mujeres que seguían al ejército. No era nada de eso. Mientras se acercaba a la luz, proyectaba sombras. En un mundo de cuellos hinchados y narices picadas, pocos podían presumir de una piel tan blanca y suave como la mantequilla, que reflejaba la luz como la superficie de un estanque de aguas tranquilas. Tenía los pómulos altos y un rostro alargado, casi ovalado, con una expresión que no conseguí discernir; no sabía si estaba asustada o enfadada. La luz era tenue, pero sus ojos eran profundos, y me los imaginé brillando con furia o desprecio.

Pero ¿cómo admirarla? Negué con la cabeza para desterrar esos pensamientos. Empezaba a volverme tan imaginativo como Esther. Era una mujer hermosa, cierto, mucho más de lo que había esperado, pero no era una reina ni una gran dama. Estaba encerrada, en el mejor de los casos era una mentirosa, en el peor, una puta y la madre de un niño sin padre.

Cuando habló, su voz me recordó al encaje rasgado, dañado, que oculta cierta elegancia.

—¿Es el hermano de Esther? —Asentí y frunció los labios con sospecha—. No lo parece.

—Sin embargo, es lo que soy —dije. No contestó y se examinó los pies; el pelo le cayó sobre la cara. Empezaba a impacientarme, pero, tras haber avanzado tanto, sabía que debía esperar.

—¿Qué quiere decir con que está enfermo? —preguntó por fin.

Estuve a punto de explicárselo, pero sentí la misma rabia que había acompañado a su obstinado desprecio por mis anteriores palabras. De alguna manera, no sabía cómo, la enfermedad de mi padre era culpa suya, y no tenía intención de ser una fuente de información para ella.

—No es de su incumbencia —respondí, consciente de que sonaba arrogante—. Lo que necesito de usted es la verdad acerca de las relaciones entre ambos. Afirma haber intimado con él, y necesito saber de inmediato cuánta verdad hay en esa declaración.

Oí lo último que esperaba de sus labios: una risa. Se burlaba de mí.

Me sonrojé.

—Señora, no veo qué tiene de divertido. La conmino a que me responda, por su honor. —Tal vez fuera por la acelerada velocidad de la sangre que me corría por las venas, pero la herida había empezado a palpitar y a dolerme de nuevo. Me acordé de mi propia impotencia y, mezclado con la furia, había algo más, algo que se acercaba de forma incómoda a la envidia, al pensar en las manos de mi padre sobre una piel cálida y voluntariosa que brillaba a la luz de las velas como la porcelana.

Me había dejado en ridículo, y la odiaba por ello. Cuando se dio la vuelta, tuve la certeza de que no diría ni una palabra más, y decidí no entregarle más munición. La dejé allí y continué por el pasillo, hacia la celda que, según Dillon, albergaba a Joan Gedge y a su madre.

Cuanto más avanzaba, el olor que se respiraba era aún menos agradable que el que flotaba cerca de la escalera, a humedad, como si las ratas hubieran elegido aquel lugar como retrete. Pobre Joan, atrapada en aquel sinsentido y metida en aquel oscuro agujero, para que la registrasen, interrogasen y acusasen. Volví a reafirmarme en mi decisión de hacer todo lo que estuviera en mi mano para asegurar su libertad.

Detrás de mí, uno de los borrachos parecía haber cobrado vida. Empezó a dar porrazos en la puerta de la celda y a gritar:

—Dillon, tráeme un vaso de agua, ¿quieres? ¿O una cerveza? ¿Y un trozo de queso? ¡Dillon! ¡Ven aquí, hombre!

Sonaba como si hubiera estado allí antes.

El alguacil, suponía que acostumbrado a los repentinos despertares del apetito de los vagabundos que recogía durante sus rondas, no apareció, pero el borracho siguió gritando y golpeando, como si el alboroto fuera a tener algún otro efecto que el de provocar que su compañero de celda lo callara con una patada bien dirigida y una exigencia:

—Cierra la puta boca, desgraciado.

Ignoré el ruido y me acerqué a la última celda. Conté nueve pasos. Al acercarme a la puerta, me detuve y llamé:

—¿Joan? ¿Joan Gedge?

La corriente de aire que respondió hizo que la vela titilara, y la protegí con la mano, pues no deseaba sumirme en la oscuridad total. La pequeña llama apenas me calentó la palma. Detrás de mí, los hombres discutían de esa manera incoherente tan propia de los borrachos; luego se oyó el ruido de una pelea, interrumpida por el chillido de uno de los dos y el gruñido de satisfacción del otro. Desde algún lugar cercano, el bullicio de la calle se colaba por el conducto de ventilación: verduleras que reían y recriminaban, charlas de comerciantes y abogados en plena discusión. Sin embargo, de la propia celda, nada, ningún sonido.

Estaban acurrucadas en el suelo, pegadas a la pared del fondo. Me acerqué a los barrotes y repetí:

—¿Joan?

La criada estaba hecha un ovillo, diminuta al lado de su madre, una mujer grande y robusta que había engordado con el tiempo. Esa diferencia entre ellas era una broma habitual en el condado. Había oído describirlas como la oca gorda y la oca famélica. La corpulencia de la señora Gedge protegía a su hija, de modo que le veía las amplias caderas y el estómago, pero de la delgada figura de Joan solo asomaban unos pocos centímetros.

—¿Señora Gedge? —dije para tratar de llamar la atención de la madre. No se movió.

Presté más atención al olor; lo había atribuido a la orina de los roedores, pero también percibía un desagradable aroma a hierbas que provenía de la propia celda. Apoyé la mano libre en los barrotes y me puse de puntillas para ver mejor.

Estaban dormidas. Abrí la boca para llamarlas, pero la volví a cerrar. Los prisioneros enzarzados en una pelea hacían un ruido que habría ahogado las trompetas del juicio final. Nadie sería capaz de dormir así, a no ser que fuera sordo.

La celda estaba parcialmente iluminada por la luz que se colaba por la ventana enrejada. Distinguí el rostro redondo de la señora Gedge, observé su quietud pálida y antinatural, y sentí un miedo súbito, el mismo terror inexorable que me empujaba a huir o morir en el campo de batalla. Retrocedí y grité:

—¡Dillon! —Dejé caer la vela a causa de la angustia y la llama se extinguió. Quedé sepultado en la oscuridad—. ¡Dillon!

Al darme cuenta de que mi voz no hacía más que sumarse a la confusa algarabía de sonidos que producían los ocupantes de la primera celda, retrocedí y eché a correr al pasar junto a Chrissa Moore mientras me mantenía lo más cerca posible de la pared. Dejé atrás a los hombres que se peleaban y llegué al final de la escalera. La luz casi me cegó al apresurarme a subir por la escalera de caracol, y la pierna me ardía. Seguí llamando al alguacil hasta que Dillon reapareció, con la expresión amable reemplazada por una de alerta.

—¿Qué ocurre?

—Las mujeres Gedge —dije, con la respiración como un fuelle—. No se despiertan.

El alguacil buscó a tientas las llaves.

—Quítate de en medio —ordenó, y se abrió paso por las escaleras de piedra con una sorprendente agilidad teniendo en cuenta lo grandes que eran sus pies. Parecía ver como un murciélago en la cámara oscura, pero yo, sin la vela, tuve que avanzar tanteando la pared para no tropezar con el suelo irregular.

Volví a oír el tintineo de las llaves cuando el alguacil abrió la puerta del fondo, y distinguí el corpachón de aquel hombre entrar en la celda.

Me di cuenta de que me había quedado rezagado cerca de la celda donde estaba presa Chrissa Moore. Mientras Dillon arrastraba la primera silueta inerte hacia el pasillo, oí un grito repentino a mi lado y en el ventanuco enrejado apareció un rostro grisáceo como el plomo, asustado. Se aferró a los barrotes, ofreciendo una imagen totalmente opuesta a la regia figura que se había reído unos momentos antes. Por impulso, me acerqué y le agarré los dedos. Estaban fríos como el hielo que arrancaba de la cadena del pozo todas las mañana durante el pleno invierno.

—Mujer, si sabes algo, ¡dime la verdad! ¿Qué papel has desempeñado en esto?

—Ninguno. No soy una bruja —dijo en un ronco susurro—. Tenía razón en eso. Tampoco soy una puta. —Acercó su rostro al mío—. Pero se equivocó en una cosa; da muy poca importancia a los poderes oscuros y caóticos del mundo. No los descarte tan a la ligera. —Tras esa ominosa insinuación, retrocedió—. En cuanto a mí, si quiere saber la verdad, busque a Lucy Bennett, en Norwich. La encontrará en Ramping Horse Lane, cerca de San Esteban, y ella responderá por mí, a su manera.

Dejé de lado eso último y, pensando de nuevo en mi padre, pregunté:

—¿Y el niño?

Al oírlo, la crudeza en su rostro se esfumó; fue como si se hubieran cerrado las contraventanas y la máscara hubiese tomado el relevo. Aflojó la presión en mis dedos y se alejó un poco más, hasta desaparecer en la oscuridad.

10

Fuera del juzgado, el día se había vuelto implacable y el cielo escupía un intenso granizo. Mirando a través de la ventana, costaba creer que ese fuera el mismo día en el que había llegado a casa. La noche fría y seca que había pasado bajo el fresno me pareció haber sucedido hacía semanas, pero esa misma mañana había cabalgado hasta nuestra granja, a la espera de encontrar la paz.

Para combatir el frío, Manyon nos ofreció un vino caliente y especiado y una capa adicional para Esther, que estaba sentada a mi lado, tiritando. Acepté el vino, y Manyon debió de ver cómo me temblaban las manos al tomarlo, pero, al cabo de unos instantes, se me olvidó que lo sostenía. Cerré los ojos para desterrar las imágenes que me asolaban, pero habían enterrado sus lívidas raíces en los rincones más oscuros de mi mente. Ya había visto la muerte, a hombres eviscerados que se sujetaban las tripas mientras llamaban a sus madres y suplicaban la misericordia de un golpe de espada, pero nunca había visto nada tan terrible como las muertes de aquel día.

Sin embargo, mi conciencia me pellizcaba sin descanso. Lo que había ocurrido era impensable, pero, incluso mientras me esforzaba por sacármelo de la cabeza, no podía evitar sentirme inquieto. Se hacía tarde. Ya deberíamos estar de camino a casa. Mis pensamientos volvían una y otra vez a mi padre; si sería consciente de nuestra presencia o ausencia más allá de las sombras que entraban y salían de su campo de visión, si tendría miedo, si se preguntaría si volveríamos, si se habría vuelto loco de sed o de hambre. Si sabía cuantísimo lo lamentaba.

El ambiente en el pequeño despacho era menos distendido que antes. El magistrado parecía haber retomado su papel oficial y estaba sentado detrás de su escritorio con el rostro impasible. Manyon no bebió vino. Había despedido al desventurado Timothy y anotaba información de su puño y letra mientras nos interrogaba a Esther, a Rutherford, a Dillon y a mí por turnos. No escuché nada fuera de lugar de ninguno de los otros testigos, nada que proporcionase una explicación satisfactoria sobre las muertes de Joan y su madre.

Ambas mujeres estaban muertas cuando Dillon las sacó de la celda. El alguacil había realizado un examen superficial; luego, insatisfecho con lo que había visto, las subió por las escaleras de caracol. Incluso a pesar de mi angustia, me había maravillado la fuerza de aquel hombre al cargar con el voluminoso cuerpo de la señora Gedge, y después observé, desde el fondo de lo que consideré un abismo de tristeza, cómo cargaba a Joan. Parecía no pesar más que un cordero recién nacido, y su pelo rubio cenizo le colgaba sin vida sobre los hombros. Era como si se llevase a casa una presa de caza.

Dillon había colocado a ambas mujeres en un anexo con ventana, tan lejos de las miradas del público como pudo. Aun así, la gente las vio. Los gritos de asombro de los que merodeaban por el juzgado no lo disuadieron mientras les abría los párpados y comprobaba si tenían las bocas y lenguas negras o hinchadas. Se agachó y olió el interior de sus bocas muertas. Tenían la cara azulada, pero no había otros signos evidentes que indicaran la causa de la muerte, al menos hasta donde alcanzaba mi ojo inexperto. Dillon dijo que aún estaban calientes, por lo que el fallecimiento tenía que ser reciente.

—Cicuta —aseveró entonces Dillon en respuesta a la pregunta de Manyon.

—¿Está seguro?

—Tan cierto como que me llamo Dillon —respondió el alguacil con firmeza—. El olor es inconfundible. Compruébelo usted mismo, señor, si sospecha que me equivoco.

—No —dijo Manyon, distraído—. Confío en que sabe lo que hace, alguacil. Pero ¿cómo? ¿Cómo? —Tamborileó con los dedos en la mesa—. ¿La chica Moore estuvo encerrada en su celda todo el tiempo?

Dillon asintió.

—La trajeron antes que a las Gedge, y sigue ahí dentro. No hay posibilidad de que saliera.

—¿Y las celdas no eran adyacentes?

Dillon negó con la cabeza.

—¿Se registró a las mujeres a su llegada?

—Sí, señor —afirmó el alguacil con rotundidad.

Manyon no tenía más preguntas, así que envió a Dillon a buscar al forense. Garabateó algunas notas más antes de volver a sentarse, pensativo, en la silla.

Le ofrecí a Esther un pañuelo y lo tomó, agradecida. Me senté, sin saber si el magistrado esperaba que dijera algo. Ya había decidido no comentar nada sobre las palabras de Chrissa Moore en la cárcel. Algo en ellas me había incomodado; tal vez su discurso sobre el caos, al que temía más que a nada. Solo deseaba llevarme a mi hermana y volver a la granja, junto a mi padre, por el camino más corto. Cuanto menos dijera entonces, más rápido nos marcharíamos de aquel lugar y sus horrores.

Para mi sorpresa, Manyon le hizo un gesto a Rutherford, que hasta ese momento había sido un observador silencioso. Rutherford se inclinó hacia adelante en el asiento, en dirección a Esther, y juntó los dedos.

—Señorita Treadwater, si me permite hacerle algunas preguntas sobre su intercambio con Joan Gedge y su madre…

Eso me desconcertó.

—Usted estuvo presente, señor Rutherford, ¿qué podría decirle mi hermana que no supiera usted de primera mano?

El rostro de Rutherford se contorsionó en una expresión de incomodidad y después ofreció una sonrisa conciliadora.

—Es cierto en lo que respecta a los primeros momentos, pero, como testificará su hermana, hubo un breve lapso de tiempo en el que estuvo sin compañía en presencia de las dos mujeres. Solo un rato —añadió, como si eso mejorara la situación.

Me quedé mirando a Rutherford sin saber si reírme o abalanzarme sobre él y romperle la cabeza. Hablé despacio, como si me dirigiera a un tonto.

—¿Dejó a mi hermana sola en ese calabozo?

Sentí el calor de la mano de Esther y me di cuenta de lo fuerte que había estado agarrando el brazo tallado del asiento. Sus dedos finos separaron los míos de la madera y los sujetaron.

—Por favor, no culpes al señor Rutherford —dijo con suavidad—. Yo le pedí que me permitiera rezar con ellas y que nos dejara, solo por unos instantes, como él dice.

Manyon se había inclinado hacia delante.

—Entonces, ¿fuiste la última persona que estuvo con las dos mujeres? —Su voz mantenía un tono suave, pero escondía una nueva capa de duda bajo la cortesía.

Esther asintió, abatida.

—Así es —dijo, y apretó el pañuelo sobre los labios para contener un sollozo.

—¿Intercambiaste algunas palabras con ellas? ¿Tal vez una oración? —sugirió con mucho tacto el magistrado.

—No. Es decir, les hablé y recé, pero no me respondieron. —Al oír aquello, me sobresalté. ¿Estarían ya bajo los efectos del veneno cuando Esther bajó a verlas? Estaba muy oscuro, habría sido fácil que Esther hubiera pensado que les hablaba a oídos que decidían ignorarla, cuando, en realidad, las mujeres estaban muertas o moribundas ante unos ojos que no lo veían. Transmití el grotesco pensamiento al magistrado y él tomó nota con diligencia.

Luego, preguntó:

—¿No les diste nada?

Esther abrió los ojos de par en par.

—No —respondió. Se detuvo y me miró en busca de seguridad. Asentí—. No tendía nada que entregarles, y ¿por qué iban a aceptar algo de mí, de haberlo tenido? Después de todo, soy la razón por la que están aquí… Por la que estaban aquí. —Al oír esas palabras, se derrumbó de nuevo y lloró desconsoladamente. Le acaricié la mano mientras me sentía un completo inútil.

Manyon habló casi para sí mismo

—Muy bien. No encuentro ninguna explicación de cómo las mujeres consiguieron la sustancia, pero no parece haber duda de que se la administraron a sí mismas, o una a la otra, y no tiene mucho sentido que lo hicieran a instancias de la persona cuyo testimonio supuso su encarcelamiento. A no ser que… —Tamborileó con la pluma en el escritorio de madera. Tac, tac, tac. Esperamos sus palabras con la respiración contenida—. No —pronunció por fin, para mi gran alivio—. La señorita Treadwater tiene razón en eso.

—Entonces, ¿mi hermana y yo podemos irnos? —pregunté.

El magistrado esperó unos segundos y luego aceptó.

—Es posible que os necesitemos de nuevo. Si el examen de la chica Moore de esta tarde revela nueva información o si se confirma que está embarazada, como dice, tal vez tengamos que llamarte. Mientras tanto, sí, podéis marcharos. Gracias a los dos por vuestra ayuda.

Rutherford se levantó para acompañarnos a la puerta. Me puso una mano en la manga de la camisa y resistí el impulso de apartarme.

—Los investigadores tendrán que examinar la casa —dijo—. Hasta entonces, la habitación en la que dormía Chrissa Moore debe permanecer intacta.

—Está bien —aseguré—. Buscaré otro lugar para dormir. —Me quité el sombrero a modo de despedida—. Hasta mañana, entonces.

Antes de salir del pueblo, busqué un herrador para Ben. Eso me proporcionó un pequeño consuelo; aunque no había logrado nada más, al menos había cumplido mi deber para con el caballo.

Me dolió la herida durante todo el camino a casa. Templanza estaba díscola, Esther, callada, y mi propia mente, muy agitada.

⁂

Lo intenté de nuevo y levanté la cara de padre del colchón mientras le metía otra cucharada del espeso potaje de avena de Esther en la boca abierta. La tarea me daba náuseas; tenía los labios demasiado rojos y húmedos, la lengua le colgaba de la boca y el único ojo que tenía abierto tenía la mirada perdida. Con la cuchara, intenté empujar parte de la comida por encima del montículo de la lengua y más allá de sus dientes con la esperanza de que se la tragara, pero solo conseguí que se atragantara y terminé limpiando el desastre regurgitado de su barbilla. Al final, me rendí y me quedé unos instantes sentado en silencio.

Seguía sudando, y el dolor me atravesaba como una lanza. Me dolían todas las articulaciones y los músculos. Cuando apoyé la frente en el dorso de la mano, estaba húmeda, pero seguía tiritando, el vientre se me retorcía y notaba acidez de estómago. Se fraguaba una infección.

Olfateé el potaje, una imitación más apetitosa de lo que había comido en el ejército. No me costaba recordar el sabor: col y cebolla, siempre lejos de estar en buen estado, jugo de carne si teníamos suerte, tendones duros y condimentos fuertes para disimular su origen en caso contrario. La frecuente bazofia nos había trastocado el estómago, y a menudo bromeábamos con que estaba mejor al salir que al entrar. Recordé que me había quejado tanto que hasta Jack Trelawney se había cansado de ello y me había dicho que, como soldado raso, tenía suerte de que me alimentaran mejor que a un mendigo, y que era una bendición si me pagaban.

—Te odié, padre —confesé, y me di cuenta de que mi padre no habría seguido el hilo de mis pensamientos aunque hubiera podido oírme—. Durante mucho tiempo, te odié por enviarme allí. —Cerré los ojos y evoqué la mortificación que se había apoderado de su rostro mientras agitaba la última carta de Milton frente a mí—. Fuiste muy severo.

La voz de mi padre resonó con ira.

—Una vez más, me avergüenzas con tu incapacidad para dominarte. Deshonras el apellido Treadwater. Te doy a elegir: únete a las milicias y defiende al Parlamento y a Dios contra los ministros del rey, para recuperar así un ápice de nuestra dignidad y los valores que te enseñé, o… —En ese momento levantó la mano para acallar mis protestas—. Dejo de considerarte hijo mío.

No había llegado a ver el contenido de la carta de Milton, y nunca quise verlo, pero imaginaba muy bien lo que decía.

El último día que pasé bajo la tutela de Milton en Chalfonte comenzó en las oscuras horas de la mañana. Al despertarme, oí el gorjeo de un agateador a través de la ventana, y acaricié la idea de levantarme y devolver a Elizabeth a su propia y fría habitación, antes de que los criados empezaran a encender el fuego y a recoger los orinales. Sin embargo, al imaginar las gélidas corrientes de aire invernal en los pies al retirar la manta, descarté el plan, somnoliento. ¿Qué daño harían unos minutos más?

Bajo mi mano, el delgado muslo de Elizabeth era cálido y suave como la piel de marta. Su pierna rodeaba la mía, y dormía plácidamente. Yo también había dormido, aunque no tan bien, inquieto por la presencia de su cuerpo desnudo. No había querido dejarla dormir, sino volver a colocarla encima de mí, tirar de ella para que sus pechos tocaran mi cuerpo y besar sus suaves labios. Mientras ella soñaba, yo permanecía intranquilo y enardecido, pensando con cariño en la pequeña habitación en el piso superior de la casa de mi tutor como en un refugio, un lugar al margen del tiempo, donde los dos podríamos vivir para siempre en una felicidad idílica.

Eran cosas que se piensan con la juventud.

Mi ensoñación se vio interrumpida por el ruido de unas botas sobre la madera que subían las escaleras, peldaño a peldaño, con una ira cada vez más palpable. La habitación era la última de la casa, una buhardilla, un espacio diminuto y estrecho en el que no había lugar donde esconder la figura despierta de Elizabeth, que levantó la cabeza de mi pecho cuando me puse en pie y me preguntó:

—¿Qué ocurre, Tom?

Rodé de la cama como un gato y busqué debajo de ella mis pantalones y mis botas. Encontré su camisón en el suelo y se lo arrojé.

—¡Rápido, póntelo! —dije con urgencia.

La puerta se abrió de golpe, y una voz severa y censuradora le exigió que se levantara y se vistiera. Empecé a defenderla entre balbuceos y hablé de matrimonio, pero su tío me cortó en seco y desistí. En verdad, no nos habíamos hecho tales promesas. Ni siquiera estaba seguro de que me amara. Habíamos hablado del futuro, pero con ligereza, y ella había pasado con elegancia a otros temas.

En cierto modo, la escena había sido inevitable. En el fondo, sabía que no podríamos seguir evitando que nos descubrieran mientras nos besábamos detrás de los rosales y nos dábamos la mano bajo la mesa. Tarde o temprano, la irascible mirada de Milton nos habría sorprendido, y así fue. Tal vez había agradecido la oportunidad de volver a casa, incluso deshonrado. En cualquier caso, a partir de entonces cada uno tendría que mirar por su propia reputación. Sin embargo, no pude evitar sentirme culpable al pensar que la suya resultaría la más dañada de las dos.

Ahora, más de un año después, proseguí hablando a mi padre.

—Me equivoqué —dije—. Ahora lo sé. Te defraudé y me merecí todo lo que vino después. —Observé sus labios temblorosos y deseé que mis palabras fueran escuchadas, aunque en el fondo sabía que hablaba en voz alta para mí mismo—. Era un crío tonto, pero ahora tienes delante a un hombre —aseguré—. No volveré a fallarte.

Pensé en Elizabeth, que había regresado a Londres deshonrada y había sucumbido a la peste apenas cinco meses después; entonces yacía en una tierra disputada al sur del río Támesis. Durante muchos meses, mientras marchaba con el ejército, me había consolado el hecho de que había cumplido con mi deber y me había ofrecido a casarme con ella, una oferta rechazada y además despreciada por su tío, y había sentido pena por ella, pero, en realidad, en el presente, si cerraba los ojos e intentaba conjurarla ante mí, no recordaba su rostro, solo la vaga impresión de la juventud y la dulzura. Mi arrepentimiento, a diferencia de mi amor, se había vuelto más profundo, y la noción sempiterna de mi error era una marca indeleble en mi conciencia.

Sin embargo, en aquel entonces, cuando me enviaron de vuelta a Norfolk con la orden de no volver a presentarme en la puerta de mi tutor precedido de una carta dirigida a mi padre en la que se exponía todo el asunto, alimenté en mi corazón un sentimiento de rabia mal dirigida, pues culpaba a Milton y a cualquiera de los sirvientes que nos había traicionado; había culpado incluso a Elizabeth, por tentarme con su belleza. Había marchado de ciudad en ciudad, y había luchado y matado, creyendo siempre que yo era el agraviado. Entonces, con Elizabeth muerta, mi padre indefenso y la granja probablemente arruinada, agaché la cabeza avergonzado y me pregunté cuánto dolor se habría evitado si me hubiera comportado con más decencia y hubiera pensado en alguien más que en mí mismo.

—Hermano, ha llegado el médico. Está en el salón. —La puerta se abrió y la mansa voz de Esther interrumpió mis pensamientos; sus noticias eran infinitamente más bienvenidas que mis recuerdos. Me levanté, cansado, y dejé el potaje sobre el baúl a los pies de la cama.

—Te conseguiremos ayuda —le dije a mi padre mientras me volvía.

Bajé las escaleras despacio. Cada contacto con la madera me producía una sacudida abrasadora. Estaba mareado, lo que no me sorprendía; había comido poco en los últimos días. Intenté asirme a la barandilla para estabilizarme, pero la mano me falló y resbalé. Al caer por las escaleras, siendo solo medio consciente de que me había desplomado, perdí el conocimiento antes de llegar al suelo.

Una vez encumbrado, ahora caído, encadenado para siempre dentro de los círculos del mundo, mas en las profundidades ilimitadas se desliza libre y se retuerce entre los pliegues, sin cesar. Para dar rienda suelta a sus apetitos, más grandes que las grietas sulfúricas en las que se oculta, trabaja sin descanso, resistiendo plagas e inundaciones, langostas y sal, a la espera de que el mundo termine entre hielo y fuego. ¡Despierta! Despierta y levántate. Aquel que nos arrojó al suelo ha quedado abandonado. Se ha descubierto la colosal esfera del mundo. Las estrellas distantes se han cartografiado, bautizado y trazado. Las olas se han separado. Estoy al acecho, pues el Caos vuelve a reinar, y la marcha del tiempo ha comenzado de nuevo.

Cuando resurgí del sueño, las imágenes en mi cabeza de algo turbulento y musculoso que se retorcía y crecía en la sombra más profunda se desvanecieron y regresé al mundo real.

La boca me sabía a huevos podridos. Me lamí los labios, puse una mueca de dolor al notarlos agrietados y me obligué a abrir los ojos. Con una sed abrasadora, me incorporé y reconocí el olor de una cataplasma en algún lugar de la parte inferior de mi cuerpo. Estiré la pierna, anticipando la familiar quemazón en el lugar de la herida, pero no percibí más que una molestia leve; el dolor que me había atravesado como un atizador al rojo vivo se había atenuado mucho. ¿Cuánto tiempo llevaba en cama? Me esforcé por levantarme y volví a caer; estaba débil, pero ya no sudaba ni estaba mareado.

La habitación estaba a oscuras, pero la luz de la luna se colaba por la ventana. Una capa de escarcha había crecido sobre el cristal, y los zarcillos de agua congelada escalaban por los bordes. Supuse que era el momento más oscuro de la noche, la hora de las brujas, tan distante de la medianoche como del amanecer, y ni un alma en movimiento. En ese instante de incertidumbre, experimenté una inquietante disposición, como si me encontrase en el extremo equivocado de la estocada de una espada, en esa milésima de segundo antes de que el enemigo decida atacar. Mi primer impulso fue quedarme quieto, ocultarme, si era posible, de una amenaza que no sabía identificar, que aún no se había manifestado en el silencio que me rodeaba.

Sin embargo, el silencio no era absoluto. Percibía algo débil y extraño a lo lejos. Me obligué a incorporarme y me froté la cara y los ojos. Al girar las piernas y poner los pies en el suelo, probé cuánto peso soportaba la pierna antes de que el dolor volviera a asolarme, y descubrí que podía levantarme con facilidad. Pero llevaba un camisón, no la ropa con la que me había vestido por última vez. Me toqué el mentón y sentí una barba áspera y rasposa, de al menos tres días de crecimiento.

¿De dónde procedía el sonido?

No tuve tiempo de buscar una vela. Me dirigí lentamente a la puerta. El piso superior estaba a oscuras, y las puertas de las habitaciones estaban cerradas, pero el ruido provenía de la de Esther.

Avanzando a tientas, y consciente de que hacía años que no recorría la tarima hacia la habitación de mi hermana, alcancé el picaporte.

Cuando entré, tras adaptar la vista a la oscuridad, me di cuenta de que el sonido retumbante procedía del roce y el golpeteo de la cama de Esther contra las tablas desnudas. Las convulsiones de su cuerpo agitaban la estructura; su espalda se arqueaba hacia el techo y su cabeza y extremidades superiores se sacudían. De su boca brotaban expresiones incomprensibles, rápidas y confusas, apenas palabras, como los gritos de las almas atormentadas. Sentí un miedo terrible, pero resistí el impulso de caer de rodillas al recordar la promesa que le había hecho a mi padre —«ahora tienes delante a un hombre»— y seguí avanzando. Tenía que estar atrapada en la agonía de algún sueño maligno.

—¡Esther! —grité—. ¡Despierta, Esther!

Esquivé la violencia de sus brazos y la sacudí por los hombros. Sus pies salieron disparados y su torso se lanzó contra el mío con una fuerza impactante. No fui capaz de calmar sus espasmos. Pasaron unos segundos interminables. Cuando empecé a sentir pánico, los movimientos frenéticos amainaron y su fuerza menguó entre mis brazos. No vi si había abierto los ojos, pero escuché su voz.

—Hermano, suéltame. —No parecía que estuviera presente en la habitación, ya que sonaba somnolienta y aturdida.

—Por Dios, me has asustado —dije, y la solté con una media carcajada. Todavía tenía el corazón acelerado en el pecho.

Se sentó y dijo con voz débil:

—Me alegro de verte bien, Thomas.

—¿Cuánto tiempo ha pasado?

—Cuatro días.

—¿Cuatro días? —repetí, como un bobo. Así que era el día de Año Nuevo.

—Sí. Fue una bendición que el médico ya estuviera aquí cuando caíste, porque pudo limpiarte y vendarte la herida de inmediato. Luego, te indujo el sueño con una tintura. Mejoraste deprisa, tras recibir la atención adecuada para la pierna.

Había algo extraño en su voz. Algo forzado y de una calma antinatural. No sonaba como Esther en absoluto. Le cogí la mano. Estaba fría.

—¿Qué me estás ocultando?

La pausa que precedió a sus palabras fue muy larga, pero habló con firmeza.

—Después de tu caída, el médico examinó a padre. Concluyó que la causa de su dolencia era un síncope. No entendí todo lo que dijo, pero no parece haber duda de que… Dios mismo lo fulminó.

Sentí un aluvión de ira al escuchar la mención de la Providencia.

—¿Ese fue el diagnóstico del médico? —pregunté.

—Bueno, no. Él lo llamó apoplejía. Pero… —Esther colocó su mano sobre la mía—. Con todo lo ocurrido, me resulta difícil… —Respiró hondo—. Tras la revisión, después de que el médico se marchara, padre volvió a sufrir otro ataque terrible. Y esta vez no se recuperó.

La miré fijamente. No sabía cómo hacer la única pregunta que importaba.

—¿Está…?

—Padre murió. Esa misma noche.

Con lágrimas en los ojos, le apreté la mano, agaché la cabeza y pensé en el compendio de mis pérdidas. Elizabeth, mi juventud, mi fuerza y, ahora, mi padre. De nuevo, las palabras vinieron a mí sin proponérmelo: «Así que extiende tu mano y quítale todo lo que tiene, ¡ten por seguro que te maldecirá en tu propia cara!».

11

Dos semanas después, hice a Ben detenerse frente a la Puerta de la Magdalena de Norwich, donde hicimos cola para entrar en la ciudad. Tiró con fuerza de las riendas, ansioso por avanzar, y me di cuenta de que el caballo estaba del todo recuperado. Yo iba un poco rezagado. Aunque había estado postrado en cama mientras la herida sanaba como debía, cada día recuperaba un poco de sensibilidad y ya podía realizar mi trabajo como antes. Había recolectado las escasas rentas y, para mi gran alivio, no había muerto ningún otro animal. Poco a poco, a medida que mi pierna mejoraba, comencé a recorrer el perímetro de la granja y a hacer balance de cuántas ovejas quedaban.

Más a regañadientes, empecé a pensar en el regreso al ejército. Mi coronel había enviado al regimiento a casa con instrucciones de regresar una semana después de la Epifanía. La festividad había pasado hacía una semana, pero todavía quedaban asuntos que requerían mi atención. Si tenía que irme, Esther no podría quedarse sola. Consideré enviarla con algunos de nuestros parientes de Suffolk, unos primos lejanos, aunque no sabía de ellos mucho más que sus nombres. Ella no querría ir, estaba seguro, pero, si se quedaba, no estaría a salvo y, además, una mujer sola no podría administrar la granja.

Esa era otra preocupación. La granja no era grande, pero padre siempre había contado con jornaleros. Cuando regresé, era Navidad, y los hombres habían vuelto a sus casas con sus familias, al igual que me había pasado a mí en el ejército. Sin embargo, tras la llegada del cazador de brujas, los arrestos y lo que había ocurrido en la cárcel, los trabajadores no habían vuelto. Aunque había hablado con otros cinco o seis hombres de la localidad desde entonces, no habían ofrecido más que sospechas cautelosas. Uno había murmurado algo en voz baja sobre las mujeres Gedge y se había marchado; los otros habían asentido con la cabeza y afirmado que podrían presentarse a trabajar por un día, pero ninguno había acudido. ¿Quién iba a culparlos? Aun así, aquellos asuntos me preocupaban sobremanera. No sabía qué habría hecho mi padre en mi lugar.

Habían enterrado a mi padre mientras yo dormía. Inquieta, Esther me había contado cómo John Rutherford, al llegar para registrar la casa, procedimiento que no había revelado nada nuevo, la había encontrado llorando en compañía del cadáver de nuestro padre y a mí, en un profundo sueño inducido. El cazador de brujas había pagado al médico, se había asegurado de que se firmara el certificado de defunción y de que se procediera con los preparativos del funeral. Sus acciones me habían sorprendido; no lo había creído un hombre tan práctico ni tan generoso. Le devolvería hasta el último céntimo de su desembolso y así no estaría en deuda con él, pero debía admitir que la ayuda había llegado en el momento oportuno. Sin embargo, me preguntaba qué querría a cambio.

El sepelio había sido un asunto apresurado, con apenas unos preparativos espirituales y poco del ritual acostumbrado. Mi padre no había tenido oportunidad de componer un epitafio. Al final, la asistencia fue escasa. Los rumores de brujería y bastardía se habían extendido como la pólvora. Sin embargo, me consolaba saber que, de todos los hombres que conocía, mi padre era el más preparado para el Cielo: humilde, benévolo con los pobres y cuidadoso con su alma. Si tenía pecados ocultos, estaban bien escondidos. Tímidamente, me atreví a pensar que nuestro apellido se recuperaría cuando la gente volviera a centrarse en sus vidas y sus actos.

Aun así, aquel era el mundo real, donde nadie podía permitirse el lujo de tomarse su reputación a la ligera. Había viajado a

Norwich para proteger el nombre de mi padre y, si era posible, descubrir la verdad sobre Chrissa Moore. Necesitaba saber de dónde era, cómo había llegado a trabajar para mi familia, si se las había ingeniado para destruir a otros hombres y si había estado implicada en las muertes de Joan y su madre en Walsham. Solo entonces, una vez eliminada esa mancha, nuestro apellido volvería a ser respetable y recuperaríamos nuestro prestigio.

Sin embargo, no esperaba encontrar a Lucy Bennett. Sospechaba que Moore se había inventado a aquella defensora con la esperanza de retrasar aún más un juicio, o que Bennett, si existía, llevaría una vida tan depravada y caótica que sería difícil de localizar. Tal vez una puta, tal vez una alcahueta. Con todo, tenía que intentarlo. Cualquier cosa que descubriera, por incompleta que fuera, me ayudaría a poner en entredicho las acusaciones contra mi padre.

Había acudido a Manyon una vez más antes de decidir viajar a Norwich. Quería volver a interrogar a Chrissa Moore, ver si conseguía animarla a que volviera a hablarme, como había hecho en la cárcel. Manyon, aunque igual de hospitalario que la anterior vez, se había mostrado pesaroso.

—No, Tom —me dijo, y negó con la cabeza—. No puedo permitirlo. Ya se han producido dos muertes que, incluso si descarto la acusación de brujería, debo atribuir a la chica Moore. Y será imposible inducirla a hablar, incluso si estuviera de acuerdo.

—¿Ni una palabra?

—Ni una, ni en su propia defensa ni para confesar. Además, las muertes de las mujeres han puesto a todo el pueblo en su contra, lo cual es comprensible, ya que son muchos quienes las lloran. Se me está presionando para ignorar los procedimientos habituales y aplicar métodos más persuasivos para hacerla hablar. No es que me haya doblegado a tales presiones, por supuesto… Todavía —añadió, con un aire siniestro.

Manyon había insistido en que las muertes de las mujeres habían sido asesinatos y no suicidios, por lo que Hale había accedido a enterrar a Joan y a la señora Gedge en el cementerio de la iglesia. Solo la intervención del magistrado había impedido que sus cadáveres fueran arrastrados hasta un cruce de caminos y enterrados en una fosa coronada con estacas para evitar que sus espíritus vagaran por ahí. Por mi parte, me preocupaba menos su regreso al mundo que su salida prematura de este. Sus muertes me pesaban en la conciencia. Dos asesinatos. Dos personas cercanas a nosotros. Si Chrissa Moore era de alguna manera responsable de sus envenenamientos, era realmente peligrosa. Sin embargo, si las muertes eran de verdad suicidios, eso revelaba su culpabilidad y sus malas intenciones, como Esther había temido. En ese caso, Chrissa Moore podría acabar perdiendo la vida por una gran injusticia. Aunque seguía desterrándolo de mi mente, ese pensamiento me persiguió mientras entraba en la ciudad y conducía a Ben por el camino empedrado bajo la muralla.

Nunca había estado en Londres, y me costaba imaginar que la capital fuera mucho más grande que Norwich. No me gustaban las ciudades, prefería los terrenos ondulados del campo, pero admiraba la ambición de los vikingos, los clérigos y los mercaderes que habían convertido una pequeña ciudad-fortaleza en el segundo mayor centro comercial de la nación. La ciudad albergaba miles de almas, algunos incluso decían que decenas de miles. Asentada sobre el sinuoso río Wensum, contaba con doce garitas y seis puentes y estaba rodeada en su totalidad por una sólida muralla defensiva o por el bullicioso zumbido del río. Era próspera, con productos que iban desde la lana de estambre hasta el cuero, pasando por el herraje, la cerveza, la cerámica, las velas, las calzas y los sombreros para sus acomodados habitantes.

Sin embargo, había mucha pobreza. La gran rebelión de Robert Kett, casi un siglo antes, se había visto impulsada por el cercamiento de vastas extensiones de tierra, la cual había alimentado a los pobres, para dedicarla al pastoreo de los animales de los hombres ricos, cuya lana solo alimentaba los bolsillos de sus propietarios. Aunque seguía siendo tradición que un día de finales de agosto se reservara como fiesta para conmemorar la salvación de la ciudad de las conspiraciones y sediciones de los rebeldes, no pude evitar pensar que era vergonzoso que la gente viviera en condiciones tan degradantes, y me pregunté, viendo a los niños caminar descalzos tras la estela de los orondos y bien abrigados mercaderes, sin atreverse a pedir una moneda, a qué bando me habría unido en aquella lucha. Allí vi más alimañas y vagabundos que los que había encontrado en cualquiera de las poblaciones que había visitado con el ejército.

Me detuve un instante y ofrecí una moneda a una mendiga que pasaba por allí, una niña menuda con el pelo recogido en una coleta fina y los ojos redondos. Le pregunté si conocía a Lucy Bennett, de Ramping Horse Lane, pero se alejó a la carrera, agarrando su premio con fuerza. Me di cuenta de que había sido demasiado impaciente. La ciudad era inmensa, y estaba en el distrito de Norwich-Over-the-Water; probablemente, los pilluelos del otro lado del puente Fye supieran más.

Recordaba ir allí con mi padre, que siempre contaba la misma historia, como si nunca la hubiera contado antes, la de una mujer sospechosa de brujería obligada por las gentes del pueblo a recitar el padre nuestro antes de ser arrojada por el gran puente de piedra de dos arcos. Había emergido del agua sucia, tosiendo, balbuceando y maldiciendo a sus captores, antes de tomar una buena bocanada de aire y demostrar el buen juicio de permanecer sumergida el tiempo suficiente para que decidieran que era inocente. Mi padre recitaba la historia con desprecio, sabedor de la insensatez de la muchedumbre y del daño que podía causar cuando se enfurecía.

Me alejé del río hacia la ciudad. El cielo encapotado de las últimas semanas se había despejado para dar paso a un brillo intenso y calmado, así que, mientras cabalgaba, saboreé el sol invernal en la cara. A la izquierda, el chapitel borlado de la catedral dominaba todo el horizonte. Al contemplar su enorme nave y la anchura de sus transeptos, me pareció un logro imposible. Sus constructores medievales debieron de albergar un gran deseo de inculcar en su congregación la divinidad de su tarea. Sin embargo, lo único que me recordó la elevada torre de costosa piedra de Caen fue la primacía del dinero en el cuerpo político.

A continuación, crucé al distrito de Tombland y avancé despacio entre la multitud que se agolpaba, sin perder de vista a los que tenía cerca. Había carteristas, timadores y aún más mendigos que hacían las veces de ladrones, por lo que mantuve una estrecha vigilancia sobre mi cartera mientras recorría St Stephen's Lane y me alejaba del mercado. Allí había varias tabernas, entre ellas El Caballo Espoleado. La calle estaba flanqueada por las grandes casas de los mercaderes, de dos plantas, bien techadas y algunas incluso con patios traseros. Las ocupadas por los comerciantes ricos eran elegantes y limpias, pero otras estaban en ruinas, con paredes desmoronadas que echaban en falta algunas tejas, divididas en barracas que albergaban a tantos trabajadores pobres como cabían dentro de los destartalados muros. Era una mezcla extraña. Me di cuenta de que nunca les había prestado mucha atención cuando había visitado la ciudad con mi padre. Parecía que era allí donde debía buscar a Lucy Bennett.

Miré a mi alrededor. Los transeúntes formaban una multitud variopinta: comerciantes, hombres caballerosos, algunos muchachos harapientos que se lanzaban patadas unos a otros, a punto de pelearse, y tres mujeres jóvenes, niñas, en realidad, que caminaban juntas mientras miraban de reojo en mi dirección y se reían sin parar. Iban vestidas de forma llamativa, con el tipo de ropa que no impresiona tanto si se mira con detenimiento. Tendrían trece o catorce años como máximo.

Un aprendiz recostado en la pared junto a un abrevadero público observaba a las chicas. Parecía aburrido y astuto. Me acerqué a él.

—Busco a una mujer llamada Lucy Bennett —dije—. Me dieron esta calle como dirección, pero no sé cuál es la casa. ¿Sabes algo de ella?

Me miró con maldad.

—Así que está buscando ese tipo de cosas, ¿eh? Ojalá tuviera yo dinero para eso.

Escupió una gran flema al suelo. Suspiré y metí la mano en la cartera para sacar una moneda; su destinatario se embolsó el dinero y me dio las señas que buscaba. Me sorprendió que me dirigieran a una de las mejores casas, un amplio edificio de no más de veinte años, de madera y pedernal, con un primer piso que daba a la calle y bonitas ventanas de cristal. Al acercarme a la puerta, di las gracias al sonriente golfillo y golpeé la pesada aldaba.

Tras una espera de más de un minuto, una sirvienta de aspecto mugriento abrió la puerta un resquicio. Era delgada y tenía la nariz enrojecida y goteando, y pensé que me avergonzaría tener a mi servicio a una chica tan evidentemente mal alimentada y enferma. Su estado, de nuevo, me sorprendió, pues el aspecto exterior de la casa era respetable. Con todo, me aclaré la garganta y me presenté con formalidad.

—Soy Thomas Treadwater, de Worstead. Me gustaría concertar una entrevista con la señora Lucy Bennett, ya que ha tenido contacto con una joven que conozco, una mujer llamada Chrissa Moore. Me gustaría hacerle a su señora algunas preguntas sobre ella, si le parece oportuno.

La criada no abrió más la puerta. En lugar de eso, me miró de arriba abajo, luego asintió con brusquedad y dijo:

—Voy a comprobarlo.

El aprendiz seguía observando la escena y parecía divertido por el frío recibimiento que me habían dispensado. Silbó algo alegre y, cuando las chicas reaparecieron por el callejón, gritó algo más grosero que las hizo reír. De cerca parecían aún más jóvenes, agrupadas como una bandada de pajarillos de colores brillantes. Una de ellas se agachó y levantó una piedra, que lanzó en su dirección.

—¡Putas! —gritó el muchacho tras ellas, y las chicas respondieron con vehementes insultos antes de salir corriendo entre risas.

Decidí que, después de todo, tal vez Esther no se había equivocado tanto al juzgar los orígenes de Chrissa Moore, y me sorprendió, por un instante, la decepción que acompañó a ese pensamiento. ¿Por qué debería importarme el oficio que ejerciera?

Antes de que me diera tiempo a analizar la pregunta, la puerta se abrió de nuevo y la sirvienta me indicó que pasara.

—Nada de armas —dijo—. Las guardamos aquí.

Se había detenido junto a un armario a los pies de la escalera. Asentí, me desabroché el cinturón de la espada y observé cómo encerraba el arma bajo llave. Después, la chica me condujo por la escalera y a través de dos salas de recepción en el primer piso hasta llegar a una habitación más grande en la parte trasera de la casa.

Me encontré en una sala llena de contradicciones. Era grande y estaba bien amueblada, con una mesa cubierta de seda floreada y repleta de platos dulces. Distinguí albaricoques azucarados y romero, pasteles de mazapán y ciruelas. Había varios sillones de calidad junto a las paredes, dos o tres ocupados por muchachas que, como las de fuera, parecían mejor vestidas y de edad más avanzada cuanto más lejos se situaba uno, además de un hombre espigado, de frondosa barba, medio dormido. No llevaba uniforme, pero seguía en posesión de su espada, presumiblemente para impresionar a cualquier cliente al que se le ocurriera esquivar su factura. Había un verdadero espejo de madera dorada sobre la chimenea, algo que nunca había visto antes, pero el enmoquetado del suelo era sencillo y no se limpiaba a menudo, dado su aspecto y el olor a humedad que desprendía. A pesar de la apariencia próspera de la mujer que ocupaba el asiento ante la mesa, el muchacho que se encontraba a sus pies parecía delgado y descuidado, con la piel pálida y unos ojos que se posaron en mí al entrar en la habitación tan apagados y grises como la nieve caída hacía una semana. Bajó la mirada cuando me acerqué, y sus manos se dedicaron a jugar con un colgante que llevaba al cuello; había un objeto pequeño en el extremo de la cadena metálica, pero no distinguí qué era, ya que no cesaba de girarlo una y otra vez entre los dedos escuálidos.

Hice una reverencia. Las chicas se rieron. La mujer de la mesa las espantó con una sola palabra y se marcharon, todavía riendo. Dirigí mi atención a su señora. Así que esa era Lucy Bennett. Se trataba de una mujer con una obesidad monstruosa que vestía con telas de colores de la mejor clase. El estilo no era precisamente depurado; más bien parecía que hubiera superpuesto un trozo de tela sobre otro hasta cubrirse, en lugar de molestarse en ponerse un vestido de verdad. Por encima del arcoíris de colgajos y pliegues de seda había una faz tosca y marcada por la viruela. No se levantó para recibirme, pero calculé que, si lo hubiera hecho, sería tan alta como yo. Por un momento, me pregunté si tenía delante a la madre de Chrissa, pero, al examinarla más de cerca, vi que bajo la carne de su rostro no había nada de la refinada estructura ósea de la chica Moore; su barbilla era inexistente, su nariz, desproporcionada frente a sus fofas mejillas y su boca, poco generosa. Sus ojos eran duros aunque todo lo demás en ella era blando.

—¿A quién me dirijo? —preguntó. Su voz, como sus movimientos, era lánguida y melosa.

Había dado mi nombre en la puerta, pero cabía la posibilidad de que me echasen de allí en cualquier momento, así que hablé con más paciencia de la que sentía.

—Soy Thomas Treadwater, señora. Chrissa Moore me dio su nombre y la ubicación de su casa porque desea que le proporcione un juicio de carácter, por así decirlo. —La explicación era vaga, y añadí—: Ayudo al juez de Walsham, Christopher Manyon, en este asunto.

Era una verdad a medias, pero esperaba que la mención del magistrado la hiciera más receptiva.

Surtió el efecto deseado.

—¿Manyon? Conozco el nombre —dijo, despreocupada, aunque la mirada de sus ojos grises era incisiva bajo los párpados hinchados—. ¿Qué noticias trae de Chrissa?

—¿Trabajaba para usted? —pregunté sin rodeos. La alcahueta enarcó sus cejas, demasiado depiladas. Esperé, sin mostrar arrepentimiento.

Estiró la mano hacia la mesa, colocada a un lado para no tener que inclinarse demasiado, y cogió un albaricoque azucarado. Se llevó la fruta a la boca con evidente placer. A sus pies, el silencioso niño observó cómo la comida pasaba por encima de su cabeza y franqueaba los dientes ennegrecidos de la mujer.

Masticó de forma irregular y desplazó la comida por la boca en busca del mejor diente con el que abordarla. Al final, tragó, luego se hurgó una de las muelas y se lamió el bocado resultante del dedo antes de responder.

—Chrissa nunca fue una de mis chicas en ese sentido —explicó—. A los clientes les habría encantado. Habría ganado bien y durante mucho tiempo, pues solo tenía unos once años cuando vino a mí. Era encantadora como la noche. Fresca. —Se inclinó de nuevo hacia delante y seleccionó otra fruta—. Pero se negó en rotundo. No lo haría. No obligo a mis chicas, ¿sabe? —dijo con orgullo—. No como otros en mi línea de negocio. Les ofrezco la posibilidad de elegir: ganarse el sustento tumbadas o encontrar otra forma de pagar. Chrissa eligió emplear sus otras habilidades. —Se encogió de hombros, como si quisiera decir que así eran las cosas.

—¿Qué habilidades eran esas, entonces?

—Un poco de todo —dijo Lucy vagamente—. Este techo acoge a una comunidad muy variada. Hay muchas cosas que una persona puede hacer para conseguir dinero sin abrirse de piernas.

«Sí, como vender chicas jóvenes a hombres mayores», pensé, con el estómago revuelto.

Lucy continuó.

—Cuando apareció, flaca como un poste y arrastrando este saco inútil con ella —dijo, y señaló con la cabeza al chico a sus pies—, le dije que solo tenía espacio para ella, solo para aquellos que pudieran pagar. Juró que traería lo suficiente para los dos. No soy responsable de lo que estuviera haciendo, no es de mi incumbencia. Estaba fuera a todas horas. Sin embargo, siempre pagaba a tiempo, y eso era todo lo que me importaba.

—¿Y eso duró varios años?

Tras un sonido incierto que interpreté como un sí, masticó unos instantes más y retomó el discurso.

—Hasta principios de este año —prosiguió—. Se fue, como siempre. A veces se ausentaba durante varios días, así que no me preocupé, pero no volvió.

—¿Cuándo fue eso?

—Por la época de Pascua. No estoy segura. Estaba a punto de echar a este despojo a la calle cuando llegó una carta suya con los pagos atrasados y la promesa de que volvería a enviar dinero, de forma regular, para la manutención del niño.

—¿Y lo hizo?

—Hasta hace unas semanas, sí —reconoció Lucy.

—¿Qué edad tiene? —pregunté, mirando al crío.

Con despreocupación, Lucy Bennett levantó la mirada, como si tratara de recordar algo.

—Nueve. Diez —respondió—. No tenía más que tres o cuatro años cuando llegó aquí.

Diez años. No me lo creía. El chico era muy pequeño. El pelo negro desgreñado rodeaba una cara redonda. Tenía unos ojos de forma y aspecto extraños, como si su creador hubiera colocado los dedos índice y pulgar a ambos lados y los hubiera estirado. Su expresión era de lo más inocente; se interesaba de manera superficial por mí y por mi ropa relativamente elegante, pero estaba igual de fascinado por un trozo de porquería que había encontrado en el suelo y que ahora desmenuzaba entre los dedos. Me recordó a un imbécil que había visto acosado en los campos de Ivinghoe cuando me detuve allí de camino a casa desde Newbury.

Me quedé pensando durante unos instantes, mientras observaba cómo el chico perdía el interés por el trozo de mugre y se limitaba a ponerse en cuclillas en el suelo, con aspecto de haber estado siempre allí.

—Tengo una propuesta —dije por fin. Lucy levantó la vista con la curiosidad de una jugadora y me indicó con la cabeza que continuara—. Me gustaría quitarle al chico de encima. Nos faltan varios jornaleros en la granja, y hay muchos puestos que cubrir. Podemos ponerlo a trabajar en la cocina.

Lucy se rio de forma desagradable y su enorme pecho se agitó, divertida por algo que no compartió conmigo.

—Le gustaría, ¿verdad? —cacareó la mujer.

Como no lo entendí de inmediato, continué:

—El chico necesita que lo mantengan, y hay trabajo. Tendrá un salario justo.

Siguió desternillándose mientras miraba al chico.

—¿Él? ¿Trabajar? —Se enjugó una lágrima de alegría y negó con la cabeza—. No —dijo con exagerado pesar—. No. Henry no será mío, y tal vez solo se alimente con lo que su hermana puede pagar… —Miró al esquelético niño de pies a cabeza y se encogió de hombros—. Tal vez con un poco menos —reconoció—. Pero eso no significa que vaya a venderlo al primer depravado que me ofrezca un chelín por él. Soy una mujer cristiana.

Entonces entendí a lo que se refería.

—¡Por los clavos de Cristo, mujer! —exclamé—. ¿No tiene decencia? Quiero ayudar al niño, no… Nada de lo que ha dicho. Conozco a su hermana. Bueno, sé dónde está.

Al oír eso, Henry levantó la cabeza del pecho. Me miró fijamente, y su carita redonda mostró un destello de agitación, pero no dijo nada.

Lucy pareció sopesar la nueva información y considerar si podría beneficiarla.

—¿Es eso cierto? Tal vez quiera decirle que se le ha pasado el último pago por la criatura. —Me estremecí cuando su pie, calzado con unas zapatillas, pateó la espalda del niño, que apenas reaccionó. Continuó—: Aunque se lo lleve, no se lo agradecerá; es orgullosa como un fariseo. ¿Dónde ha dicho que estaba?

—No lo he dicho —respondí con sequedad—. Pero puedo describírsela.

Lo hice, y me resultó fácil. Mis momentos de vigilia desde que había visto a Chrissa Moore rara vez habían estado libres de su rostro.

Cuando terminé, Lucy asintió despacio.

—Es ella, sin duda —dijo. En sus ojos brillaba la codicia—. Aun así, mi deber como cristiana es cumplir mi palabra y mantener al muchacho en mi casa. A menos, por supuesto, que se comprometa a pagarme en lugar de Chrissa y a compensarme también por la pequeñísima fracción de sus pagos que recibo por el cuidado del chico.

Sospeché que eso correspondía a la mayor parte de lo que Chrissa pagaba, y desprecié a la vieja bruja por su avaricia.

—La compensaré —aseguré—. El niño vendrá conmigo a mi granja y trabajará. Quizás, con el tiempo —añadí con voz más clara, para que el chico lo entendiera—, se reúna con su hermana.

Me odié a mí mismo por la esperanza que vi en los ojos del muchacho, una esperanza que había encendido para mi propio beneficio. Una idea repugnante me vino a la cabeza: ¿era yo mejor que esa mujer? Regateamos durante unos minutos sobre la cantidad exacta y entonces Lucy volvió a darle una patada a Henry.

—Recoge tus cosas, chico —dijo. Él se puso en pie y se dirigió a un rincón mugriento, de donde sacó un patético fardo de tela y un palo. Desapareció durante unos segundos en una recámara lateral y luego regresó con aspecto de estar perfectamente listo para marcharse.

—¿No tiene zapatos? —pregunté, y miré los dedos de los pies del niño, teñidos de azul.

—Nunca los ha necesitado —respondió Lucy en tono firme.

Negué con la cabeza mientras le entregaba el dinero y le indiqué al chico que me siguiera. No le dio las gracias a Lucy Bennett ni se despidió de ella. Poco después, lo monté delante de mí en Ben y, así cargado, el caballo recorrió con lentitud el centro de la ciudad, de vuelta a la Puerta de la Magdalena.

12

Dejamos atrás las murallas de Norwich y los cascos del caballo aplastaron la tierra húmeda y las hojas rojizas medio podridas. Sobre nuestras cabezas, el azul de la mañana había dado paso a un manto de un tono gris uniforme.

—¿Sabes leer, muchacho? —pregunté después de unos minutos de silencio.

—No —respondió Henry.

—¿No sabes leer la Biblia ni tu propio nombre? —Me horroricé, aunque recordé cuando, a su edad, la lectura me había parecido una mera distracción de la verdadera tarea de encontrar hormigueros y nidos de pájaros.

—No —repitió.

Con aire ausente, respondí:

—Intentaremos remediar eso. Un hombre debe saber leer.

—Sí —dijo con docilidad.

—Me llamarás «señor» —indiqué con una voz severa que me desagradó de inmediato. Más suavemente, añadí—: O señor Treadwater, si lo prefieres.

—Sí, señor —dijo el chico.

—Pero antes nos detendremos para comer. —Sentí que Henry se ponía rígido ante la mención de la comida y dirigí a Ben hacia la orilla del camino, hacia un montículo cubierto de barro endurecido, cerca de un abrevadero. Ayudé al muchacho a desmontar—. Primero nos ocupamos de los animales —expliqué mientras le daba de beber a Ben—. Un buen caballo es una herramienta, y debemos cuidarla con diligencia para que nos siga sirviendo.

Henry asintió con solemnidad, pero la tez enfermiza del muchacho me conmovió y le di todo el pan y el queso que había traído. Observé cómo ingería la comida con su famélica boca. Me fijé de nuevo en el colgante que llevaba al cuello y vi que era un pequeño reloj solar de madera, de aspecto antiguo, con el gnomon forjado en metal deslustrado, probablemente cobre. Estaba muy desgastado y no era muy valioso, pero sí lo bastante inusual como para venderlo por algunas monedas. Me sorprendió que hubiera podido conservarlo.

¿Por qué me lo había llevado? Analicé mis motivaciones y comprendí que no eran del todo nobles. Estaba claro que Chrissa Moore sentía un profundo apego hacia su hermano. Incluso después de escapar de la casa de Lucy Bennett, y de todo lo que había hecho para conseguir dinero allí, había enviado sus ganancias para Henry, hasta su arresto. También había cuidado de él durante muchos años sin ninguna otra ayuda aparente; no parecía que tuvieran padres ni parientes. Tenía que admitir que había muchos que habrían abandonado a un niño así y buscado una posición más cómoda. Al margen de sus otros defectos, la devoción de Chrissa por su hermano era digna de mención.

Tal vez eso me resultara de utilidad. El hecho de que Henry estuviera en mi poder quizás le aflojase la lengua a su hermana, no necesariamente con una confesión, pues poco ayudaría al muchacho ver cómo la colgaban por asesinato, sino para que retirase su acusación contra mi padre.

«Pronto sangrará», pensé mientras miraba a Henry masticar el queso endurecido con los ojos entrecerrados por el placer. La luna había crecido y luego menguado de llena a nueva desde su arresto; no podía quedar más de una semana para que su ciclo hablase más fuerte que las palabras cuando llegara o no. En ese momento, todos sabrían que no estaba embarazada. Entonces, tal vez Esther y yo seríamos capaces de dejar todo aquello atrás.

¿Qué haría entonces con el niño? Bebí un trago de agua, pensativo. Henry había despachado la comida rápidamente y se pinchaba y presionaba los pies, como si mi pregunta de por qué estaban descalzos hubiera hecho que se fijase en ellos por primera vez.

Ya vería qué hacer cuando se presentase la situación. Antes, tendría que atender algunas de sus necesidades. Era enero. El viento mordía con la fuerza de un chacal, así que debería conseguirle al muchacho unas botas decentes. Tenía unas en casa que había usado antes de alcanzar la madurez. Podrían servirle.

—Ven —dije—. Todavía nos quedan algunos kilómetros por delante. Luego te presentaré a mi hermana.

Cuando llegamos a la casa ya anochecía. Henry se había quedado dormido en la silla de montar. Tenía la cabeza apoyada en mi pecho y su cuerpo estaba flácido y caliente. Cuando sentí que se dormía, busqué tras de mí la manta de repuesto de la silla y lo envolví en ella, así que era como llevar un cerdo o una oveja delante de mí.

Desmonté con cuidado y bajé a Henry del lomo de Ben; luego me cargué el peso del niño sobre los hombros y me liberé la mano para atar al caballo. Sentí mi propio cansancio al hacerlo, y pensé en una comida caliente y en acostarme temprano. Todos lo haríamos. No le encargaría ninguna tarea a Henry esa noche, sino que permitiría que Esther lo instruyera por la mañana. Tal vez esa noche le haría más preguntas sobre…

No, mejor dejarlo dormir. Ya habría tiempo al día siguiente para comprobar lo que sabía en realidad.

Entramos por la puerta trasera. Respiré e inhalé los olores del pan, del carbón quemado y del jabón de sosa. Alguien había estado lavando.

Mientras maniobraba con Henry por la cocina, me di cuenta de que no había velas ni lámparas encendidas y que el fuego se había consumido hasta apagarse. La casa estaba helada. Sentí una breve y profunda tristeza al ver la silla habitual de padre junto a la mesa, vacía. Seguramente terminaría por ocuparla yo, pero me costaba imaginarme acomodado en el asiento de roble, en el lugar de mi padre. Todavía no.

—¿Esther? —pregunté. No hubo respuesta.

Deposité al crío en la silla de mi padre con un cojín detrás de la cabeza. Se removió, pero no se despertó. Contemplé la posibilidad de encender un fuego para poner a calentar la tetera, pero decidí buscar a mi hermana primero. Tenía que explicarle la situación. Arropé más a Henry con la manta y le añadí otra más. Por fin, salí de nuevo de la cocina para dirigirme a la fría penumbra del patio, donde estabulé a Ben y me ocupé de los animales.

Volví a entrar.

—¿Hermana? —Levanté la voz. Todavía sin respuesta. Tal vez estuviera dormida. Aunque era temprano, y Esther era una chica concienzuda; nunca se acostaba antes de terminar sus labores.

Me quité las botas y pasé al salón. Al abrir la puerta, la vi en una silla de respaldo alto, de cara a las llamas. Al fuego le faltaba carbón y había que atizarlo, pero Esther estaba inmóvil ante el resplandor anaranjado oscuro que se le reflejaba en la cara y la mandíbula. Era una silueta más angulosa de lo que recordaba, sus rasgos aniñados sustituidos por una dureza que no reconocía. Sin motivo, pensé por un instante en su pesadilla y en los desvaríos que habían salido de su boca la noche en que me enteré de la muerte de mi padre.

—Esther, he vuelto.

—Te veo, hermano —dijo sin volverse para saludarme.

—Hay que alimentar el fuego —comenté, y me sentí tonto, pero luego aliviado cuando se levantó y se arrodilló junto al parachispas—. ¿Qué hacías sentada sola a oscuras? —pregunté—. ¿Pensabas en padre?

—En mí misma. —Siguió escarbando en el hogar. Al cabo de un rato, una vez que hubo conseguido un fuego crepitante, se apoyó sobre los talones—. Siéntate conmigo —dijo en voz baja, y de nuevo tuve la sensación de que había algo nuevo en ella; la mujer con la que hablaba no era la chica que había dejado al marcharme.

Acerqué una silla y ella volvió a la suya.

—Entonces, ¿en qué pensabas? —pregunté.

—En el matrimonio. Y en los hijos.

No me habría sorprendido más si me hubiera dicho que en el asesinato o si hubiera revelado que estaba considerando convertirse en juglar ambulante.

—¿Qué? —pregunté como un bobo.

—El matrimonio —replicó—. El mío.

Me incliné hacia ella.

—¿Te importaría ser más específica?

Los ojos que se volvieron a mirarme contenían una inteligencia nueva, una experiencia que no había sospechado que existiera dentro de Esther. Sonrió débilmente.

—El sarcasmo no te favorece —opinó—. Pero sí, seré más específica. He recibido una propuesta de matrimonio.

Exhalé un suspiro áspero y silbante.

—Ya veo. ¿Puedo preguntar de quién?

Pero ya lo sabía.

—De John Rutherford.

—¿Qué? ¿Cuándo?

—Esta misma mañana.

—¿Por qué te visitó Rutherford sin que yo estuviera aquí?

Soltó una risita quebradiza ante mi indignación.

—Tranquilízate. No necesito tu consentimiento. Y no tengo ningún padre al que pedirle mi mano.

—Debería haberme consultado a mí —repliqué con rabia—. Soy tu pariente masculino más cercano.

Hizo un ruido despectivo con la lengua. Nunca le había escuchado hacer algo así.

—Bueno, ya está hecho. He aceptado.

Me aparté mientras se me escapaba una sonora maldición. La voz de Esther escondía diversión cuando dijo:

—Como está escrito en el Evangelio de Marcos, «todo se les perdonará a los hijos de los hombres, los pecados y hasta las blasfemias que digan».

Acerqué la silla.

—Esther, no es demasiado tarde. Podemos actuar con la justificación de que debería haber acudido a mí primero. Podemos…

—Como en Santiago 1, 19, «cada uno ha de ser diligente en escuchar, pero tardo para hablar».

—Explícate, entonces —dije, desconcertado y sin irritarme, con la sospecha de que se burlaba de mí. No era su costumbre, y me sentía descolocado—. Porque no logro comprender tu razonamiento. ¿Tanto te gusta el señor Rutherford?

Se encogió de hombros.

—No más que otros hombres.

—Entonces, ¿por qué?

De manera inesperada, Esther golpeó el brazo de la silla con la mano.

—Aquí estoy sola, Thomas. —Cuando intenté objetar y decirle que me tenía a mí, que nunca la abandonaría, habló por encima de mí con fervor—. Sí, lo estoy. Completamente sola. El ejército te llamará a filas en cuestión de semanas, antes de la Candelaria, o antes incluso. Tal vez ni siquiera vuelvas. Eso me dejará sola en esta casa, sin rumbo, sin nadie que me cuide, sin futuro. John me ofrece un hogar, un lugar como su esposa, la posibilidad de tener hijos y participar en la obra de Dios a su lado. ¿Importa que no le tenga un cariño especial con respecto a otros hombres? ¿De verdad es tan importante?

—Sí. Por supuesto que el amor es importante. —Me levanté y me paseé ante el fuego. Hablé con torpeza por la agitación—. ¿Crees que dejaría que te pasara algo? ¿O que querría que te casaras con un hombre por el que no albergases sentimiento alguno?

Necesitaba que entendiera aquello, que el matrimonio era más que un contrato y que ella era más que una compañera, que tal vez fuese mejor estar sola que atada a alguien que no supiera amarla. Ansioso por explicárselo, me acerqué a ella, pero se apartó. Me llevé las manos a la nuca y gemí de frustración.

—Sé que nunca permitirías que sufriera ningún daño —dijo—. Pero no puedo quedarme aquí y depender de ti para siempre. Ser una esposa y traer hijos al mundo es un acto piadoso. He dicho que sí. —Habló con firmeza—. No queda nada más que nos des tu bendición.

Durante un momento eterno, no tuve palabras, hasta que al final suspiré.

Incluso para mí, sonó como una derrota.

—Esther, yo…

Pero no pude terminar lo que estaba a punto de decir, aunque hubiera sido capaz de encontrar la manera de conferir a mis palabras una fuerza persuasiva, porque, en ese momento, Henry abrió la puerta del salón. Su pálido rostro asomó por el marco, y Esther se volvió hacia mí con una mirada inquisitiva.

—Este es Henry —dije sin extenderme—. Se quedará con nosotros por el momento.

—¿Aquí? ¿En esta casa? —Esther dio un paso hacia Henry, que se encogió al verla moverse.

—Sí —afirmé—. Puede ayudar con…

—¡De nuevo me veo desautorizada en esta casa! ¡En mi mundo! —se quejó Esther—. Si se necesitan nuevos sirvientes, es mi posición la de instruirlos, no la tuya.

Me alarmé; mi hermana nunca me había hablado con esa rabia.

—Hermana, serénate —dije—. En circunstancias normales, no lo habría hecho, pero en este caso…

—Siempre hay alguna razón —dijo, cansada—. Siempre un motivo por el que lo que yo quiero queda en última posición. Por el que otros son elegidos antes que yo. —Se dispuso a pasar por delante de mí y me moví para permitírselo, mientras me preguntaba hasta qué punto lo que había dicho era justo. ¿La había defraudado, como insinuaba? ¿O se refería a otra persona? ¿Tal vez a padre? Recordé lo disgustada que había estado por su aparente interés en la chica Moore. ¿Afloraban de nuevo los celos de Esther?

Entonces, Henry nos sobresaltó a los dos. Su grito fue como el de un cordero al que le han rajado la garganta. Tenía la mirada fija en Esther y su rostro había palidecido aún más. Cuando mi hermana dio otro paso adelante, el chico se volvió y puso pies en polvorosa.

Esther se quedó paralizada. Hizo un ligero movimiento, pero le puse una mano en el brazo.

—Iré a por él —murmuré—. Pero volveremos a hablar de Rutherford —advertí—. No creas que ese asunto está resuelto.

Busqué en la casa mientras reflexionaba sobre la estupidez de los chicos. ¿Qué había asustado así a Henry? No estaba en la cocina, donde las mantas con olor a caballo estaban tiradas en el suelo; no estaba encogido de miedo en el armario bajo la escalera ni tampoco en ninguna de las habitaciones. Con un suspiro, volví a ponerme las botas y encendí una lámpara. Esther seguía sentada junto al fuego cuando salí.

No estaba en el patio ni junto al pozo. No estaba en el huerto de hierbas de Esther ni escondido detrás del cobertizo. Lo llamé por su nombre, pero fue en vano. Maldecía el frío y empezaba a temblar cuando se me ocurrió mirar en los establos.

—¿Henry? —Templanza masticaba con pereza, completamente sola. El segundo compartimento estaba vacío, salvo por algunos ratones que correteaban. Ben me recibió con un relincho cuando abrí el suyo, creyendo que lo iban a sacar para otro paseo. Le acaricié las crines y le dije:

—Esta noche no, muchacho. Ya has cabalgado bastante por hoy. Ahora… —Me detuve, aparté al caballo y encontré lo que estaba buscando—. ¿Qué haces aquí? —pregunté.

Henry esta agazapado en la paja. Era un lugar peligroso, ya que Ben podría darle una coz en cualquier momento. Sin embargo, al caballo no parecía molestarse su presencia, quizá porque el niño estaba acurrucado tan tranquilo como el gato del establo. Jugueteaba con el reloj solar de madera,y me di cuenta de que era un objeto importante para él.

—¿Sabes cómo se usa? —pregunté, y me recompensó con un débil asentimiento—. Apuesto a que es muy complicado —dije.

—No. Es fácil —respondió por fin, y añadió—: Mi hermana me enseñó.

—¿De dónde lo has sacado?

—Era de mi padre.

No le quitaba los ojos de encima, como si fuera una joya, como si le reconfortara.

—Es muy bonito. —Con ese pequeño cumplido, pasé como pude por delante de Ben y extendí la mano—. Ven —dije.

Henry no se movió. Acerqué la luz. No estaba llorando, pero temblaba con un miedo visceral.

—No hay nada que temer —prometí—. Entra conmigo. —Negó vehementemente con la cabeza—. Vamos —repetí, y traté de persuadirlo con gestos de la mano, como se persuade a un animal herido—. Hay comida y una cama caliente. Aquí hace frío. Y hay ratones.

La voz del niño sonaba apagada.

—Había una serpiente.

—¿Dónde? —Bajé la lámpara, a la espera de encontrar la piel marrón moteada de una víbora reptando hacia un rincón seguro.

—Aquí no —dijo el chico, abatido—. Allí.

Miró hacia la casa.

—No hay serpientes dentro, Henry —expliqué—. Tienen miedo de las personas porque somos mucho más grandes que ellas, ¿a que sí?

Volvió a negar con la cabeza.

—Grande. Era grande.

Me empezaban a doler las rodillas por la incómoda posición que había adoptado al lado del caballo.

—Has tenido una pesadilla —dije con suavidad—. Estás cansado y en un sitio nuevo. No era real. Vamos, te presentaré a mi hermana y comeremos juntos.

Pero Henry retrocedió y se apretujó contra la pared del establo.

—¿No puedo quedarme aquí? —susurró. Le temblaba el labio inferior.

—En realidad, no. Este es el establo de Ben.

—A él no le importa —dijo—. ¿Por favor?

Suspiré y me incorporé para colocarme al otro lado del caballo. Fuera lo que fuera lo que el chico creía haber visto, estaba claro que estaba aterrorizado. Aun así, no podía dormir allí solo. Ya notaba el frío cortante en la nariz y las orejas; sería una noche gélida.

—Está bien —acepté—. Te diré lo que voy a hacer: entraré y traeré un poco de sopa, pan, agua del pozo y algunas mantas. Podrás comer algo y luego dormir aquí. ¿Te sentirás mejor así?

Un enérgico asentimiento siguió a mi propuesta.

—Bien. Bueno, quédate aquí y no vayas a ninguna parte. Volveré en unos minutos.

Por supuesto, Henry no podía dormir en el establo. Esperaría a que comiera, bebiera y se durmiera por el agotamiento. Entonces, lo trasladaría a una de las habitaciones superiores. Por la mañana, en un entorno nuevo y a la luz del día, aquello que lo había asustado sería un recuerdo lejano.

Emprendí el regreso a la casa.

Aquella noche, tras echármelo a la espalda, Henry durmió en la antigua cama de su nuevo señor. Yo tomé la de mi padre y puse unas sábanas limpias antes de caer en un sueño profundo y agitado en el que me perseguían serpientes colosales a través de marcos de madera dorada y la cadena de un reloj solar de madera que me rodeaba el cuello crecía hasta alcanzar proporciones monstruosas y ahogarme.

Empezaba a acostumbrarme a las pesadillas.

13

—¿No ha sangrado? —pregunté, y detuve el movimiento de la pluma.

—Todavía no —dijo Manyon—. Pero no puede faltar mucho.

—¿Y no le han encontrado marcas ni tetillas en ninguna parte?

—Nada. Sin embargo —continuó el magistrado con la compostura de quien va a hacer una advertencia importante—, se sabe que las suelen esconder en lugares donde es más complicado encontrarlas durante un examen superficial. Anota eso —añadió, y así lo hice mientras trataba de no pensar en esos lugares ocultos.

Estábamos en el despacho de Manyon, tres días después de mi regreso de Norwich, y muchas cosas habían cambiado. Había llegado a primera hora, no solo para preguntar por Chrissa Moore y por si había novedades en la investigación, sino para protestar ante el magistrado por los actos de Rutherford. Sentía que el cazador de brujas se había excedido con Esther. Esperaba que Manyon lo reprendiera con vigor y que el compromiso se barriera bajo la alfombra. Sin embargo, la respuesta que recibí me sorprendió.

La expresión de Manyon mientras le describí la osadía de Rutherford fue anodina. Sin embargo, al compartir mis preocupaciones sobre la juventud de Esther y su vulnerabilidad en aquel momento, tan poco tiempo después de la muerte de su padre y dadas las circunstancias de dicha muerte, había comenzado a asentir con más simpatía.

—Sí, veo que tienes razones para sentirte agraviado —dijo—. En tu lugar, tal vez me pasaría lo mismo. Pero ¿qué dice tu hermana? ¿Está interesada en el enlace?

—Dice que sí —admití—. Pero su juicio…

—Nunca te había preocupado en el pasado —me recordó Manyon—. Es una chica buena y modesta. Y Rutherford, aunque estoy de acuerdo en que se ha precipitado, es un hombre con medios y buena reputación. Si ha actuado con impulsividad, solo puedo decir en su defensa que eso habla de su aprecio por tu hermana.

Así que Rutherford había llegado antes, pensé. La refutación de Manyon era demasiado fluida, demasiado practicada.

—Ha actuado de forma vergonzosa —insistí—. No veo que su conducta hable bien de él en modo alguno. Un hombre que se acerca a una mujer como si fuera un ladrón no es un hombre que quiera vincular a mi familia.

Manyon se llenaba la cazoleta de la pipa. Me había ofrecido otra a mí, pero la había rechazado. Llevó a cabo el acto como todos los demás, de forma reflexiva y con precisión. Le llevó más de un minuto. Al final, preguntó:

—¿Entiendes que, a través del vínculo con Rutherford, y a través de tu hermana, también te estarás ligando a mi familia?

Me sonrojé. No había olvidado que Rutherford era sobrino de Manyon por matrimonio, pero en mi enfado había hablado sin pensar y había ofendido al magistrado, cuya familia tenía sus raíces en el negocio de la mercería de Norwich, antes de que su abuelo decidiera acaparar propiedades en la zona de Worstead. No era mejor que los Treadwater, aunque tuviera mucho más dinero. Con cuidado, dije:

—En cualquier otra circunstancia, sería un honor verme emparentado con usted, señor. Pero me temo que ahora eso es algo secundario.

—¿Lo es? —Manyon entrecerró los ojos bajo sus pobladas cejas—. El matrimonio tal vez no sea de tu agrado, y lo comprendo, pero podría beneficiarte.

—¿En qué sentido?

—¿Recuerdas el asunto de mi incompetente ayudante, Timothy, un joven chapucero al que hace poco he tenido que despedir?

—Sí, señor.

—Pues yo tenía la intención de apadrinar a Timothy. Un año más o menos como mi asistente seguido de financiación para asistir a Cambridge y una carrera en leyes. Una oferta que ahora me inclino a extenderte a ti. También estaría dispuesto a escribir al ejército, donde cuento con ciertos conocidos influyentes, para asegurar tu liberación de tus compromisos allí.

La conclusión era clara. Me puse de pie.

—Se lo agradezco, señor, pero mi hermana no está en venta, y la insinuación nos deshonra a ambos, sobre todo a ella. —A duras penas pude contener la ira.

El rostro de Manyon enrojeció, pero, para mi sorpresa, se rio, se levantó y me tendió la mano, que, una vez aceptada, estrechó con vigor.

—¡Ah, bien dicho, muchacho! Muy bien dicho —dijo sin dejar de estrecharla—. Pero, por favor, siéntate. Me has malinterpretado por completo. La culpa es mía, por supuesto, pero siéntate.

Sin estar muy seguro, volví al asiento. Manyon le dio una larga calada a la pipa y luego agitó la mano entre el humo describiendo un elaborado círculo, casi como si desestimara sus anteriores comentarios.

—Debería haber sido más claro. Creo que eres justo el tipo de joven que necesito para trabajar aquí, y como aliado de mi familia en general. Tanto si tu hermana contrae matrimonio con mi sobrino como si no, aunque debes confiar en que lo hará, puesto que ya ha aceptado y está en edad casadera, quisiera extenderte esa oferta. Necesito a hombres prometedores como socios de leyes y, con el tiempo, me hará falta un candidato que ocupe mi lugar en este puesto. Creo que esa persona podrías ser tú, con independencia del matrimonio de tu hermana. No obstante —continuó—, también creo que el matrimonio en sí es sensato. Considera las dos situaciones: una, que tu hermana no se case con Rutherford, o, dos, que lo haga. En la primera, tu hermana perderá una unión con un hombre de probada aptitud, piadoso, capaz de engendrar descendencia, algo que desea con ardor, dados sus sufrimientos, con un futuro brillante y un afecto verdadero por ella. Sí, tienes razón al decir que John debería haber acudido antes a ti, pero, y, de nuevo, esta es solo mi opinión, es joven, y a los jóvenes a veces los ciega la pasión cuando van en pos de lo que quieren.

Asentí y acepté a regañadientes la afirmación al recordar mi propia insensatez e impulsividad con Elizabeth. Sin embargo, me costaba considerar la idea de que Rutherford fuera un amante apasionado.

Manyon continuó.

—En el segundo caso, tu hermana se casa con un joven al que no le ha puesto ninguna objeción. Es más, un hombre al que ya ha aceptado, si me permites señalarlo, contraviniendo tus deseos, lo que demuestra su determinación en la materia. Consigue un hogar propio y seguro, pero cerca de su hermano, y un marido que, a mi parecer, está profundamente enamorado de ella. Con el tiempo, tal vez forme una familia. Será una compañera para él, y él, un protector para ella. Además, evitará lo que ambos sabemos que teme, quedarse sola y soltera, en caso de que ocurra lo peor y no regreses de las guerras.

Me sentí frustrado, consciente de que lo que decía tenía sentido y de que mi objeción al matrimonio estaba arraigada en una aversión algo irracional hacia Rutherford. En realidad, no tenía una base firme para mis sentimientos. Estaba siendo orgulloso. Manyon me miró mientras daba una calada a la pipa, expectante.

—Mi padre lo respetaba, señor —dije al fin—. Me gustaría disculparme por mis palabras precipitadas. Acepto que no quiso faltarle el respeto a Esther en modo alguno.

—Gracias, Tom. ¿Qué opinas del matrimonio, ahora que has considerado ambas situaciones?

Me costó unos instantes rebatir mis objeciones, pero al final cedí.

—Dejaré el asunto al criterio de mi hermana. Si está decidida a casarse con él, no me interpondré en su camino.

Manyon me guiñó un ojo, satisfecho.

—Muy bien. Ahora, pasemos al otro asunto. ¿Te verías trabajando aquí, a mi lado?

Era una oferta tentadora, pero fruncí el ceño.

—No veo cómo podría aceptar, señor, aunque me complace que me considere capaz —dije con sinceridad—. Mi padre ha fallecido hace poco, y hay mucho que supervisar en la granja.

—Solo es cuestión de ver cómo se desenvuelve todo. Tendrás libertad para volver a la granja en cualquier momento.

—¿Y le escribiría a mi coronel? —Aunque no tendría ninguna obligación de liberarme, un hombre de la influencia de Manyon podría convencerlo.

—¿Quién es?

—El coronel Bethel, señor.

—¿Valentine Bethel?

—El mismo, señor.

—Entonces no supondrá ningún problema —dijo Manyon con una sonrisa confiada—. Bethel es un hombre sensato. Su padre y el mío eran buenos amigos. Aceptará mi carta, y tú serás dueño de tu propia vida antes de que termine el mes. ¿Cuento contigo?

No supe qué responder y me tropecé con las palabras al darle las gracias. No merecía tal amabilidad ni una oportunidad así. Acepté y, aunque en el fondo sabía que en algún momento tendría que decidir si hacer mi vida allí, en Inglaterra, o marcharme a América, la idea de estar en casa, de tener la libertad y los fondos para cuidar de Esther, e incluso de ver crecer a sus hijos, me envolvió como una manta cálida y familiar.

Entonces comprendí que la sensación de estar suspendido en el aire, a punto de caer, que había perseguido mis pasos desde que había visto por primera vez a padre tumbado en su cama empezaba a desaparecer.

No parecía haber ninguna razón para no comenzar de inmediato. Manyon quería documentar los detalles de una serie de casos, incluidos dos de robo de caballos, varios de recepción o venta de bienes robados y uno de intimidación. Mi trabajo consistía en tomar nota de los nombres y los resultados de los casos, los testigos y las decisiones, incluida la decisión de pasar o no un caso a las sesiones trimestrales, y los castigos impuestos.

En todo momento, me sentí exaltado al saber que no volvería al ejército. La pluma temblaba mientras anotaba las palabras de Manyon. Recordaba con claridad que escribir me había resultado una tarea realmente aburrida en casa de Milton y cómo había maldecido cada hora que había pasado frotándome las manos para eliminar la tinta negra, anhelando actividades más varoniles. Había sido un tonto. ¿Cómo iba a ser preferible enterrarse hasta las rodillas en sangre, mierda y barro? Sacudí la cabeza y sostuve la pluma con algo parecido a la reverencia.

Además, se me daba bien escribir. Aunque ahora suene jactancioso, soy lo bastante mayor como para permitirme un pequeño alarde; era académico por naturaleza, con una mano precisa, facilidad para los idiomas y una memoria tan profunda como amplia. Al final de la primera hora de trabajo, Manyon se mostró impresionado.

—Eres tan rápido como esperaba —dijo, y se frotó los ojos a la luz de la lámpara—. Soy demasiado viejo para escribir como tú. ¿Cómo se llamaba el hombre que te enseñó?

—Mi padre me enseñó a leer, pero de mi educación se encargó un hombre llamado John Milton.

—Ah, sí. Recuerdo el nombre de algo. ¿Es un hombre de buena reputación?

—No especialmente —respondí—. Es un erudito talentoso y algo dado a las polémicas. Un reformista, contrario a la jerarquía episcopal, no sé si me entiende. —Manyon asintió; por aquel entonces había muchos hombres así—. También está muy versado en latín y griego.

—¿Cómo terminaste con él?

—Es pariente de la familia de mi padre. Un primo segundo suyo, de hecho.

La curiosidad de Manyon parecía satisfecha.

—Ya veo. Bueno, tal vez con el tiempo se labre una reputación.

—Tal vez. —Parecía improbable que yo me enterara de ello. Tenía pocos deseos de volver a ver a mi antiguo tutor, y estaba bastante seguro de que él compartiría el sentimiento.

Manyon se irguió en el asiento, una indicación de que deseaba volver al trabajo y un gesto que yo empezaba a reconocer.

—Pasemos a las acusaciones contra la chica Moore, y si hay que añadir o no cargos por las muertes de Joan y la señora Gedge. —Parecía cansado al decirlo, como si el tema lo tuviera preocupado.

—¿Se siente inclinado a hacerlo?

—No —confesó Manyon—. Creo que las pruebas son insuficientes. A pesar de lo que le dije al reverendo Hale, el suicido es más probable.

Sin embargo, no había desestimado los cargos contra Chrissa. No era algo propio del magistrado mostrarse indeciso.

—¿Pero?

—Como te he dicho antes, la comunidad me presiona. Nadie quiere considerar que las mujeres perpetrasen el acto ellas mismas. Algunos hombres adinerados han intentado engatusarme más de una vez respecto a eso. Las Gedge eran muy populares, y la versión más extendida es que Moore les pasó la cicuta por medios mágicos, tal vez con la ayuda de un familiar, un gato o alguna criatura parecida.

Se llevó los dedos al puente de la nariz y cerró los ojos un instante.

—Pero eso es una tontería, sin duda —dije demasiado rápido, y luego me pregunté por qué.

—Muchas tonterías se han vendido como verdades en muchos mercados —dijo, cansado—, en detrimento de almas más educadas.

No pude discutírselo.

Continuó.

—Aun así, sospecho que tienes razón en este caso, aunque no podemos descartar la posibilidad. John estuvo sentado con ella en las celdas durante tres noches enteras después de la muerte de las Gedge con la intención de atraer a cualquier familiar que acudiera a ella, sin éxito.

No dije nada sobre familiares ni sobre la sensatez de cazar gatos, hurones y sapos en medio de la noche con la esperanza de atraparlos en mitad de una conversación. Aun así, no pude evitar un escalofrío al pensar en las vigilias nocturnas de Rutherford en la cárcel, sentado, tal vez, en un taburete delante de la celda de Chrissa, envuelto en la historia reciente de aquel lugar, con los ojos entrecerrados en la oscuridad, buscando criaturas diabólicas. ¿Cómo hacía su trabajo? ¿Era algo como un sacerdote, que ofrecía su oído y transcribía las confesiones y confidencias de los prisioneros? ¿O más bien un torturador, que les arrancaba palabras incriminatorias acompañadas de escupitajos y maldiciones rabiosas? No me parecía una posición honorable.

—¿Todavía se niega a hablar? —pregunté al fin.

—Así es. Empiezo a considerar que tal vez sea necesario emplear medidas más contundentes.

—Supongo que no la torturarán —indagué, curioso, de nuevo, por la pequeña inquietud que sentí en el estómago al pensar en ello.

—En el sentido estricto de la palabra, no. Desde que el Parlamento largo inició su mandato, la tortura no está exigida ni permitida por la ley. Sin embargo, si enviamos a la chica a juicio sin haber empleado métodos como la privación del sueño o las caminatas, nos recibirán con críticas por nuestra poca diligencia, e incluso podrían desestimar el caso por falta de pruebas.

—Entonces, ¿se podría obtener una confesión solo con negarle el sueño? —Me resultó imposible ocultar mis dudas. Sonaba improbable, cuando yo mismo había sufrido muchas noches de insomnio con el ejército. Ahora, por supuesto, sé lo que puede provocar la falta de sueño, cómo enferma la mente y agota el cuerpo. No se lo desearía ni a mi peor enemigo.

Manyon asintió con brío.

—Te sorprendería lo eficaz que puede resultar un método tan sencillo cuando las noches empiezan a sumarse. Drena la voluntad de una forma que ni te imaginas.

—Pero no se la puede someter a un trato brusco mientras sostenga que lleva en su seno al hijo de mi padre —dije, y me sentí menos indeciso al defender a un bebé nonato.

—Así es —concedió Manyon—. Pero la cuestión del embarazo no tardará mucho en aclararse.

Pregunté, con cierta delicadeza, porque, aunque tenía que saberlo, no me parecía una preocupación legítima, si Chrissa había sangrado, y tomé las notas pertinentes tras ruborizarme un poco. Cuando terminé, Manyon se recostó en el asiento.

—¿Qué hay del chico que sacaste del prostíbulo?

Fruncí el ceño. No le había mencionado al muchacho, y me costó disimular la sorpresa. Rutherford debía de haberlo informado de la presencia de Henry, pues había visitado la granja dos días antes, después de que Esther me contase lo de la propuesta. Había aparecido sonriente, pero lo recibí con frialdad y lo invité a pasar a la cocina, donde le dije que no debía volver a visitar a Esther hasta que la cuestión de sus esponsales se resolviera a mi entera satisfacción, citando como motivo la reputación de mi hermana. Rutherford me preguntó qué haría falta para resolver el asunto, y le dije que lo meditaría. Después de haber discutido el tema hasta alcanzar una tregua civilizada, nos despedimos, pero no antes de que Rutherford viera a Henry correteando por el jardín, persiguiendo una paloma.

—¿Ha adquirido un nuevo sirviente? —preguntó mientras ajustaba las alforjas en los costados de su caballo y miraba el característico rostro del muchacho con abierta curiosidad. ¿Había notado algún parecido entre Henry y su hermana? Estaba allí, en el color de la piel y la forma de la cara que compartían, pero era menos evidente por los años que los separaban.

—Sí —respondí con sequedad. No le había dado más detalles, y era un misterio cómo Rutherford, y después Manyon, habían averiguado de dónde procedía Henry.

El magistrado esperaba una respuesta, pero debía ser cuidadoso. Ignoraba lo que ya sabía, y no podía permitirme que me atrapase en una mentira.

—Es el hermano de Chrissa Moore —admití—. Viajé a Norwich para descubrir lo que pudiera sobre los antecedentes de la mujer. Eso me llevó a la casa de una alcahueta, que confirmó que la mujer se había alojado con ella. Pero que no se prostituía —añadí, de nuevo sin saber por qué me esforzaba en señalarlo—. Todavía no he dilucidado cómo se ganaba la vida.

Manyon arqueó las cejas.

—Continúa —pidió.

—No hay mucho más que añadir. Sentí lástima por el muchacho; la vil criatura que dirigía el lugar lo estaba matando de hambre, así que lo traje a la granja, en parte por su bien y en parte, lo admito, para ver si le sacaba algo más sobre su hermana.

—¿Y lo has hecho? ¿Has conseguido algo?

Negué con la cabeza.

—El chico es idiota. No sabe nada.

Manyon gruñó.

—Mantenlo bien vigilado y no dejes que salga de la granja. Hay demasiada gente en el pueblo resentida con su hermana.

—No irá a ninguna parte —coincidí.

—Cambiando de tema —dijo Manyon, y rebuscó en su mesa un trozo de papel en el que garabateó algo a toda prisa—. Tengo una invitación para ti.

—¿Para mí? —La tomé con una punzada de ansiedad. Hacía mucho tiempo que no me invitaban a ningún sitio.

—Sí, ¿conoces a Welmet Huxley?

—He oído hablar de él. Es un reformista, ¿no?

—Sí, su bisabuelo fue uno de los primeros disidentes del país, y sus hijos y nietos han seguido sus pasos. Esta es su dirección.

La nota contenía las señas de una casa a varios kilómetros de Worstead, pero la reconocí: una propiedad de tamaño considerable que se encontraba en una finca en la carretera de King's Lynn. Tenía la vaga idea de que el propietario tenía intereses en la navegación.

—¿Me ha pedido que vaya? —pregunté, sorprendido, y me guardé el papel en el bolsillo.

—Así es. Una cena, mañana por la tarde, con una cama para pasar la noche. A Huxley le gusta cenar con hombres prometedores, y a veces se siente obligado a hacer lo propio con vejestorios como yo. Es un amigo.

—Gracias, señor —dije, ya preocupado por qué ropas me pondría para presentarme en la casa de un hombre rico. No obstante, quería ir. Hacía años que no disfrutaba de una excelente comida en buena compañía. Ya alcanzaba a ver cómo Manyon me brindaría más oportunidades de esta índole para establecer contactos y empezar a recuperar mi reputación, por lo que me invadió una oleada de excitación.

Entonces, Manyon añadió:

—Rutherford también asistirá.

—Ah —dije con menos entusiasmo. El magistrado no pudo reprimir la sonrisa.

Una negociación de paz, entonces.

Más tarde, mientras cabalgaba la corta distancia de regreso a la granja, consideré el porqué le había mentido a Manyon. Henry no era inteligente, era cierto, pero no era el tonto redomado que le había descrito. Representaba bien su papel, pero los acontecimientos de los días anteriores habían puesto en entredicho su actuación.

Esther no se había molestado en ocultar su inquina por la presencia de Henry, sobre todo después de explicarle quién era y cómo había llegado a encontrarlo la mañana después de haberlo llevado a la casa.

—¿Por qué fuiste allí, Thomas? —me preguntó—. Es una vergüenza.

Yo, que seguía resentido por el tema de Rutherford y que solo pensaba en cómo echar por tierra el enlace, respondí sin extenderme.

—No puedo explicarlo.

—Yo tampoco, desde luego —dijo ella, y clavó la aguja en el bordado como si quisiera hacerse daño. Sin estar seguro de si le debía una disculpa, la dejé con su labor y fui a buscar a Henry.

Volvía a estar en el establo.

Saqué a Ben, y el caballo se inquietó con el aire frío. Después de cubrirlo con una manta, volví al establo y me agaché sobre la paja. La lámpara iluminó el esquelético y hambriento semblante del muchacho.

—Henry, necesito que me acompañes al interior de la casa. Hay mucho trabajo que hacer. Te traje aquí a condición de que trabajases para nosotros y así ganar un sueldo. ¿Recuerdas?

Asintió, pero no se movió.

—¿No puedo trabajar aquí? —preguntó.

—¿En los establos? —Asintió de nuevo, y lo consideré un instante. Luego me encogí de hombros—. Aquí hay trabajo que hacer —reconocí—. Ben y Templanza requieren muchos cuidados. ¿Has trabajado antes con caballos?

—No, señor, pero puedo aprender.

—Esa es la idea —dije—. No solo que te ganes un sueldo, sino que aprendas. Y para eso tienes que entrar en la casa, al menos a veces.

Cuando el chico negó con la cabeza, me recordó a la intransigencia de Chrissa. Tenía la sensación, no sabía por qué, de que, si lo arrastraba dentro y le daba una paliza sangrienta, cosa que jamás haría, la próxima vez que lo viera volvería a estar allí agazapado, detrás de Ben, quieto y callado como una liebre evitando ser cazada.

—Vivías en la casa de Lucy Bennett —dije—. ¿Cuál es la diferencia?

—No lo sé —respondió con voz baja y miserable de nuevo—, señor. Es solo que no quiero estar ahí dentro.

Hacía tanto frío que no distinguía si el vaho brotaba del suelo o de nuestro aliento.

—¿Sabes el frío que va a hacer aquí cuando se ponga el sol?

Henry asintió.

—Entonces sabes que no puedo dejarte dormir aquí fuera. No a menos que quiera descongelarte por la mañana. ¿Qué tal si llegamos a un acuerdo? Te quedarás fuera durante el día, por ahora, solo hoy, y vigilarás a los caballos siempre y cuando aceptes entrar en casa al atardecer. Podrás irte directo a la cama y salir tan pronto como te despiertes por la mañana. ¿Tenemos un trato?

De nuevo, un pequeño asentimiento de conformidad. Entonces, su voz pareció empequeñecerse aún más.

—¿Vendrán hombres de visita? ¿Como en casa de Lucy?

Me dieron ganas de rodear los hombros del chico con el brazo, pero me contuve. ¿Quién sabía lo que el muchacho habría visto en aquel lugar indecente, o lo que le habrían hecho?

—Nunca —sentencié con la mayor firmeza posible—. Este no es ese tipo de casa.

Henry pareció sopesar la información. Después, levantó la vista y, con un nuevo brillo de curiosidad en los ojos, preguntó:

—¿Qué tipo de casa es?

Así que el crío no era tan tonto como parecía.

—Una casa respetable —respondí, y me levanté—. Ahora, ven a la puerta trasera y te daré comida. Tienes un largo día de trabajo por delante.

En ese momento, mientras tiraba de las riendas de Ben para evitar una carreta en el camino, pensaba en aquel brillo en los ojos del muchacho. ¿Se asemejaba más a su hermana de lo que había deducido? ¿Era más calculador? Parecía bastante sincero. Dos días después de su llegada, compartí el pan con él en el establo y le enseñé a alimentar y dar de beber a los caballos y cómo limpiar los establos. Mientras comía y trabajaba, aproveché para hacerle preguntas sobre su hermana. Parecía feliz de contar lo que sabía.

—¿Qué recuerdas de tu vida con tu hermana antes de ir a casa de Lucy Bennett?

—Nada —fue la respuesta, breve y definitiva, mientras ensartaba un débil montón de paja sucia—. Solo era un bebé, señor.

—Pero ¿tu familia es de Norfolk?

—No lo sé. Mi hermana nunca me lo dijo.

No tenía acento local.

—¿Cuándo viste a tu hermana por última vez?

El ceño medio fruncido de Henry parecía sincero.

—No estoy seguro. ¿Hace semanas? Tal vez meses.

Pensé con cuidado en cómo formular la siguiente pregunta. Quería evitar que el chico se diera cuenta de que lo estaba sometiendo a un interrogatorio, por lo que no quería volver a repetir «tu hermana», pero «Chrissa» me sonaba extraño en la boca, demasiado íntimo, así que tampoco lo dije.

—¿Le tienes mucho cariño?

Henry respondió con fervor:

—Sí, señor. Es muy buena conmigo.

—¿Te ha enviado dinero para la manutención?

Ante eso, asintió. Se comía el desayuno con alegría mientras trabajaba.

—¿Y tenías que realizar tareas a cambio de tu estancia en la casa de Lucy Bennett, como aquí?

Henry reflexionó durante un momento.

—Más o menos —dijo por fin—. No como mi hermana o las chicas de allí.

—¿De qué tipo de tareas te encargabas, entonces? —pregunté, y mantuve un tono trivial para dar a entender que se trataba de una simple charla para acompañar la comida y el trabajo.

—Servir, sobre todo —respondió—. A veces me pedían que cantara.

—¿Cantas bien?

El chico soltó una risotada, un sonido entrañable parecido a un rebuzno que respondió bastante bien a la pregunta.

—No, señor, como un cuervo. ¡Igual que un cuervo!

Siguió carcajeándose de su propia broma y yo no pude evitar reír un poco también.

—¿Por qué cantabas, entonces? —pregunté cuando se nos pasó la risa.

Más serio, respondió:

—Creo que a algunos de los hombres que venían a visitar a las chicas les gustaba burlarse de mí. O darme patadas si cantaba demasiado mal.

—Eso estuvo muy mal por su parte —dije con sinceridad. Henry asintió, solemne—. ¿Tu hermana también cantaba? —Negó con la cabeza, pero parecía menos dispuesto a hablar que antes—. ¿Tenía otras obligaciones?

—Algunas. Pero no como las otras chicas. Salía por la noche y, cuando volvía, traía dinero.

—Ya veo. Pero ¿eso se interrumpió hace unos meses, cuando dejó de venir en persona y empezó a enviar dinero?

—Sí, señor.

—¿Mucho dinero?

—No. Lucy siempre se quejaba de que era poco.

—Bien. —«Suficiente por ahora». Me levanté y, casi sin pensarlo, le revolví el pelo al chico—. No olvides la manta de la silla de Ben, como te enseñé. Volveré para comprobarlo en un cuarto de hora.

Ahora, mientras me acercaba cada vez más a casa desde Walsham, pensé en la noche siguiente y en la cena con Huxley. Aunque me había alegrado con la perspectiva cuando estaba sentado en el cómodo estudio de Manyon, en ese momento sentí la tensión de la culpa por dejar a Esther, aunque solo fuera por una noche, tan pronto después del fallecimiento de padre. Aparte de todo lo demás, quedaría a cargo de Henry, y el chico era imprevisible en sus temores. Tendría que hablar con él antes de salir y darle instrucciones de que no molestara a Esther, aunque me parecía poco probable; no se había acercado a menos de seis metros de ella desde su llegada. Desaparecía como una sombra cuando mi hermana entraba en una habitación.

A pesar de todo, era importante que asistiera a la cena. Manyon le había hablado bien de mí a Huxley, y desdeñar la invitación supondría una afrenta, tanto para mi nuevo empleador como para un hombre que tenía influencia en otros oídos poderosos. Si quería hacer carrera en mi condado natal, y creía que era una posibilidad, tendría que ir.

Sin duda, se trataba de un esfuerzo nada sutil por reunirme con Rutherford. Sin embargo, lo entendía. Si el cazador de brujas iba a convertirse en mi cuñado, tendríamos que encontrar intereses comunes, y una cena en compañía era una forma tan buena como cualquier otra. No obstante, me habría gustado que se celebrara unos días después; esa noche habría preferido estar en casa, revisar los papeles de mi padre y arreglar las cosas con Esther, aislado del mundo. Pero no. En vez de eso, cenaría con John Rutherford. Suspiré.

14

Cuando me marché a la cena, Esther recitaba su catecismo en la cocina con la espalda recta apoyada en la silla y las manos extendidas para recibir la presencia de Dios.

«¿Qué será de los justos? Serán llevados al Cielo».

«¿Qué es el Cielo? Un lugar glorioso y feliz, donde los justos estarán para siempre con el Señor».

«¿Qué es el infierno? Un lugar de tormento espantoso e interminable».

No la molesté. En cualquier caso, se había mostrado poco más que cortés desde que había anunciado su intención de casarse con Rutherford, y yo no me había atrevido a reconocerle que había cambiado de opinión, si es que así era. Me había acercado a ella un par de veces, pero algo me disuadía de hablar. Interrumpir su oración no haría que me viera con mejores ojos. Me prometí a mí mismo que hablaría con ella al día siguiente.

El entorno de la cena era opulento, pero, aun a sabiendas de que Welmet Huxley era un ferviente seguidor de la obra divina, la comida fue más escasa de lo que esperaba. Una vez consumido el último bocado de cordero, un trozo de carne más duro que cualquier otro que jamás hubiera masticado, me recosté en el asiento y pensé en entablar conversación para acallar el continuo rugido de mi estómago.

A mi izquierda estaba Huxley. Era probablemente la persona más delgada que había visto nunca, hasta el punto de que resultaba desconcertante verlo empujar su mísera ración de carne y patatas por el plato, como si el hecho de clavarle el cuchillo fuera a provocar que el mismísimo diablo apareciera para felicitarlo por su glotonería. Su sopa de apio había vuelto a la cocina casi intacta. Me pregunté si el hombre padecería de algún dolor interno oculto. Hacía muecas, se aclaraba la garganta con frecuencia y, cuando se molestaba en hablar, lo hacía de manera brusca con su esposa, una muchacha sosa unos cuantos años más joven que su marido. No daban la impresión de estar contentos con la vida.

No había duda de que Huxley era rico. Había tardado veinte minutos en cabalgar desde las puertas de la finca hasta los establos. Pasé por hectáreas de bosques, jardines en los que invernaban cisnes en un lago ornamental y un enorme huerto. La propia mansión Huxley era bastante nueva, con una elegante fachada de piedra y cristal. Tenía tres alas, todas con sus propias chimeneas, aunque solo de una brotaba una columna espiralada de humo. Al llegar, me hicieron pasar a una gran sala iluminada con lámparas y con vidrieras que representaban, de manera extrañamente bella, el sombrío paisaje de los Fens. Allí no había escenas del día del juicio final ni personajes del Antiguo Testamento con tablas ni santos con sus insignias. El constructor de esa casa era puritano, como mi padre, pero sabía que él habría tenido que morderse la lengua ante tanta ostentación. Habría alabado la industria que había generado semejante riqueza, pero el dinero en sí mismo habría preferido verlo invertido en llenar las barrigas de los pobres. ¿Y yo? Todavía no estaba seguro de lo que pensaba. No había nada malo en que un hombre se abriera camino en el mundo, pero tal vez pensaba que debía hacerlo con sus propias manos, y todavía no había resuelto qué debería hacer con las ganancias. Supongo que aún era lo suficientemente joven como para envidiar la riqueza de Huxley y las libertades que creía que ofrecía.

Tras varios minutos de espera, un criado salió y me invitó a quitarme la capa. Sentí una punzada de vergüenza al entregársela y dejar al descubierto mi raída vestimenta. El criado me pidió que lo siguiera, y avanzamos por una galería con ventanas y cubierta por entero de retratos, junto a estatuas de mármol blanco de hombres con aspecto serio y mujeres de belleza angelical. La pieza central era un barco mercante en una inusual vitrina, exquisitamente representado en roble, lienzo y pan de oro, tan largo como yo. Me habría gustado examinarlo más de cerca, pero el sirviente de Huxley, que caminaba a paso ligero, me indicó que entrase en la biblioteca. Era una sala enorme, con al menos siete u ocho veces más estanterías que el estudio de mi padre. Sin embargo, mientras que sus pocas estanterías se hundían por el peso de los libros y folletos que le gustaba leer, allí no todas las baldas estaban llenas; después de todo, Huxley era un hombre de riqueza reciente.

Manyon ya estaba en la biblioteca con una delicada copa de vino generoso y enfrascado en una conversación con un hombre alto y de aspecto austero que se volvió cuando se anunció mi llegada. El hombre se alejó de la sombra de las estanterías para asentir con formalidad y se presentó como Welmet Huxley. Le ofrecí mi nombre de la misma forma y observé que la chaqueta y la camisa de Huxley no eran particularmente mejores que las mías, y que incluso tenía un puño deshilachado. Eso me hizo sentir mejor, aunque me pareció extraño que, entre todos aquellos lujos, un hombre se vistiera de forma desaliñada para recibir invitados.

—Conocía la reputación de su padre —dijo Huxley—. Por eso le pedí a Manyon que lo invitara.

Me incliné, pero no demasiado. Por muy profundas que fueran las arcas de mi anfitrión, mi padre me había enseñado que todos los hombres eran iguales, hechos a imagen y semejanza de Dios. Creía, al menos, en la primera parte.

—Me siento halagado de que haya pensado en mí. Es un placer ver su casa y sus hermosos terrenos.

Huxley negó con la cabeza, como si desestimara el cumplido.

—Un hombre debe establecerse en algún lugar —dijo—. Este es tan bueno como cualquier otro.

Manyon sorbió el vino y se rio.

—Eres un hombre modesto, Welmet —comentó—. Esta casa es igual o mejor que cualquiera que haya visto en Norfolk.

—Una terrible vanidad —concedió Huxley—. Y una que lamento, en cierto modo, ahora que la guerra es una amenaza. En momentos así, sería mejor que un hombre mantuviera sus recursos en metálico, ¿verdad?

—¿Crees que el rey prevalecerá? —preguntó Manyon, y yo me quejé en silencio de que se hablara de política tan pronto en la velada, cuando sin duda ya sería el tema dominante una vez que se sacaran las pipas y las copas de brandi.

Escuché cortésmente mientras esperábamos la llegada de Rutherford, pero, cuando se produjo una pausa en la conversación, aproveché la oportunidad de escapar y le pedí permiso a Huxley para ver la biblioteca más de cerca, permiso que se me concedió. Recorrí los estantes, sorprendido por la cantidad de nombres que reconocí, pues estaba convencido de que había olvidado más de lo que había retenido de mi educación. Observé obras encuadernadas de Calvino y Erasmo junto a un ejército de panfletos y tratados meticulosamente etiquetados; los nombres de escritores como el ridiculizado y desorejado William Prynne y los cinco hermanos disidentes se encontraban, para mi sorpresa, al lado de John Milton, que yacía bajo un documento de aspecto nuevo titulado *La doctrina y la disciplina del divorcio*.

Estaba seguro de que algunos de aquellos escritores habían sido exiliados y sus obras, prohibidas, y que solo la longevidad del Parlamento y la propia guerra permitían a Huxley ser tan audaz como para exhibirlos a plena vista. Tenía que estar muy seguro de la victoria de las fuerzas parlamentarias o se le aconsejaría ser más cauto.

Detrás de mí, Huxley y Manyon hablaban en voz baja, no en susurros, pero en un tono que no me permitía oírlos sin dificultad. Distinguí el nombre de Chrissa Moore y recordé que Manyon había mencionado el interés de los hombres ricos de la comunidad en el caso.

Manyon se encontraba en ese momento sentado a la amplia mesa de roble del comedor, frente a mí. A su lado estaba la señora Huxley, a la que entretuvo con encantadoras trivialidades mientras comían. La joven respondía, pero con brevedad, dejándole todo el espacio que quisiera para hablar, y Manyon lo aprovechaba al máximo. Su habilidad para hablar de cosas que podrían ser de interés para una mujer joven, como tejidos, poesía, botánica y música, me impresionó, puesto que yo tenía poco conocimiento de aquellas materias. Sin embargo, no se ganó el favor de su taciturna anfitriona, que tampoco prestaba atención a su marido. Sentí lástima por ella; nunca había visto a una chica más miserable casada y unida a un anciano canoso. Volví a pensar en Rutherford y Esther, y me pregunté si su enlace funcionaría mejor de lo que yo había predicho. Resolví disculparme con mi hermana. Al fin y al cabo, era su decisión. ¿De quién más?

Rutherford, sin embargo, no había llegado. En la biblioteca, Manyon se mostró visiblemente avergonzado por la grosería que implicaba la ausencia de su asistente, y yo deseé no verme afectado por ninguna ofensa que Huxley sufriera. Al final, el magistrado sugirió que Rutherford quizás se habría puesto enfermo. Huxley resopló y, con acritud, dijo:

—Esperemos que no. En estos días caóticos, no podemos permitirnos perder a un soldado de Dios como él. Vamos, comamos.

Pasamos al comedor.

La cena fue un asunto sombrío y lento, que no mereció el viaje de más de una hora. Al terminar el plato de carne, Manyon se hundió en su asiento. Parecía dispuesto a dormirse, pero se animó al mencionar el dulce. Por su parte, Huxley se mostraba despierto y alerta.

—Dime, Manyon, ¿qué avances hay en el caso de la bruja? —preguntó Huxley mientras se mojaba los dedos en un exquisito cuenco de plata para eliminar los restos de cordero. Lo imité, aunque la carne estaba tan seca que dudé que fuera necesario.

El magistrado me miró de reojo. Si la había interpretado bien, en su mirada había una advertencia para que lo dejara tomar la iniciativa. No tenía por qué preocuparse. No tenía deseo alguno de inmiscuirme en la contienda.

Manyon frunció el ceño mientras un sirviente le rellenaba el vaso.

—La situación es difícil, como sabrás.

—¿Ajá? —Huxley se secó los dedos en el mantel y luego miró a Manyon, que dio un sorbo a su copa y elogió el vino antes de responder.

—La chica ya lleva encarcelada más de una quincena. En el momento de su detención, afirmó estar embarazada. Te agradecería que no compartieras esta información. Aunque se han tomado todas las medidas necesarias para investigar su persona, incluidos un examen corporal, una búsqueda de familiares y un registro de sus efectos personales, así como varios intentos de interrogarla e inducirla a hablar en su defensa, no se han obtenido más pruebas de ninguna comunión diabólica. —En ese momento me señaló con la cabeza—. Solo la trágica muerte de Richard Treadwater y las claras pruebas aportadas por la joven Esther Treadwater obstaculizan la liberación de la muchacha.

—Pero hubo otras muertes —intervino Huxley—. Sin duda se puede suponer que las muertes de la señora Gedge y de su hija, tan estrechamente relacionadas con Chrissa Moore y tan cerca de ella en el instante de sus fallecimientos, son atribuibles a sus ardides y a sus pactos diabólicos.

—Es posible —afirmó Manyon con cautela—. Pero no acostumbro a actuar movido por suposiciones.

Huxley resopló.

—Es más que posible, diría yo. He visto esas celdas. He pagado por ellas, así que las conozco bien.

»Es imposible que Dillon estuviera involucrado, y me has asegurado que no les habría sido posible ocultar la cicuta en sus personas. La única explicación es la ayuda diabólica, un familiar de algún tipo que transportase el veneno de un lugar a otro. Por favor, es evidente que hay que hacer hablar a la chica, por el medio que sea. Lo sabes tan bien como yo. Por el bien de todos, cuando se reanuden los juicios, esto tiene que haber quedado resuelto a la perfección; de lo contrario, todos quedaremos en ridículo. —Miró la silla vacía que se había dispuesto para Rutherford—. Por eso deseaba que tu ayudante estuviera aquí, para que nos relatase los detalles de los interrogatorios que ha tenido con la chica Moore.

—No te quepa duda de que lo reprenderé —afirmó Manyon, y luego añadió—, si es que no tiene una buena explicación para su ausencia esta noche. En cuanto a los interrogatorios, me temo que no revelarán nada importante. La muchacha permanece silenciosa como la Roca Tarpeya. Estoy seguro de que ninguno desea presenciar un espectáculo público que acabe en fracaso.

Huxley le hizo un gesto con la cabeza a su esposa, que se levantó con un susurro melancólico de sus faldas y salió de la sala. Instantes después, un criado trajo una bandeja con fruta azucarada que descubrió en el centro de la mesa. Me quedé mirando la frágil capa de azúcar sobre la piel de las naranjas y las ciruelas peladas y se me hizo la boca agua. Aparté la mirada, avergonzado, pero Huxley me animó a tomar una porción. Me llevé uno de los manjares a la boca. Mi lengua se vio abrumada por el dulzor de los cristales azucarados y la acidez de la naranja.

Mientras tragaba, Huxley continuó.

—De todos modos, hay formas de presionarla sin crear un espectáculo, ¿no es cierto? —Su rostro era como el de un zorro a la luz de las velas. Sus ojos se posaron en mí, y sentí la inteligencia rapaz que ocultaban—. Tengo entendido que su hermano pequeño, un simplón, ha terminado a su cuidado, señor Treadwater.

Casi me atraganté cuando la cáscara me pasó por la garganta, y tomé un sorbo de vino para recuperar el control. Manyon y Huxley me miraron, expectantes. Dudé. Así que ese era el motivo de mi presencia en la cena. Ser un Judas y abandonar a Henry para que pudieran usar al chico contra su hermana. ¿Qué pretendían hacer con él? ¿Amenazarlo? ¿Hacerle daño? Con las pocas personas que conocían la existencia del muchacho y sin familia que se opusiera, apenas había obstáculos para impedir que el chico saliera perjudicado.

Me encontré con los ojos de Manyon y traté de adivinar lo que quería mi nuevo patrón, pero el magistrado se acomodó en un segundo plano con los hombros relajados y el rostro ilegible.

Miré a Huxley, que no había tocado la comida dulce con más entusiasmo que la salada, sino que se limitaba a observarme por debajo de su vertiginosa frente. Me pregunté qué debía ver en él, un hombre de hábitos contradictorios que comía carne como un mendigo y dulces como un rey, que había construido una casa que rivalizaba con las de los grandes señores y cuya extravagancia denunciaba su fe puritana, pero que vestía telas rotas para cenar. ¿Debía reconocer en él a un hombre de Dios?

Pensé en Henry y en su rostro sencillo y sincero, su expresión a menudo iluminada por la alegría y encogida por el miedo. No esperaba asumir la responsabilidad de un niño indefenso y sin amigos. Sin embargo, también era consciente de dónde residía mi propio interés: en cooperar con hombres como Manyon y Huxley, pues en su confianza se encontraban los nombramientos y privilegios que nos harían progresar o no a Esther y a mí en la sociedad.

Por último, dejé entrar en mi mente la imagen de Chrissa Moore, cuyo rostro y figura había tratado de desterrar con ahínco. La dulzura que todavía notaba en la boca por la fruta azucarada me sabía a poco en comparación con el recuerdo de la riqueza de su voz y la profundidad de sus ojos oscuros como el vino. Me sonrojé y alejé el pensamiento.

Cuando hablé, traté de adoptar la voz de padre, de canalizar la calma y el sentido de la justicia que recordaba de mi infancia.

—Es cierto, señor. He acogido al chico en mi casa con una oferta de trabajo y manutención.

No me resultó difícil mostrarme seguro, porque tenía la corazonada de que mi padre habría hecho lo mismo.

Huxley percibió un cambio y su propia voz se endureció.

—¿Con qué motivo? Es evidente que no es más que un mendigo y no le debe ninguna lealtad.

Medité bien las palabras.

—Tiene razón, señor. No le debo ninguna lealtad al muchacho. Sería más correcto decir que él me la debe a mí, ya que lo he tomado bajo mi protección y la de mi apellido.

Huxley se inclinó hacia delante, indagando.

—Joven, es un simple sirviente, y su hermana provocó la muerte de su padre. Si lo que está en juego es el honor que la gente vaya a atribuir a su apellido, sin duda lo que está obligado a hacer es asegurarse de que la lleven ante la justicia. Por respeto a su padre, si no por otra razón.

—Admito que mi decisión puede resultarle extraña a algunos observadores. Sin embargo, por respeto a mi padre —dije despacio, mientras intentaba controlar la ira creciente ante la presunción de Huxley de saber qué habría pensado mi padre—, estoy obligado a cumplir mi palabra.

Los ojos de mi anfitrión se entrecerraron, juzgando, tal vez, que hablaba en broma. Luego, al ver que lo decía en serio, su expresión se endureció con hostilidad. Frente a mí, Manyon soltó una carcajada que rompió la tensión.

—Te lo dije. ¿Verdad que sí? Tienes más posibilidades de echar a volar desde esa ventana que de persuadir a este joven de que rompa una promesa. Es algo que admiro en ti, Tom

—añadió, y dio otro trago al vino—. ¡Un hombre inquebrantable!

Siguió riendo.

A Huxley no le hizo gracia.

—Se da cuenta de que el magistrado tiene autoridad para enviar al alguacil y llevarse al chico sin más, ¿verdad? —Omitió lo que implicaba con sus palabras: «si le pido que lo haga».

Asentí para darle la razón.

—El magistrado Manyon tiene la indudable autoridad para arrestar al muchacho con una acusación legítima. Que yo sepa, no existe ninguna.

Huxley no apartó la mirada. El aire se volvió denso, y hacía demasiado calor en la sala.

Manyon suavizó el momento, todavía riéndose.

—El chico tiene mucha razón. Supongo que incluso los poderes de los magistrados tienen límites. Pero todos los caminos llevan a Roma, por así decirlo. Encontraremos una solución. ¡Vamos, Welmet! Permíteme disfrutar de los sabores del postre y después, si eres tan amable de mostrarme dónde voy a dormir, me retiraré y soñaré con escenas más agradables. Seguiremos con la conversación mañana.

Más tarde, mientras un sirviente avanzaba por las escaleras ante nosotros con el brillo de una vela para iluminar el camino, Manyon se volvió hacia mí y negó con la cabeza, todavía divertido.

—Te das cuenta de que, a falta de otra forma de aplacar a Huxley y a sus amigos, ahora habrá que pasear a la chica, ¿no? No me has dejado otra opción. Y todo para proteger a ese golfillo.

Al pensar en lo que le esperaba a Chrissa, consciente de que parte de la culpa era mía, asentí.

Al menos, Henry estaría a salvo por el momento. Al menos, ella me lo agradecería.

15

La nieve se había acumulado en gruesas nubes en el este y los primeros copos empezaron a caer cuando Manyon y yo nos separamos en Walsham. Si el magistrado estaba molesto por los acontecimientos de la noche anterior, no lo demostró, y me estrechó la mano con cordialidad.

—Te espero hoy por la tarde —anunció—. Nos toca intentar separar las fauces de esa criatura de labios apretados.

Sus palabras me recordaron que yo formaba parte de todo aquello. Me encontraba alineado con el magistrado y con hombres más entusiastas como Rutherford y Huxley, hombres que quemarían sus propias tierras y les arrebatarían su fertilidad en su cruzada para erradicar a Satanás. ¿Hasta dónde llegarían? ¿Hasta dónde llegaría yo con ellos?

Cuando vadeé el río para internarme en nuestras tierras, la nieve caía a cántaros. A Ben no le gustó y se mostró rebelde. Cuando subimos por la orilla cubierta de hierba para llegar al camino, tiró contra el viento que nos lanzaba los copos a la cara. Era un caballo joven; quizás no había visto la nieve antes. Yo, sin embargo, pensaba en días más sencillos, de un blanco eterno, en los que Esther y yo nos abrigábamos contra el frío. Cuando padre nos llevaba a la iglesia, le rogábamos que se detuviera en el camino, y él, antes de que el celo reformista lo invadiera de verdad y empezara a fruncir el ceño ante las interrupciones durante el camino hacia Dios, accedía. Los puñados de nieve recién caída, ligera como una pluma, me ponían los dedos azules al lanzarle a Esther bolas blandas, y luego nos aliábamos para construir muñecos de nieve con cabezas exageradamente grandes y bufandas deformes tejidas con palitos. Recordé, aunque podría haber sido otro año, cómo una vez padre apoyó su sombrero en la testa del muñeco de nieve y se olvidó de recuperarlo, por lo que llegó con la cabeza descubierta a la iglesia. La congregación se lo quedó mirando, pero padre nunca había dado mucha importancia a lo que pensaran los demás, solo a la voz de su propia conciencia. En un tono para que lo oyese el reverendo, dijo: «Dios está creando un nuevo Cielo y una nueva Tierra, y eso es más importante que los sombreros».

Le deseó al muñeco de nieve que lo disfrutara.

De vuelta a mis problemas actuales, evité pensar en la tarde. Sabía lo que se avecinaba y no quería darle demasiadas vueltas. En su lugar, mi mente vagó hacia Rutherford, que sin duda sería la mano derecha del magistrado en aquel asunto. ¿Por qué no había asistido a la cena en casa de Huxley? Mis labios se curvaron en una sonrisa; tal vez había comido allí antes y sabía que dormiría con el estómago medio vacío. Fuera como fuera, no había quedado en buen lugar. Decidí que tenía que hablar con él, aunque solo fuera para reforzar nuestro inminente vínculo familiar. No permitiría que sus defectos se reflejaran en Esther si su matrimonio seguía adelante. Me di cuenta, con sorpresa, de que había empezado a pensar en el enlace como en algo más que posible, y me sentí culpable por no haber hablado con mi hermana al respecto.

Para entonces, el tiempo me tenía a su merced. Había poco viento bajo el manto lloroso de nubes grises y la nieve caía como una cortina. La capa, las botas y el sombrero me ofrecían una escasa protección contra un frío lúgubre que se me filtró hasta la médula. Los copos de nieve se mezclaban con las lágrimas que el aire cortante me arrancaba de los ojos y, juntos, se endurecían formando cristales en mis mejillas. Cuando me acerqué a la puerta de la propiedad, me recibió la desagradable visión de un lebrato escuálido que se había alejado demasiado de su madriguera, medio enterrado en una fina cortina blanca.

Me sorprendió no ver ninguna espiral de humo salir de la chimenea. Tampoco había luz. Detuve a Ben y me dispuse a remontar el camino, pero el caballo relinchó y arrastró los cascos, por lo que tuve que clavarle las espuelas. Aun así, por mucha fuerza que traté de ejercer, se negó a avanzar.

—Vamos, chico —murmuré—. Hace demasiado frío para esto, ¿no crees?

Al final, el animal accedió y cabalgamos hacia la casa. Volví a fijarme en la oscuridad en las ventanas y, a medida que nos acercábamos, me di cuenta de que todas estaban abiertas. Pensé en intrusos. Había suficientes soldados y vagabundos en los caminos, así que no era un disparate.

—Por los clavos de Cristo —murmuré, convencido de que nunca debería haberme marchado.

Sin embargo, el blanco del sendero estaba impoluto e intacto. Ningún ladrón lo había pisado. Además, ¿qué clase de intruso abría las ventanas? Incluso mientras desmontaba y buscaba la empuñadura de mi espada, sentí que ocurría algo raro. Un ladrón habría entrado, se habría llevado lo que hubiera de valor, que no era mucho, y habría huido, sin ocupar el edificio que acababa de desvalijar.

No llamé a Esther ni a Henry. Si había alguien dentro que no tenía derecho a estar allí, mi intención no era alertarlo de mi presencia. Caminé con el paso cauteloso de un soldado que ha participado en muchas partidas de exploración; siempre había sabido pisar sin hacer ruido. Estaba tenso, pero mantuve los músculos relajados y preparados. A menudo, los hombres pierden la vida porque la tensión provocada por los nervios los hace retroceder, asustados, cuando deberían atacar.

Entré con sigilo en la cocina. El hogar estaba frío y no había señales de que se hubiera encendido un fuego esa mañana. Los esperados aromas del pan caliente, el humo y la sosa estaban ausentes. En su lugar, me llegó un leve olor a ceniza rancia, a sal y, enmascarado por ellos, algo más que no reconocí, algo asqueroso, como los restos de un pájaro a medio masticar por el gato del establo que una vez había encontrado bajo la mesa de la cocina.

Casi no vi a Esther. Estaba en la silla de padre, a la sombra del alto respaldo, inmóvil, como una figura de un cuadro. Llevaba el pálido cabello suelto alrededor de la cara y brillaba en contraste con la monotonía de su vestido. No llevaba cofia.

—Esther —dije—. ¿Qué haces sentada…?

Su expresión me detuvo en seco cuando me acerqué a la silla y la miré. Era impasible, de algún modo despiadada, y parecía que la sangre se le había retirado del rostro. No se asemejaba en nada a mi hermana.

Cuando habló, lo hizo con una voz crispada y clara.

—En Kent vive un niño bautizado que se convertirá en erudito. Se convertirá en el guardián de un gran tesoro de conocimientos y encenderá debates tales como si los huesos encontrados en la tierra terminaron allí por causa de una inundación, un terremoto o por obra de Dios. Explorará las afinidades ocultas del mundo exterior con el mundo de la creación divina, y, de las rocas en la base de esta isla, sus amigos extraerán un gran hueso, de proporciones mastodónticas y petrificado. Al principio pensará que se trata de los restos de una gran bestia de guerra del Imperio romano y luego concluirá que es el hueso del muslo de un gigante, hombre o mujer, que yace allí desde el principio de los tiempos.

»Pero será engañado, ignorante como lo son todos los hombres, también los estudiosos. Dentro de doscientos años, exhumarán la mandíbula de un gran lagarto, le pondrán nombre y la expondrán para que los hombres se maravillen ante ella, pero seguirán viviendo en la oscuridad de la falta de conocimiento. Entonces llegará un momento en el que no habrá oscuridad y todos vivirán en una luz incesante e imperturbable. ¿Crees que les gustará, Thomas?

No podía hablar. La miré. La cara de Esther estaba blanca como la tiza, y mi nombre en sus labios sonaba extraño. Mientras las palabras brotaban de ella como un torrente incontrolable, su rostro se movió con un gesto que jamás había visto en ella y sus ojos se posaron en mí de forma tan directa que quise retroceder y escapar al aire libre. Era todo lo desconocido e incognoscible: el rostro borroso en la ventana, el susurro de una respiración en una habitación vacía, la conciencia naciente de un mundo más allá del que conocemos.

—Más tarde, mucho más tarde, en las mentes insignificantes de los hombres, cuando los monstruos que viven en los mares hayan desaparecido de sus mapas, llegará el momento de rendir cuentas. Como los tiempos que han venido antes. Y antes. Como los que vendrán de nuevo. Un tiempo en el que los dioses duermen. Un tiempo de cenizas informes. Sin sol, sin incendios, sin terremotos. Un tiempo de Judas. Un tiempo de Caín. Un invierno interminable. Y se levantarán de nuevo de entre las aguas insondables.

—¡Esther! ¡Para! ¡Deja de hablar!

Se detuvo. Estaba relajada en la silla, las palmas de las manos apoyadas con ligereza en los reposabrazos. Avancé, me arrodillé a su lado y la tomé de la mano. Me quedé sin aliento al sentir su piel helada. ¿Cuánto tiempo llevaba allí sentada?

—Hermana, ¿qué es esta locura? ¿Por qué estás aquí sentada en el frío, sin un fuego que te caliente? ¿Estás enferma?

No lograba procesar las palabras que había pronunciado. Era como si hubiera hablado en una lengua desconocida.

Me levanté y me dispuse a cerrar las ventanas, pero, mientras lo hacía, Esther se levantó también para abrirlas de nuevo. A mi lado, tiraba del marco, y nuestros alientos mezclados empañaron el cristal mientras forcejeábamos.

—¿Qué haces? —grité—. ¡Esto es una locura!

La agarré por el brazo casi sin darme cuenta y tiré de ella hacia la silla. Solo quería detenerla. No se resistió, sino que emitió una carcajada aguda, propia de un maníaco. Resistí el impulso de sacudirla y hacerla callar. Me alejé, pero siguió riendo.

—¿Por qué te ríes? ¿Necesitas un médico?

—Un médico sería un bonito complemento para este cuadro —dijo, todavía riendo.

Miré en torno a la habitación y me di cuenta de que no la habían limpiado y de que había restos en los platos de la noche anterior, carne a medio comer y salsa aceitosa y estancada.

—¿Quieres algo? —pregunté sin poder evitarlo—. ¿Has comido?

—He comido de sobra —respondió, y sus carcajadas se aplacaron, aunque se le escapó una última risita, como un hipo.

La sensación que me retorcía el fondo del estómago se intensificó. Me costaba ignorar lo que me gritaba cada parte de mi cuerpo: «Vete, aléjate de ella». Una necesidad visceral de poner distancia entre los dos crecía dentro de mí.

—Esta... —No me atreví a decirlo, pero las palabras retumbaron en el interior de mi cráneo. «Esta no es Esther».

Los dulces rasgos de mi hermana no habían cambiado. Sus ojos eran igual de azules, su barbilla, igual de puntiaguda y sus labios formaban el mismo arco de siempre.

Pero no era Esther.

Los pensamientos azotaban mi mente como ráfagas caóticas. La carta de Esther, su voz desesperada y perdida. Mi padre muerto, su reputación colgando de un hilo. Chrissa Moore, con su rostro etéreo vuelto hacia el mío tras los barrotes de la celda. Henry huyendo, sus pasos perseguidos por un terror que yo no había entendido. Joan Gedge y su madre, acurrucadas juntas en una muerte venenosa y prematura.

Fui incapaz de apartarme de Esther. Me miró a los ojos con calma. La expresión habitual de mi hermana, insegura y en busca de aprobación, estaba ausente. Me estremecí, consciente de que miraba algo que no entendía. Cuando hablé, apenas susurré.

—¿Dónde está? —Al no obtener respuesta, levanté la voz y repetí—: ¿Dónde está mi hermana?

—No existe el «dónde» —respondió Esther, o aquello que no era Esther, de nuevo con esa terrible voz tan serena.

Temblaba. Oírla hablar de sí misma de ese modo era lo más horrible que había experimentado. Intenté formular otra pregunta, pero mi boca no quiso pronunciar las palabras. «¿Qué eres?».

Mis pensamientos regresaban a las palabras de la carta en la que me había escrito por primera vez sobre Chrissa Moore: «Un mal inmenso e impío».

«El mal no existe».

Esa cosa que no era Esther me observaba con mirada afilada. Me recordó a una vez que había examinado los ejemplares recogidos en el agua junto al mar, cuando mi padre nos había llevado a vadear en las aguas poco profundas de la playa de Snettisham. Crías de escorpiones marinos, cangrejos de litoral y caracoles marinos. Me miraba con interés. Como si fuera algo que estudiar.

—¿Dónde está el niño? ¿Dónde está Henry?

—Es el hijo de nueve madres. Se lo conoce por muchos nombres. Protege contra el viento. Su cuerno está en lo alto. Me ha visto. ¿Dónde está? —La voz sonaba cantarina, y cada sílaba de cada oscura palabra subía y bajaba con una discordante musicalidad.

—¡Para! —Quería a mi padre. Quería huir—. Quédate aquí —dije en vano, y vi cómo los labios de Esther se abrían en otra carcajada.

Estaba sumido en la duda y el miedo, pero tenía que encontrar a Henry.

«Había una serpiente», había dicho. ¿Qué había querido decir?

Dudé al llegar a la puerta. Ella ya no tenía la vista fija en mí. En su lugar, miraba al frente, a la pared o a la nada. Me pregunté qué estaría viendo. ¿Dónde estaba Esther, si su cuerpo estaba ocupado por otra persona, por otra… cosa? ¿Adónde había ido?

Sabía lo que tenía que hacer. En el vestíbulo había un gran baúl de roble con objetos útiles: botas, sombreros, cepillos de cerdas gruesas para quitar la suciedad del suelo de piedra… Y una cuerda. Avancé a trompicones hacia el arcón y abrí el cierre con torpeza. Busqué, desesperado. Estaba allí, en alguna parte. Tenía que estarlo. La encontré justo en el fondo y la arrastré hacia fuera con tanta prisa que su forma espiralada me quemó las manos. Entonces, me detuve. La idea de atarla e inmovilizar sus delgados brazos superaba cualquier cosa que hubiera hecho como soldado. Era impensable.

«No es ella». La voz interior era silenciosa pero insistente. «Esther está en otro lugar».

¿Estaba muerta? Me levanté con la cuerda en las manos y un grito me trepó por la garganta. No podía estar muerta. Había perdido demasiado. Madre, padre, y entonces…

Me sacudí. Tenía que luchar por Esther. Pero tenía mucho miedo. Cada paso hacia ella me resultaba más duro que la más salvaje carga de batalla.

—Hermana —dije al acercarme a la silla, y me encontré de nuevo siendo el objeto de su mirada. Vio la cuerda, pero no se movió, y deseé más que nunca estar lejos de allí—. Lo hago por tu seguridad.

No se resistió. En todo caso, parecía divertida, y observaba cómo ataba nudos dobles para asegurarle los antebrazos a los sólidos brazos de la silla. Me repugnaba tocarle la piel, pero ella no reaccionó.

Cuando terminé, me aparté, casi esperando que hiciera desaparecer los nudos. En cambio, volvió a hablar.

—La primera vez que mataste a un hombre, la conmoción fue tal que perdiste el control de los esfínteres. —Me estremecí al recordarlo—. Pateaste al hombre y él dejó caer la espada. Seguiste dándole patadas hasta que no volvió a levantarse. Habías perdido tu propia espada, así que tomaste la suya, una hoja de fabricación prusiana con empuñadura de piel de pescado, que tampoco era suya en un principio. Pertenecía a su oficial, que había muerto antes en la batalla de un disparo de fusil en la cara. Se le desprendió la nariz y dejó un agujero sangriento. El soldado, sin embargo, no era un oficial, pero tú pensaste que sí, por la espada. Erraste la primera estocada y lo golpeaste en la coraza, luego le atravesaste la axila. Al retirar la espada robada, la sangre brotó de la herida y parte de ella te salpicó la cara. Te supo a cobre en la boca. Y el orín caliente corrió por tus piernas. ¿No va el Señor delante de ti?

Me tambaleé hacia un lado y vacié el contenido del estómago; el escaso desayuno me abrasó la garganta como si fuera vinagre caliente. Mientras me limpiaba la apestosa bilis de la boca, su risa volvió a retumbar en mis oídos. Me levanté y salí de la habitación dando tumbos, con las piernas temblorosas.

Fuera, llamé a Henry. La nieve caía con más fuerza y Ben pataleaba y relinchaba en el aire helado. El caballo había tirado de su amarre con la suficiente fuerza como para casi desprender el gancho de la pared y, cuando llegué hasta él, temblaba desde la crin hasta los flancos.

—Tranquilo, chico —dije, y le acaricié un lado del hocico—. Te llevaré dentro.

Relinchó con violencia y tiró más fuerte. Se le pusieron los ojos en blanco. Yo tiraba y él se resistía. Por fin, al oír mis juramentos, cedió.

Seguí llamando a Henry mientras conducía a Ben hacia los establos. La presencia del caballo y su calor me reconfortaron. Mientras le sacudía la fina capa de nieve que se le había acumulado en el pelaje, apreté la cara contra la áspera crin marrón.

—Ojalá pudiera quedarme aquí contigo, chico —susurré.

Busqué a Henry en los establos, pero no encontré ninguna mata de pelo oscuro asomando entre la paja. Pensé en otros lugares en los que podría estar, pero con aquel tiempo… No habría entrado en la casa bajo ningún concepto, así que, si no estaba en los establos, el siguiente lugar donde buscar era el pequeño cobertizo en el que padre había cultivado plantas hasta el momento de ponerlas en la tierra y donde Esther guardaba algunas de sus especias en macetas. La idea de sus manos concienzudas al plantar y podar las delicadas plantas me resultaba insoportable mientras avanzaba por el jardín.

—¡Henry! —llamé—. ¡Henry! ¡Sal!

Me di cuenta de que el cobertizo estaba cerrado. No recordaba que padre lo hubiera cerrado nunca con llave. Estaba en mal estado, con el techo de madera medio arrancado para que entrara la luz y bien alejado de la carretera; no era un buen objetivo para los ladrones. Me asomé al interior.

—¿Henry? —grité, antes de darme cuenta, con otra puñalada de preocupación, de que la cerradura le habría impedido refugiarse allí.

Estuve a punto de darme la vuelta para salir, pero algo en la pared del fondo me llamó la atención. Volví a protegerme los ojos de la nieve y los entrecerré para mirar por la ventana. La planta crecía en una gran maceta de barro. Tenía racimos de hojas pequeñas y segmentadas, como las puntas de las zanahorias, pero más grandes. No la había visto antes en el jardín y no podía explicar la insistencia en mi interior que me decía que debía inspeccionarla más de cerca.

Agarré una piedra suelta del borde del huerto y la usé para golpear la cerradura cinco o seis veces, hasta que se rompió. Abrí la puerta de un tirón y me agaché para entrar en el estrecho espacio bajo el tejado medio derruido. Después, me incliné junto a la planta para examinar las pequeñas hojas y los tallos lisos y sin pelo, con manchas de color púrpura oscuro. Froté las hojas y me llevé los dedos a la nariz. El olor era almizclado, como el de la orina. Me incorporé demasiado rápido y me golpeé la cabeza en la madera. Ignoré el dolor y retrocedí, luego eché a correr para llegar al estanque. Sumergí las manos en el lodo helado que se estaba formando en la superficie hasta encontrar el frío entumecedor del agua.

El veneno que había matado a Joan Gedge y a su madre estaba allí. Era evidente que la planta llevaba creciendo varios meses. ¿Cómo era posible? Saqué las manos ardientes del agua y las froté contra los muslos. La planta tenía que ser de Esther. Lo que hacía que todo lo que había supuesto desde que había recibido su lastimera carta fuera el resultado de un engaño, diseñado para hacerme creer que Chrissa Moore era la responsable de la muerte de mi padre y de las dos mujeres Gedge, cuando en realidad…

Retrocedí.

Esther había matado a Joan y a su madre. En aquellos minutos que había permanecido sola en la celda de la cárcel, rezando y reprendiendo a las dos mujeres, ¿qué les había susurrado en realidad? ¿Cómo se había manifestado aquella terrible voz que acababa de oír, y con qué efecto? Resultaba grotesco pensar que hubiera introducido las hojas o las semillas de la mortífera planta a través de los barrotes y exhortado a las mujeres a masticar y tragar mientras observaba cómo sus corazones se ralentizaban y se paralizaban. Un sabor ácido me subió desde el estómago y me acarició la lengua.

Y padre. Aunque todavía no estaba seguro de qué le había inducido la apoplejía, si había visto o no lo que yo había visto en Esther, estaba claro que no era víctima de brujas ni de las mujeres del servicio y sus malos deseos. Chrissa Moore había sido calumniada. ¿Se había percatado de la verdad de lo que sucedía? Tal vez había hablado de ello. Al menos, de ser así, su arresto tenía más sentido.

Me maldije por las palabras que le había dirigido en la sucia cárcel. Yo, que me enorgullecía de mi inteligencia y experiencia, me había dejado llevar por las primeras apariencias, engañado como un tonto. Yo, que me creía sofisticado, que rechazaba las supersticiones e incluso al mismo Dios, miré entonces hacia el abismo de mi falta de fe y me estremecí.

Mis pensamientos eran turbulentos, y solo la certeza de que tenía que actuar los mantenía a raya. Sin embargo, permanecí agachado junto al estanque, mirando el agua. Pasaron los minutos y seguía sin reunir la voluntad suficiente para moverme.

Me castañeteaban los dientes. Había perdido casi toda la sensibilidad en los dedos.

Fue entonces cuando lo vi. Una cabeza que asomaba por debajo del seto de acebo que separaba el jardín de los prados. El cabello negro y ralo unido a un cuerpecillo pequeño e inmóvil. Bordeé el estanque y caí de rodillas al llegar al otro lado.

Parte II

16

Abril de 1703

En un lugar alejado del mar

Los días pasan, después las semanas, y la quietud se instala sobre nosotros. Los vientos dormitan. El aire es apenas una brisa helada y viva, como si algo tirase del tejido del mundo. La sutil danza del invierno a la primavera llega con retraso; los brotes no asoman del suelo y los pájaros no han regresado de sus migraciones. En las contadas ocasiones en que he salido de nuestra propiedad para abastecerme, me he sentido como un fantasma en una tierra irreconocible, cruzando pequeñas aldeas, sin encontrar mendigos, oyendo solo el ruido de las puertas que se cierran y de las madres que regañan a sus hijos acobardados en el interior. Incluso los ciervos huyen de mí.

En una ocasión, justo cuando el sol empieza a caer, vuelvo del huerto cuando diviso a un hojalatero con su carro tintineante guiando a un burro por el camino. Es la primera persona que veo desde hace un mes, aparte de Mary. Me acerco al carro y examino a mi visitante. Es bizco y luce una gran barba, está quemado por el sol y el carro gime bajo el peso de la porquería que lleva consigo, desde cestas de huevos podridos hasta pieles rotas y relojes de bolsillo estropeados; cualquier cosa, en resumen, que pueda haber adquirido mediante el trueque, la mendicidad o el robo.

Veo botellas llenas de líquidos oscuros y dudosos y dos marionetas sucias y burdamente talladas con los hilos enredados, supongo que para entretener a los hijos de aquellos cuya plata desea embolsarse. Pregunta por la señora de la casa. Durante una fracción de segundo, al ver los dientes que le faltan y las profundas arrugas de su rostro, pienso que es muy viejo, antes de darme cuenta de que podría ser veinte años más joven que yo; cuesta discernir su edad debido a la suciedad del camino. Le digo que no necesitamos ollas ni sartenes, y pienso, aunque no lo digo, que tampoco quesos rancios. Sin embargo, le pagaría por noticias. Y, aunque me duela decirlo, por unos momentos de su compañía. Le ofrezco el intercambio.

Piensa en ello con una expresión colérica mientras mastica un trozo de carne seca como si fuera una vaca rumiante. Tarda más de lo esperado; tal vez sea lento, o quizás se pregunte por qué un hombre de la clase alta, incluso uno que pasa por momentos difíciles como yo, le pagaría por estar en sus tierras y pasar el rato. Sin embargo, al final asiente.

Me doy cuenta de que casi he perdido el arte de hablar con quienes no conozco. Tartamudeo.

—¿Qué noticias hay de los pueblos?

—Malas, la mayoría —es la respuesta lacónica que me da.

—¿Alguna buena?

—Menos.

—¿Se ha producido algún acontecimiento que se considere inusual?

Esto lo sume en otro prolongado momento de reflexión durante el cual nos escudriña a la casa y a mí. El burro rebuzna, y la curiosidad en los ojos de su amo se convierte en una astuta sospecha.

—Entiendo lo que quiere decir, señor. Hay cosas que están del revés. Un limosnero acabó pisoteado el lunes de Pascua. —Asiente sabiamente y con aire conspirador—. Los polluelos en el viejo palomar de San Lorenzo se comieron a la gallina.

Sí. Del revés. Mi acompañante me mira con atención. No está acostumbrado a que lo escuchen hombres como yo; más bien espera que lo espanten, lo maltraten y lo echen. Que yo no haga estas cosas no parece reconfortarlo. Hay algo que no le gusta de este lugar; lo noto en sus ojillos diminutos. No tarda en reclamar sus seis peniques y, poco después, vuelve a alejarse por el camino.

—Dígale a la señora que tendré esas hierbas la próxima vez que venga —murmura por encima del hombro mientras se marcha. Casi lo persigo para preguntarle qué le ha pedido Mary, ya que ella cultiva casi todo lo que necesitamos, pero se aleja y la ocasión desaparece.

Mary también me evita, cada vez más a medida que los días se vuelven más cálidos. Se queda en su habitación o en el jardín si hace buen tiempo. Cuando se ve obligada a estar en mi compañía, habla sin parar de cosas intrascendentes, de los árboles frutales, de un estante de la despensa que está inclinado, de una bandeja de servir agrietada. La verborrea no termina hasta que me retiro, ya sea a mi estudio o al piso de arriba, al ático. Cuando no habla, se muerde las uñas hasta sangrar y luego se purga las heridas resultantes con romero. Me resulta extraño sentirla tan distante, como si uno de mis miembros hubiera decidido seguir su propio camino y apartarse del resto. Sin embargo, no sé cómo cerrar la brecha. Bueno, eso no es del todo cierto. Sé muy bien lo que ella quiere, pero no puedo dárselo.

Intento leerle a Esther todos los días. Varío los temas y aspiro a Dryden y Greville, pero recurro más a menudo a Pepys, y, al recordar la sencilla devoción de mi hermana y su amor por la Biblia, inevitablemente, Dios se cuela en las sesiones, de una forma u otra. Hoy ha tocado Milton, no *El paraíso perdido*, sino *El paraíso recobrado*.

Mi larga lectura no parece molestar a la criatura que siempre he considerado como eso que no es Esther, un nombre inadecuado, pero, dado que se niega a identificarse, he tenido que improvisar. En mi mente, a lo largo de los años, le he dado muchos nombres, pero no responde a ninguno.

Esther... Mi silenciosa e involuntaria carga de las últimas seis décadas, mientras me aferro con fervor a la creencia de que mi hermana sigue ahí. De que su esencia, su alma, lo que sea que la constituye, sobrevivió al caos que nos invadió en aquellos días. Es una esperanza frágil, el sueño de un viejo tonto, lo sé, pero es lo único que tengo.

Hoy, habla de la guerra. No de su pena, sino de su gloria.

—Tsaritsin. Volgogrado. Stalingrado. Más de un millón de almas. Una batalla sin igual en la memoria del hombre. Se vieron reducidos al nivel de los primeros pobladores. Muchos comieron carne humana porque, a fin de cuentas, no querían morir. No querían hundirse en las profundidades bajo las profundidades. ¿Quién los culparía por ello?

Ayer tocó la copulación; en concreto, entre animales y hombres. Es típico. Es una criatura de placeres maliciosos, de adivinaciones crípticas y de mentiras. Una narradora de historias, ante todo. Me es imposible saber cuánto de lo que dice es real, así que hago lo posible por ignorarlo todo. En esta ocasión, sin embargo, suspiro y miro por encima del libro.

—Me atrevería a decir que la lectura sería más rápida si dejases de hacer comentarios constantes.

Por primera vez, la cosa suena cansada.

—La lectura sería más rápida si la supervisara un gibón artrítico. Pero no siempre tenemos lo que queremos.

—Desde luego. —Vuelvo a bajar la mirada a la página. Prefiero el sarcasmo a sus otras aportaciones.

—Pero lo cierto es que no me disgusta que leas —continúa—. Sirve para pasar el tiempo, tal como es el tiempo. —Luego, con malicia, mientras trato de encontrar por dónde iba, añade—: A Esther le gusta.

Las palabras surten el efecto deseado. Dejo a un lado el libro y observo su rostro con atención; todavía pienso que es el de mi hermana, a pesar de la duradera ocupación de la criatura. Pasan varios segundos mientras intento formular la pregunta. Al final, pregunto:

—¿Sigue ahí dentro? —El gesto que hace la criatura es casi un encogimiento de hombros, pero podría haber asentido—.

¿Mi hermana está viva? —Me inclino hacia delante. Hace más de un mes que ha recuperado la conciencia, después de sesenta años de lo que solo puedo describir como una hibernación: comer, evacuar los residuos y dormir, pero nunca mirar, oír ni hablar. Sin embargo, esta es la primera vez desde su regreso que se ha dignado a compartir algo que no sea una tontería macabra—. ¿Puedo hablar con Esther?

—Está demasiado lejos —dice con un tono de arrepentimiento fortuito.

—¿Dónde?

—¿Dónde estamos nosotros?

—No más acertijos, demonio. ¿Dónde está?

Suspira.

—Aquí, en algún lugar. Soy consciente de ella y ella de mí, pero no puede salir a la superficie mientras yo habite este cascarón. Sin embargo, tampoco puedo dejarla. Y, como no puedo abandonar este… —Baja la mirada a la figura marchita de Esther—, esta ruina de cuerpo, supongo que estamos atrapadas juntas. Y tú también —dice con algo parecido a una risa.

La respiración se me atasca en el pecho con obstinación, como si alguien se hubiese sentado sobre mí. Es más información de la que he obtenido durante toda una vida de preguntas.

—¿Por qué no puedes dejar su cuerpo?

—Ella no lo permite.

Retrocedo, aturdido, pero luego vuelvo a presionar; mientras la criatura se sienta inclinada a hablar, debo sonsacarle todo lo que pueda.

—¿Cómo lo impide?

El dolor me invade el pecho. No debo agitarme. Respiro hondo.

—Tiene cierta influencia, una pequeña fuerza residual —dice—. Debo admitir que no la entiendo del todo, pero es la misma fuerza que me impide hacerte daño. Se mantiene alerta, y es más fuerte de lo que había previsto cuando entré en ella.

Pienso con intensidad. Hay cosas que he deducido, o más bien adivinado, tras mis primeros encuentros con la criatura, por ejemplo, cómo llegó a habitar en mi hermana y de dónde vino. Sin embargo, hay otras que aún no sé con certeza.

—Entonces, ¿por qué la poseíste, si después no podrías salir?

—¿Por qué la primera mujer tomó la manzana? ¿Por qué hundió sus dientes en su carne?

—Curiosidad —digo—. Una sed de conocimiento. Y, aunque sabía que estaba prohibido, no conocía el precio de la desobediencia. Su tentación era demasiado fuerte. —No responde. Tararea una cancioncilla marinera cuando le pregunto—: ¿Qué te tentó?

El zumbido continúa y me doy cuenta de que no voy a recibir más pistas. En su lugar, por curiosidad, digo:

—¿Por qué has dormido durante todo este tiempo?

—¿Qué tiempo?

Niego con la cabeza. Por supuesto. Qué tontería. Para esta criatura, un año, o incluso un siglo, sería tan breve como el último aliento de un gorrión.

—No importa. ¿Por qué has despertado ahora? ¿Qué lo ha provocado?

—Tu muerte —responde—. Se acerca deprisa.

La brutalidad de la afirmación no me atormenta. La criatura miente, pero no en esto. Nado en mareas fangosas. Siento el debilitamiento de las articulaciones y los huesos que acompaña a la vejez. Mi tiempo se agota. Lo que me preocupa es lo que pasará después.

—Y, tras mi muerte, ¿qué pasará con ella y contigo?

—Actuarás antes.

—¿Cómo actuaré?

Comienza a tararear de nuevo, cierra los ojos y me ignora.

Fuera, aunque no lo sé, el viento ha comenzado a levantarse.

17

Enero de 1644

North Norfolk

Froté las mejillas de Henry con todas mis fuerzas y luego hice lo mismo con mis manos para generar calor. Aupé al chico e intenté calentarlo. Lo había encontrado acurrucado bajo las ramas inferiores del seto, y parte del jugo de las bayas rojas del arbusto se le había pegado al pelo oscuro como si fuera sangre. Casi había conseguido ocultarse, pero lo saqué de allí y lo llevé de vuelta, rodeando el estanque, hasta los establos.

—¡Guppy! Ven aquí, chico. —El mastín andaba dando saltos por el patio, maravillado por el centímetro de nieve que había caído, pero cuando lo llamé se aproximó a grandes zancadas. Se acercó y encajé a Henry entre mi cuerpo y el pecho del perro. Guppy le lamió la cara.

Henry estaba vivo. Su respiración era débil, pero regular. Lo sacudí y empezó a volver en sí. Cuando recuperó la conciencia, se estremeció como un ratón de campo.

¿Cuánto tiempo llevaba allí solo, y qué lo había empujado a salir incluso de los establos? Me estremecí al imaginar su miedo. El muchacho había visto lo que yo había ignorado desde el mismo momento en que había pisado la casa. Me maldije. Habría sido mejor dejarlo donde estaba, a pesar de las putas, en vez de meterlo en aquel manicomio.

—¿Dónde está...? —Trataba de decir algo. Me incliné para escuchar mientras volvía a intentarlo—. ¿Dónde está... Mary?

—¿Qué?

¿Estaba delirando?

Pero empezaba a volver en sí.

—¿Dónde está Mary?

—¿De quién hablas, Henry?

—De Mary. Mi hermana.

La multitud esperaba. La nieve, que cubría el capitel de San Nicolás, a cuya sombra la mayoría de los habitantes se había congregado para ver cómo se hacía justicia, había cesado, pero la temperatura seguía descendiendo a medida que el día se apagaba. El reverendo Hale había reunido a una muestra representativa de la sociedad. Sastres, sirvientes de hombres poderosos como Huxley, el barbero-cirujano local, granjeros y carpinteros, criadas y ancianos; todos formaban un círculo en la plaza, envueltos en mantas cálidas, ansiosos por que comenzase el proceso.

Hale era robusto, fornido y con la cara roja, casi tan grande como Dillon. El pastor observó desde su posición, junto a Manyon y Huxley, cómo el alguacil salía de la cárcel y sacaba a Chrissa Moore, a Mary, a la luz. Cuando la chica se acercó, Hale se la quedó mirando y murmuró en voz baja sobre los peligros de las mujeres inicuas. Me sorprendió que no se santiguara.

Al otro lado del pastor estaba Welmet Huxley. Hale había traído una petaca de vino caliente para compartir, aunque Huxley la rechazó. Se podría haber confundido a los tres con unos viejos amigos del colegio que volvían a encontrarse después de una ausencia de años para asistir a una fiesta o a una obra de teatro. En virtud de mi posición como ayudante de Manyon, y debido a la continua e inexplicable ausencia de John Rutherford, que podría haberme usurpado el puesto, yo era el espectador más cercano a ellos, y oí el intercambio cuando Dillon dejó su silenciosa carga de rodillas. Intenté fingir que no escuchaba y me agaché para ajustar mi bota.

—¿Nos sigue desafiando? —preguntó Hale. Su tono era el de un padre decepcionado, pero tras él relucía la emoción.

Manyon afirmó con un gruñido.

—Como todas las de su abominable calaña —continuó Hale—. ¿No ha dicho ni una palabra desde el arresto?

—No ha sido un silencio absoluto, reverendo. Si lo recuerda, afirmó estar encinta. Sin embargo, en eso hemos avanzado. Hay algo que sabemos ahora que no sabíamos ayer.

—¿Qué?

—La chica no está embarazada.

Levanté la cabeza para mirar a la prisionera, de rodillas sobre varios centímetros de nieve y con las manos encadenadas ante ella, y me sorprendió que me devolviera la mirada. Temblaba de frío y estaba sucia, con el largo pelo negro enmarañado y aplastado contra el cráneo. Aun así, los aldeanos murmuraban sobre su belleza y algunas madres protestaban para que le permitieran levantarse. Otros se desahogaban y proferían insultos. Bruja, casquivana, prostituta del diablo.

La belleza había jugado en su contra. No había estado dispuesto a creer que era una bruja, porque no creía que existieran tales poderes, pero sí que era una puta. Si hubiera sido más gruesa de miembros, si su nariz no fuera tan recta o sus ojos tuvieran la mitad de brillo, quizás me habría resultado más fácil no juzgarla. Tal vez habría descubierto antes la verdad.

No obstante, echar la vista atrás a los caminos no recorridos era inútil. Por muy ciego que hubiera estado, tenía que centrarme en lo que tenía por delante y avanzar hacia donde me llevara.

Había dejado a Henry en los establos envuelto en mantas, abrigos y capas. Seguía temblando y llorando, pero, cuando lo presioné, no quiso hablar de la noche que había pasado solo ni de por qué se había escondido bajo el seto. La imaginación llenó algunas de las lagunas. Me estremecí al pensar en la voz de la criatura en el oído del niño. Irónicamente, Henry había sido demasiado sabio. Había hecho lo que las mujeres Gedge y mi padre no habían hecho; había huido.

A Esther la había dejado todavía atada a la silla. Antes de irme, le había preparado una sopa blanca y ella había sonreído con gesto dócil mientras se la metía en la boca con una cuchara. Había hablado, pero prefería olvidar sus palabras.

No había tenido más remedio que venir. Manyon me esperaba, pero ese no era el problema, pues podría haber puesto alguna excusa, una enfermedad, un accidente, una agresión. No, esa no era la razón por la que estaba allí. Lo estaba porque la mujer a la que Dillon estaba levantando era la única persona que sabía la verdad sobre lo que había ocurrido en mi casa. Ella lo sabía, y yo tenía que saberlo.

El curso de acción obvio, acudir con la verdad a Manyon, a Hale y a cualquiera que quisiera escucharla, lo había considerado solo por un breve instante. Cualquiera que viera a Esther en el estado en que se encontraba en ese momento la querría muerta. Fingirían esforzarse por expulsar al espíritu y luego la encarcelarían, la colgarían o la quemarían. No iba a permitirlo. La única oportunidad de mi hermana era que yo fingiera que todo era normal y que descubriera lo máximo posible. El problema era que no tenía ni idea de lo que iba a hacer.

Manyon y Hale seguían hablando.

—Cuando una mujer no hace penitencia por su lascivia y sus destrucciones, no nos deja otra opción. Podría haber evitado esto si hubiera estado más dispuesta a entregarse a la ley y a la buena misericordia de Dios. —Los profundos ojos de Hale se clavaron en Mary, como tenía que recordarme llamarla.

No había conseguido que Henry me aclarase nada sobre el nombre de su hermana. Solo había insistido, con repeticiones lacrimógenas pero firmes, en que no tenía ninguna hermana que se llamara Chrissa y que la hermana que lo había cuidado con devoción en casa de Lucy Bennett era Mary. «¿Mary Moore?», le había preguntado, y el niño había asentido.

Ya empezaba. Técnicamente, el rango de Manyon era superior al de Hale, pero fue este quien le hizo una señal a Dillon para que recogiera su garrote del suelo. El alguacil se mostraba reacio, y no me sorprendió. Dillon era un buen hombre, y lo que le tocaba hacer ese día no era obra de Dios. La multitud observó mientras hablaba en voz baja al oído de Mary, hasta que, para mi sorpresa, ella asintió de manera servicial. Entonces, la hizo volverse para que le diera la espalda y le clavó el garrote en la base de la columna. Dio tres o cuatro pasos firmes. Bajo los largos pliegues del vestido marrón, sus pies descalzos y magullados estaban llenos de costras por el áspero suelo de la celda y se le empezaban a poner rojos al pisar la nieve fresca.

La voz de Huxley se elevó sobre los murmullos de la multitud expectante.

—Son múltiples las formas en que los siervos del Maligno pueden engañarnos. Las conjuraciones secretas, alimentar a los diablillos y a los secuaces de Satanás con sus propios cuerpos, nada menos, como si no fuera suficiente pecado permitir que el diablo entre en sus alcobas. Los casos que vi en Ipswich les pondrían los pelos de punta. No se debe permitir que eso ocurra aquí.

»Sin duda, es un alivio que las mujeres Gedge se hayan quitado la vida, aunque, por supuesto, arderán por ello. Todo ese griterío sobre el asesinato tal vez engañe a los patanes de la aldea, pero no a mí. Todas eran igual de culpables. Al menos, ahora solo tenemos que ocuparnos de esta criatura repugnante. Le sacaremos la verdad.

—Claro que lo haremos —dijo Manyon mientras observaba cómo Dillon seguía haciendo avanzar a Mary con golpes regulares en la espalda y las caderas. Parecía innecesario, ya que la chica caminaba con suficiente firmeza. Me sorprendió verla tan complaciente. Había creído que Dillon tendría que sacarla de la celda a rastras y golpearla en la cabeza.

Hale se inclinó entonces hacia Manyon y le habló en voz baja, de manera que tuve que esforzarme para escuchar.

—¿Habló con ella de su hermano?

—Así es —respondió Manyon, y sentí los ojos del magistrado sobre mí—. Sabe dónde reside.

Eso explicaba la expresión de Mary al verme.

—Pero ¿no aceptó la propuesta? —preguntó Hale.

—No pronunció ni una palabra —dijo Manyon con serenidad—. En cualquier caso, como atestiguará Huxley, junto con mi ayudante, que se esfuerza por aparentar que no nos escucha, no está en mi mano devolver al muchacho a esa cueva de ladrones. No está a mi cargo, sino al del señor Treadwater, aquí presente.

Por lo general, me habría avergonzado que me pillaran escuchando, pero ese día apenas reaccioné. Sacudí la cabeza.

—Mis disculpas, señor.

—No es necesario —dijo Manyon—. ¿Cómo está el pequeño Henry?

Me dispuse a inventar una mentira anodina, pero otro pensamiento me detuvo, uno que había empezado a formarse la primera vez que Manyon reveló saber que había sacado a Henry de la casa de Lucy Bennett. ¿Por qué conocía el nombre de Henry?

—Está bien —respondí con cautela—. Trabajando con los caballos.

Los acontecimientos de la mañana habían ralentizado mi cerebro. Me sentía como envuelto en una niebla. «Dios me ha cerrado el camino y no puedo pasar; ha cubierto de oscuridad mis senderos». Las tinieblas eran más profundas que cuando había perdido la fe.

Reflexioné sobre aquello por un instante. ¿Mantenía mi rechazo a la fe? Después de todo, Dios no se había presentado. Ninguna paloma se había posado y ninguna lanza de guerra había hendido las nubes. La existencia del mal, por desgracia, no confirmaba la existencia del bien. Negué con la cabeza para disipar esos pensamientos abstractos; no era el momento.

Los minutos se convirtieron en una hora, y Mary seguía describiendo amplios círculos por el terreno. El alguacil la empujaba de vez en cuando, pero sus acciones parecían extrañamente aburridas. La multitud de espectadores, que al principio la insultaba, y varios de los chicos más jóvenes habían recogido pedazos de tierra helada y nieve para arrojárselos, se habían cansado de la escena, que carecía del espectáculo visceral de un ahorcamiento o una flagelación, o de la intriga de un sumergimiento, y se dedicaban a quejarse del frío. No obstante, Dillon mantenía el rápido ritmo de la marcha y, pronto, Mary empezó a cansarse. Su paso se volvió menos seguro y se detenía con frecuencia, a lo que el alguacil reaccionaba con bruscas instrucciones para que se moviera más deprisa. Entonces, al doblar la esquina más cercana al capitel, se desplomó.

Dillon se agachó con el garrote para levantarla y yo me adelanté para ayudar a la joven, pero Manyon extendió el brazo.

—¡Espera! —exclamó—. Levántala, Dillon. Camina. —Todavía me retenía—. Te pido que confíes en mí —dijo en una voz tan baja que estaba dirigida solo a mi oído.

¿Qué hacía Manyon?

La prueba continuó. Dillon, que a esas alturas sufría él mismo por el frío, con los dientes castañeteando y el garrote en las manos llenas de sabañones, empezaba a irritarse. Gruñó más de una vez a Mary.

—Habla, muchacha —dijo—. Confiesa los crímenes de los que eres culpable y pondremos fin a esto.

Pero Mary no dijo nada.

No podía faltar más de una hora para el anochecer. Aun así, siguió caminando.

Cuando cayó por segunda vez, Dillon volvió a levantarla. Parecía casi inconsciente y tenía el rostro desencajado. Henry me vino a la mente, y pensé que se me parecía más a Mary en ese momento, despojada del orgullo habitual de su expresión. Me estremecí al ver sus pasos vacilantes. Empecé a pensar que no tenía más remedio que intervenir y contarle al magistrado lo que sabía. Ningún hombre de buena conciencia soportaría que aquello continuara. Aun así, me debatí sobre cómo hacerlo sin poner en peligro a Esther, y no encontraba el modo.

La multitud se dispersaba. La oscuridad se avecinaba, escoltada por un batallón de nubes más negras que anunciaba otra nevada, y muchos habían decidido marcharse y refugiarse junto al fuego; incluso Huxley murmuró que le trajeran su caballo. A medida que el gentío se reducía, empecé a comprender el hilo de pensamiento de Manyon. Para cuando Mary cayó por tercera y última vez, solo quedaba un puñado de hombres y mujeres para ser testigos de lo que hiciera el magistrado. Consultó a Hale un instante y después se adelantó.

—Suficiente por ahora —dijo con autoridad—. La noche se acerca. Volved a vuestras casas. Continuaremos mañana si la chica no está dispuesta a hablar cuando la devolvamos a su celda.

Los pocos que quedaban, que ya llevaban un tiempo inquietos y hambrientos, se mostraron satisfechos mientras se alejaban hacia sus casas. El reverendo estrechó la mano del magistrado y luego se ciñó la capa alrededor de la gruesa cintura antes de entrar en la iglesia. Huxley y Manyon hablaban mientras yo corría hasta Mary y me arrodillaba junto a su figura desplomada. Asentí a Dillon, que también se había agachado para recuperar a su prisionera.

—Váyase. Caliéntese junto al fuego de la taberna con una o dos cervezas. Llevaré a la chica dentro.

Dillon me estrechó la mano con fuerza.

—Eres un buen muchacho —dijo—. Toma esto. —Sus dedos, torpes y congelados, tantearon el gran manojo de llaves mientras me lo entregaba—. Normalmente no lo haría, pero… creo que están a punto de caérseme las pelotas.

Me guardé las llaves en el bolsillo con una carcajada y me quité la capa para cubrir a Mary. Tiré de ella y, de manera impulsiva, la cargué en brazos. Pesaba menos de lo que esperaba. Bajé la mirada hacia su rostro, a la espera de encontrar el mismo tono azul en su piel y la lenta recuperación de conciencia que había observado aquella mañana en su hermano. Pero tenía los ojos abiertos. Sentí su cuerpo cálido junto al mío y me clavó la vista.

No tenía ni idea de qué decir. Recordé con vergüenza las últimas palabras que le había dirigido, y eso, junto con algo más, me hizo callar.

Pero Mary no se quedó muda, y estaba lejos de perder las fuerzas. Me agarró la muñeca.

—¿Tiene a mi hermano pequeño?

—Está a salvo —respondí, y luego me sentí culpable, porque no era del todo cierto—. Tenemos que hablar.

—Pronto —aseguró.

Manyon estaba detrás de mí. Huxley se había alejado a toda prisa con el caballo antes de que empezara la segunda nevada. El rostro del magistrado lucía una sonrisa taimada.

—Vamos, entremos antes de que nos congelemos.

—Siento que me he perdido algo, magistrado —dije, todavía con Mary en brazos.

—Bájeme —me espetó ella, y me empujó—. No necesito un burro, y sé caminar sola.

La solté.

—Los hombres como Huxley y Hale nunca estarán satisfechos hasta que consigan derramar sangre —explicó Manyon mientras se inclinaba hacia delante para servir vino en dos vasos pequeños, y radiante de placer por haber engañado a su aprendiz—. Estaba convencido de que no había pruebas suficientes para condenar a esta chica —añadió, y señaló a Mary, que estaba sentada a mi derecha con las rodillas acurrucadas en el pecho—. Pero también estaba seguro de que John, ese loco de Huxley y el bufón de Hale encontrarían, tarde o temprano, un medio para arrancarle una confesión. —Le dio un vaso a Mary y otro a mí—. Así que bajé a las celdas yo mismo. ¿No es así, Chrissa?

Mary asintió. Aceptó el vino, pero no lo bebió.

La mención de Rutherford me irritaba. ¿Dónde estaba el cazador de brujas? Aun así, tenía preguntas más importantes.

—Ya veo, señor —dije en un tono de respeto filial.

—Chrissa y yo llegamos a un acuerdo. Montar un espectáculo, actuar ante el público y fingir que está más incómoda de lo que en verdad está. Porque eso es todo lo que quiere la gente sencilla, verla rota para recuperar el sentido del orden correcto de las cosas. Una vez hecho esto, la retendremos durante un poco más de tiempo y luego la liberaremos de forma discreta con el pretexto de que las pruebas a las que la sometimos no dieron resultado.

Mary estaba quieta como una estatua y mantenía la mirada gacha. Seguía sin tocar el vino.

—¿Cuándo será eso? —pregunté. Cuando Manyon levantó la mirada con brusquedad, añadí—: Su hermano está cada vez más inquieto por ella, y estoy seguro de que ambos desearán volver a Norwich o a cualquier lugar donde tengan gente. —Me sentí torpe y temí que se enfadara por haber hablado por ella. Sin saber cómo dirigirme a ella, le pregunté—: ¿Estoy en lo cierto, señorita Moore?

La mirada que me dirigió fue compleja.

—Mi único deseo es reunirme con mi hermano —dijo con esa voz extraña y desgarrada—. El destino que escojamos a partir de entonces es lo de menos.

Con calma, Manyon intervino:

—A su debido tiempo, querida. A su debido tiempo. Ahora, dados los esfuerzos de la tarde y la situación en la que nos encontramos, me gustaría ofrecerte un alojamiento más cómodo. Tal vez una habitación en mi propia…

Mary lo interrumpió.

—La celda es lo bastante cómoda, dada la corta duración de la estancia que me queda allí.

El magistrado tosió con irritación.

—Como consideres oportuno. Pero quédate el tiempo que desees para recuperarte. Puedo pedir que traigan comida y ropa más abrigada.

Mary dudó. Noté que quería aceptar; no alcanzaba a imaginar el hambre y el frío que debía padecer. Al final, negó con la cabeza.

—No necesito nada —sentenció.

Manyon se puso rígido ante el segundo rechazo de su hospitalidad.

—Muy bien. Te devolveré a tu celda.

Vi una oportunidad y la aproveché.

—Señor, yo sí que le agradecería algo con lo que llenar el estómago. ¿Le parece bien si llevo a la señorita Moore abajo y de camino pido que nos suban algo de comida?

El magistrado se levantó, dejó el vino y dijo:

—No, muchacho, yo mismo haré los honores. Llamaré a Dillon.

Salió de la habitación con un aspecto ligeramente menos satisfecho consigo mismo que cuando había entrado.

Estábamos solos. Me volví hacia ella con la intención de contárselo todo, pero habló primero.

—Henry no puede quedarse ni un instante más en esa casa. Le ruego que…

Detuve su súplica con una palabra:

—Mary.

Me miró en silencio.

—Es tu verdadero nombre, ¿no es así?

No respondió.

—Mary, lo sé. Lo sé todo. O al menos una parte. ¿Has temido mucho por él?

Después de un largo rato, asintió y las lágrimas aparecieron en sus ojos, pero parpadeó para contenerlas.

—No llores —dije—. Está a salvo, al menos por ahora. Mi hermana no puede hacerle daño. La que era mi hermana… Santo Dios. —No había tiempo—. Escúchame. ¿Por qué el magistrado ha querido ayudarte? ¿Y cómo sabía el nombre de tu hermano? ¿Se lo has dicho tú?

Negó con la cabeza.

—No le dije nada, salvo que su padre… —Por primera vez, no fue capaz de mirarme a los ojos.

Aquel asunto era de una importancia desesperada, y no sabía admitir por qué, ni siquiera ante mí mismo.

—¿Mi padre nunca te tocó?

Levantó la mirada.

—Su padre fue la bondad personificada conmigo. Un hombre inusual, jamás me puso un dedo encima.

Las palabras me quitaron un peso de encima que me aplastaba. Incluso mientras pensaba en Esther y en lo que tendría que enfrentar, el alivio de saber que mi padre no se había avergonzado y que su apellido estaba a salvo me dio fuerzas y me sostuvo.

—¿Cómo…?

Demasiado tarde. La puerta se abrió y me recosté en la silla. Dillon había regresado, morado por el repentino calor del fuego y lo que supuse que había sido una jarra de cerveza muy fuerte. Le hizo una seña a Mary.

—Ven, muchacha.

Ella se puso de pie con una mueca de dolor. Por la mañana tendría la piel negra y azul. Estaba sucia y desaliñada, vestida como la más pobre de las sirvientas, y, aun así, era la cosa más hermosa que jamás había visto. Entonces se fue.

—Manyon está en el meadero —dijo Dillon por encima del hombro.

En cuanto el alguacil cerró la puerta, me levanté. Disponía de unos minutos como máximo. Empecé a revolver los papeles del magistrado y abrí uno a uno los pesados cajones del escritorio. La luz era tenue y no sabía qué buscaba. Descarté memorandos, órdenes de detención y citaciones, registros de multas abonadas y de impagos; nada de aquello explicaba el repentino cambio de opinión de Manyon sobre el destino de Mary.

Llegué al cajón de abajo. Allí había objetos más personales, facturas de satenes, mermeladas y membrillos, quizás para las hijas de Manyon; una pequeña colección de retratos de niñas que supuse que serían esas hijas y montones de cartas. A las últimas les presté más atención y eché un vistazo a las firmas mientras miraba a menudo hacia la puerta y ensayaba excusas por si Manyon volvía, sin saber cómo iba a librarme si me pillaba. Aun así, la búsqueda fue en vano; la mayoría de las cartas eran quejas o peticiones de clemencia, más que de carácter personal. No había nada que avivara mis sospechas. Tal vez, al final, solo eran el producto de una mente cansada y asustada que se había vuelto recelosa de todos y de todo.

Sin embargo, había algo…

Ya había pasado bastante tiempo. Asomé la cabeza por la puerta y agucé el oído al pasar junto a la barandilla pulida mientras bajaba por la serpenteante escalera. La multitud habitual se había marchado, pero se oía a alguien. Primero, a Manyon, que claramente había concluido sus asuntos de vejiga; su voz sonaba sibilante y demasiado tranquila. Había otra voz, femenina, todavía melosa, pero turbada. La reconocí de inmediato y me agaché para esconderme con la cara entre los barrotes.

—… ya lo dijo hace una semana, magistrado, ¿por qué iba a creerlo ahora? —Manyon murmuró algo más y luego la mujer dijo—: La chica es una fuente de ingresos considerable para mí, y a menos que…

—La muchacha volverá —dijo Manyon en un tono un poco más autoritario—. Tiene mi palabra. Le agradezco que no la ponga en duda.

Le respondió una risa burlona.

—Sería muy tonta si aceptara el pago con palabras después de todos estos años. —Entonces se produjo un chasquido, seguido por un gruñido de satisfacción, acompañado de las maldiciones de Manyon. Después, escuché el movimiento de una pesada capa sobre el suelo de baldosas y los pasos de la mujer al alejarse.

No tenía tiempo para pensar. Las botas del magistrado resonaron por las escaleras. Entré a toda prisa en el despacho, recogí el abrigo, el cinturón y la espada y me metí detrás del escritorio. Tropecé con los libros jurídicos y con una caja de velas extraviada mientras me peleaba con el muelle del cierre y observaba la ventana. ¿Entraría por ella? Tenía apenas unos segundos.

La abrí y, al mirar hacia fuera y alrededor, no vi a nadie. Tiré primero la espada y la dejé caer al suelo desde dos metros de altura. Luego arrojé el abrigo tras ella y apreté los dientes para encajar los hombros y la espalda por la pequeña abertura. Me sujeté al marco salpicado de nieve y bajé los pies por la pared. El ladrillo era traicionero, y la caída me costó una dolorosa voltereta en la espesa nieve. Al ponerme en pie, apoyé la espalda en la pared, miré hacia arriba y vi que un brazo se asomaba para cerrar la ventana.

Bien. Sabría que me había ido, pero nada más.

Me quedé a la sombra del edificio. Justo delante de mí, la oscuridad estaba salpicada de luces lejanas. La invitada de Manyon acababa de salir. En una noche así, con la nevada y una luna fugitiva y empañada, no podría tomar una litera para volver a Norwich, y no me la imaginaba montando a caballo. No, tenía que haber alquilado un cuarto. Pero ¿en qué dirección? Rebusqué en mi memoria. Había dos posadas que ofrecían comida y alojamiento a los viajeros. La Rosa y la Corona estaba al este del cruce del mercado y era muy superior a la otra. Pensando en sus extravagantes rollos de tela y en sus manjares azucarados, estuve a punto de volverme hacia allí, pero entonces recordé las alfombras sucias y sus ojos como cuentas gemelas de vidrio esmaltado, y me percaté de que Lucy Bennett siempre se encontraría más a gusto entre los hombres avispados y codiciosos que se alojarían en El Cisne Negro. Me volví hacia el oeste.

Avancé deprisa por el centro del camino, donde la nieve era más fina, utilizando las pisadas de los demás para continuar mi recorrido. A ambos lados, la gente se agazapaba en los escaparates de las tiendas y las luces brillaban detrás de las ventanas cerradas. Me desvié de la calle principal. Más adelante, a tan solo unos trescientos metros por aquella pista escarpada y enrasada por la nieve, estaba la taberna. En algún punto intermedio tenía que estar mi presa. Estaba seguro de que la alcanzaría.

Sin embargo, el camino parecía no tener fin. Al ver una sombra, eché mano a la espada, tropecé con una piedra sobresaliente y reprimí un grito. La sombra resultó no ser nada, solo un parpadeo de la luna al asomarse a un callejón. Recorrí la callejuela mientras echaba un vistazo a las ventanas y los tejados, hasta que me fijé en una forma torpe que avanzaba con sigilo hacia la puerta del patio trasero de la taberna. Eché a correr, consciente del riesgo de caer o de que me oyeran, pero tenía que alcanzarla. Se detuvo. No llamó. Alargó la mano para empujar la verja, dejando que se cerrara al pasar, y llegué justo a tiempo para que mi mano enguantada impidiese que lo hiciera. La seguí, casi de puntillas.

Bañado en la suave luz que salía de la taberna, hasta mis oídos llegó el alegre ritmo de un laúd por encima del zumbido de la conversación, que amortiguó el ruido de la verja al cerrarse a mi espalda. A la izquierda, una alta pila de barriles daba sombra a las ventanas de la bodega, y a la derecha, una estrecha franja de nieve compacta y empedrado mostraba el sinuoso camino hacia la puerta del establecimiento. La mujer parecía haber desaparecido. Avancé con paso cauteloso. Tal vez había tardado unos segundos más de lo que pensaba y había entrado…

Una tos grave y seca sonó detrás de mí. Me volví y vislumbré una forma redondeada detrás de los barriles nevados, a menos de tres metros de distancia. Estuve a punto de avanzar, pero, de pronto, me sentí amenazado; la mayoría de las veces, cuando acorralas a una criatura peligrosa, terminas por recibir un mordisco. Así que hablé:

—La veo, señora. Salga. —Esperé—. No he venido a hacerle daño. Solo quiero hablar.

Al cabo de unos segundos, apareció Lucy Bennett, bien envuelta y con el brazo extendido. Llevaba un estilete en la mano derecha: y sus ojos afilados se abrieron de par en par al ver quién la había seguido.

—Usted —dijo—. Lo he oído tropezar. Tal vez me habría atrapado de no haberlo hecho.

No dije que la había atrapado entonces. No era necesario. Tenía la mano derecha en la empuñadura de la espada. Su daga era una bravuconada; le temblaba la mano y la punta vacilaba.

—Estaba usted en el juzgado —dije—. Manyon le dio dinero. ¿Por qué?

—¿Y si le digo que es mi tío y que es mi cumpleaños? —Por primera vez, noté un deje extranjero en su voz. Tal vez alemán.

—Quiere que Ma… Chrissa Moore regrese a su casa, y él no la soltará —dije, casi pensando en voz alta—. Tampoco debería, no para entregársela a usted, pero ¿por qué le ha pagado?

No dijo nada, pero su mirada se dirigió al espacio que había sobre mi hombro derecho y me giré, demasiado tarde. El golpe me alcanzó en la parte posterior de la rodilla derecha, con fuerza y eficacia, y me derrumbé en la nieve como un erizo dando volteretas. Rodé y vi cómo la segunda patada se me acercaba a la cara, así que la atrapé con los brazos. De no ser por el jubón de cuero, podría haberme roto un hueso. Retrocedí para intentar ver a mi agresor y arañé la nieve y los guijarros afilados. Por fin, me levanté de espaldas a la pared de la taberna y agarré el cinturón de la espada, pero él se abalanzó sobre mí antes de que me diera tiempo a desenfundar, y me encontré encerrado en un rudo y apestoso abrazo, asfixiado por un aliento maloliente y una barba rasposa. El puño me golpeó en la mandíbula, y luego me llovieron más golpes como rocas en los riñones y el torso. Gruñó al intentar hacerme tropezar, y me di cuenta de que, al igual que yo, intentaba sacar su arma. En el respiro del ataque, le clavé la rodilla con fuerza en la ingle y luego le propiné un buen cabezazo, de modo que el hueso me estalló de dolor. Retrocedió con un grito, pero eso no le impidió desenvainar. El arma atrajo la luz de la taberna y destelló ante mí como una llama. Saqué mi propia espada y me preparé para luchar.

Mi enemigo era grueso como un roble, envuelto en lana y cuero, por lo que no le veía la cara. Pero era rápido. Debía de ser soldado, aunque me pareció demasiado viejo para luchar en la guerra actual. El padre, tal vez, de un hombre a cuyo lado había peleado, o al que había matado. A veces, la edad no era una desventaja. Me dolía el brazo de la espada por la lección que acababa de aprender, por haberme precipitado hacia mi objetivo y haberlo subestimado. No volvería a cometer el mismo error.

Sin embargo, para mi sorpresa, no se acercó. En cambio, miró a su señora, que parecía meditar su próximo movimiento desde las sombras. Miró detrás de ella, hacia la taberna, y supe qué estaba pensando: si terminaba esa noche tendido sobre una alfombra de nieve empapada de sangre, la gente haría preguntas, se formaría un alboroto. El dueño de la casa tal vez diera su nombre y, sin duda, Manyon sabía que estaba allí. Aunque no le interesara admitirlo, podría vengarse de alguna otra manera si su aprendiz era asesinado. Al final, habló.

—Déjalo, Will.

Will, lo bastante cerca como para estar al alcance de mi espada, relajó la suya y se encogió de hombros. Retrocedió dos pasos, pero mantuve el arma en alto mientras me observaban. Todavía podría morir allí esa noche.

—¿Creyó que sería tan estúpida como para caminar por estas calles sin protección? —preguntó Lucy con un matiz de desprecio en la voz—. ¿Creyó que podría seguir a una mujer como yo? ¿Y hacer qué?

Tosí y me limpié la boca. Había sangre en mi saliva. Me pareció que se me movía un diente.

—Solo hablar, señora. Como he dicho.

—¿Como la otra vez? Recuerdo que tenía usted un piquito de oro.

—Le pedí bien poco —le recordé—. Pero las cosas han cambiado. La vida de una mujer está en juego.

Se acercó un paso más.

—¿Y cree que le debo respuestas?

—No me debe nada —dije—. Aun así, las agradecería.

Su voz sonó como un arrullo:

—Mira, Will, un caballero de brillante armadura que lucha contra las injusticias dondequiera que se encuentren. Cree que está enamorado. El suave conejo de Chrissa le ha confundido la mente, más bien. —Su compañero se rio y su voz despreocupada se endureció—. Váyase a casa, muchacho, antes de que cambie de opinión.

Detrás de nosotros, la música de la taberna había bajado el ritmo y se oían los compases de una melodía más dulce. Por un momento, vi de otra manera a aquella mujer gorda y curtida e imaginé lo que la había llevado hasta allí.

—¿Cuántos años tenía? —pregunté.

—¿Qué?

—Cuando los hombres la maltrataron por primera vez. —Volvió a reírse, pero fue un sonido incierto—. ¿Eran soldados?

Su compañero se impacientaba. No había guardado la espada y volvió a tensar el brazo.

—Acabemos con él —dijo sin rodeos. En su voz oí el eco de cien soldados que había conocido. Me rajaría la garganta, me arrojaría a un estanque olvidado de la mano de Dios y volvería para la cena con un apetito voraz.

—Váyase, Treadwater —dijo ella—. Déjela. De todos modos, no vale la pena las molestias.

—¿Qué le han hecho? —Como no contestó, me la jugué—. Lo he visto, ¿sabe? Lo que los soldados hacen a las mujeres. En qué las convierten. Creo que estuvo en Bohemia. Pero me parece que su madre era inglesa.

—¿Y si lo era?

—¿La mataron?

—La ensartaron como a un cerdo asado —dijo con indiferencia—. ¿Qué le importa eso?

—Y a usted la convirtieron en una puta —proseguí—. Pero, cuando le pregunté por Chrissa, podía haberme dicho que trabajaba con sus clientes, pero no lo hizo.

—¿Y qué?

—Me dijo la verdad.

—Supongamos que lo hice.

—Entonces, podría volver a hacerlo ahora.

—¡Ja! —La risa era seca—. No le falta descaro.

—No. Me falta información.

—¿Va a pagar por ella?

—No tengo dinero. —Era cierto. Había salido de casa sin monedas.

Hubo una larga pausa. La música de la taberna había cesado y la nieve se había convertido en un extraño y ligero cosquilleo. Lucy le dijo a su hombre:

—Will, entra. Pide cerveza.

—Pero… —Me miró, dudoso.

—Soy yo quien te paga, ¿no? Ve.

De mala gana, se marchó rodeando el lateral de la taberna. Nos quedamos solos. Parecía saber que no era una amenaza, y se paseaba de forma irregular; su corpulencia bloqueaba la visión de la luna. Se movía de un lado a otro y murmuró un par de veces para sí misma.

—Use a Huxley —dijo por fin.

La cabeza me daba vueltas con frenesí.

—¿Para presionar a Manyon?

—Exacto.

—¿No está en el ajo?

—No distinguiría su polla de un reloj de sol. Es un fanático. Y Manyon lo necesita, o necesita su patrocinio, al menos. Ahora —dijo—, lárguese. Eso es todo lo que me sacará.

Me acerqué lo suficiente como para mirarla a la cara. La incertidumbre se instaló en ella, compitiendo con una sutil satisfacción.

—Gracias —dije.

—No quiero volver a verlo en Norwich —respondió—. Si lo hago, le arrancaré la cara y me pondré sus pelotas de pendientes.

Me lo creí. Asentí y me despedí. El viaje de vuelta al juzgado lo hice sumido en la reflexión. Fuera del silencioso edificio, me llevé la nieve de la pared a la boca. La escupí en el suelo, teñida de rosa, y me alisé la ropa. No me molesté en limpiarme las botas; caminé dejando un rastro de agua por el suelo de losa y subí la escalera.

Manyon estaba en su despacho.

—¿Dónde has estado? —inquirió, pero no sonaba irritado. Aún había vino en la mesa y un fuego alto y alegre en la chimenea. Su estado de ánimo era sereno y tranquilo.

—Dando un paseo —respondí—. Estuvimos mucho tiempo de pie en la calle, necesitaba estirar las piernas.

Me señaló los pies.

—Tienes las botas empapadas —comentó—. Deberías quitártelas, para recuperar la sensibilidad. Yo haré lo mismo. —Comenzó a tirar de la parte superior de sus caras botas de cuero.

—Gracias —dije, pero no lo imité. No esperaba estar allí mucho más tiempo—. Me preguntaba, señor, si había tenido noticias de John Rutherford.

—No, maldito sea. Hay una montaña de trabajo esperando y el chico desaparece. —Se colocó un pie sobre la rodilla y comenzó a masajearse los dedos. Continuó—. ¿Sabes que los primeros zapatos se fabricaron hace miles de años? Y todavía no han encontrado una forma efectiva de hacerlos impermeables.

No dudé más que un momento.

—Me preguntaba, señor, si su indulgencia hacia la señorita Moore es resultado de su lealtad a John Rutherford, como su sobrino.

—Me parece que me tendrás que explicar eso —dijo, distraído, mientras seguía con el masaje por la planta del pie.

—Se ha decidido por mi hermana, por lo que cualquier escándalo relacionado con mi padre le afectaría y, por extensión, a usted.

—Vamos —dijo Manyon—. No creo que la gente…

—Pero entonces comprendí que no se trataba de eso.

—¿No? —A esas alturas, Manyon ya había detectado algo nuevo en mi tono y había dejado de frotarse los pies a través de las medias. Me miró con atención, con las cejas fruncidas—. Entonces, ¿qué?

Me aclaré la garganta.

—Lo conocía, ¿verdad?

Me ofreció un vaso. Negué con la cabeza.

—¿Quién me conocía? —preguntó con curiosidad antes de llevarse la copa a los labios.

Estuve a punto de responder «Mary», pero dije:

—Chrissa.

Movió la frente con curiosidad.

—¿Eh? Claro, me conocía. Soy bastante conocido.

—Me refiero a que lo conocía de vista. De Ramping Horse Lane. De visitar la casa cuyas jóvenes, muy jóvenes, tendrán muchos recuerdos pintorescos de su presencia, de eso estoy seguro.

Escupió y se levantó.

—¿Qué?

—Era cliente. No de ella. Sospecho, por las fotos que he visto en sus cajones, que era demasiado mayor para usted. Las prefiere de un tipo más delicado.

La boca de Manyon se tensó.

—¿Pretendes calumniarme? Jamás lo habría esperado del hijo de Richard Treadwater.

Ignoré su ira como si no fuera nada.

—Llámelo como quiera. ¿Cómo lo explica?

Por primera vez, Manyon alzó la voz.

—¡No tengo nada que explicar! ¿Cómo te atreves? Soy el juez de esta comunidad y…

—Y, si los concejales de Norwich descubren que ha frecuentado una casa de tan cuestionable reputación, eso es todo lo que será jamás —espeté—. La señorita Moore lo amenazó con eso, ¿no es así? Le habría gustado enviarla de vuelta a ese pozo negro de inmediato, pero ella le hizo saber que había reconocido su cara y que no se callaría, tanto si la enviaba de vuelta a casa de Lucy Bennett como si la enviaba al juzgado. Quedó atrapado entre la espada y la pared. No podía hacer nada, ni proceder con el juicio ni defenderla públicamente y liberarla.

»Así que esperó. Esperó hasta que estuvo claro que no estaba embarazada de mi padre, se enfrentó a ella con esa mentira y llegó a un acuerdo traicionero que nunca tuvo intención de cumplir. ¿Estoy en lo cierto?

La tendencia natural de Manyon a meditarlo todo se reafirmó. Se mostraba tranquilo.

—¿Y si es así?

—Entonces, sus buenas palabras sobre la liberación de la chica no son más que eso, ¿verdad? Palabras. No tiene intención de dejarla marchar, ni ahora ni nunca.

¿Sería todo un farol? Al menos una parte lo era. Estaba casi seguro de que tenía razón. Casi. Sin embargo, no tenía ni una sola prueba, y, si Manyon se daba cuenta de ello, y había muchas posibilidades de que lo hiciera, me quedaría sin nada a lo que aferrarme. Tal y como estaban las cosas, era muy consciente de que había quemado el puente que me unía a Manyon y al futuro asegurado que representaba. Si tenía suerte, saldría de allí como un hombre libre. Si no, como había insinuado al mencionar la calumnia, a lo mejor acabaría como vecino de Mary en prisión.

Manyon no respondió de inmediato. Me miró por debajo del ceño fruncido, reflexionando. Al final, se limitó a preguntar:

—¿Qué quieres?

—La liberación inmediata de la señorita Moore, que es una mujer inocente. Su palabra de que no presentará cargos contra ella. Y que cumpla la promesa de liberarme del ejército. Eso es todo.

Manyon reflexionó.

—Y, a cambio de esos pequeños favores, ¿desistirás de esos rumores venenosos?

Asentí. Tamborileó con los dedos en la mesa.

—Sin embargo —continuó, algo más confiado—, no tienes pruebas. El testimonio de las prostitutas, como comprenderás, tiene poco valor, incluso en estos días turbulentos.

—Es cierto, pero sería una historia interesante en las tabernas. Conozco a todos los taberneros de aquí a Cambridge, y cuento unas historias tan buenas como las de cualquier otro hombre. —Con cuidado, añadí—: Además, ahora Welmet Huxley me conoce. Gracias a usted. Escuchará mi versión de los hechos y, si le cree a usted o a mí, bueno, pronto lo sabremos.

Esperé. Con la barbilla levantada en actitud arrogante parecía mucho más seguro de lo que me sentía.

Me miró con la boca torcida por el desprecio y la incredulidad.

—¿Perderías mi patrocinio por la custodia de una puta?

Apreté los puños bajo la mesa.

—No es ninguna puta.

Después de otro instante, Manyon suspiró y relajó los hombros.

—Muy bien. Pero que no se te ocurra acudir a mí la próxima vez que necesites ayuda, muchacho. Has agotado tus opciones conmigo. Y pobre de esa chica si vuelve a cruzarse en mi camino. Asegúrate de que lo sepa.

18

El mundo se había quedado quieto y silencioso y, en algún momento, mientras llevaba la firma de Manyon, garabateada a regañadientes, hasta la cárcel, las nubes se habían despejado. Una luna baja iluminaba el camino ante el caballo sobre la tierra blanca y polvorienta. Los campos a ambos lados se extendían sin fin, interminables y vacíos, y por encima, en el cielo negro y estrellado, las gaviotas que salían de caza tardía graznaban mientras se elevaban hacia el mar. El mundo podría haberse creado aquella misma noche, así de limpio y fresco parecía.

Con el cuerpo de Mary ante mí en la silla de montar, sentí una extraña paz. Había hablado poco desde que Dillon la había liberado, incluso cuando yo le había relatado mi propia historia. Parecía acostumbrada a sus pensamientos y a su propia compañía. Tal vez esa cualidad le había servido en la cárcel. En ese momento, se balanceaba al compás de los movimientos del caballo con el fino vestido cubierto por mi capa. Mientras dejábamos atrás árboles y zanjas, todo cubierto por la nieve, seguía callada. Admiré su aparente capacidad infinita de quedarse en silencio.

Giramos hacia el sur en White Horse Common. Pensé en continuar hacia el este durante un kilómetro más o menos y detenerme en la propiedad de Rutherford para averiguar lo que le había ocurrido al hombre, pero el recuerdo de Esther me impulsó a seguir adelante. Deseaba estar ya en casa. El viaje iba a llevarnos el doble de tiempo porque el caballo cargaba con dos personas y la capa de nieve era más profunda.

—Me gustaría conocer tu historia —dije al cabo de un rato, mientras seguíamos el curso del río para alejarnos de Walsham, hacia el mar—. Todo ha sido muy confuso desde que volví a casa, y la verdad me ayudaría a despejar las tinieblas.

Se le tensaron la espalda y los hombros. Después, habló en voz baja.

—Es una historia que apenas yo me creo. No creo que usted lo haga.

Su desconfianza estaba más que justificada. Mi conducta anterior hacia ella no me había dejado en muy buen lugar.

—¿No te he demostrado lo contrario con mis acciones? —pregunté—. He sido un tonto incrédulo, pero me parece que ahora es el momento de la credulidad.

—Está bien —convino—. ¿Por dónde quiere que empiece? —Su tono seguía siendo cortante y receloso. A pesar de la franqueza de sus palabras, no confiaba en mí.

—Por el principio. Tu principio. ¿De dónde eres en realidad?

—De Londres. Mi padre era un trabajador libre de la Compañía de Herreros. Hacía relojes para torres. Era un herrero muy hábil. Cuando nací y mientras era niña, mi familia vivía bien.

—¿Cómo se llamaba?

—Edward Moore. Vivíamos en Southwark. Recuerdo el hostigamiento de toros; los perros se enganchaban al morro del toro y se aferraban hasta que… Bueno, ya sabe cómo es. Lo odiaba. Pero no recuerdo mucho más. Nos marchamos cuando tenía nueve años o así, y nos mudamos más allá de Clerkenwell, porque mi padre temía la peste. Tenía razón en temerla. Enfermó al año siguiente, y también mi madre. Ambos murieron en cuestión de días. Henry era un bebé de teta. Yo era una niña. Mi padre… En fin, nos dejó poco de valor; había apostado casi todas sus posesiones. Ese reloj de sol que Henry lleva consigo solo se salvó de que lo vendiera porque me lo había regalado por mi cumpleaños. Tenía diez años.

Su tono prosaico ocultaba el dolor.

—¿Cómo sobreviviste? —pregunté.

Por un momento, cuando Mary mencionó la peste y su terrible coste, me acordé de Elizabeth. Con una puñalada de melancolía, me di cuenta de que era como había pensado antes: ya no recordaba su rostro. Lo que había creído que era amor había resultado no ser más que un encaprichamiento. Casi todo el mundo había sufrido por la peste. No solo los muertos. Familias desperdigadas, diezmadas, pueblos enteros abandonados. Los lazos que habían unido a parientes y vecinos cercanos se desintegraron. Las palabras de Mary me hicieron comprender que ella había heredado aquella vida caótica, no la había elegido, y sentí una ráfaga de vergüenza por las conclusiones que había sacado.

—Mendigué —dijo sin más, en respuesta a la pregunta—. Abracé a Henry y mendigué. Durante un tiempo, sirvió de algo. Pero el niño creció, la simpatía de la gente disminuyó y el goteo de dinero se redujo, mientras que las sugerencias sobre cómo debería alimentarlo se volvieron cada vez menos agradables. —Se encogió de hombros—. Así que desarrollé otras habilidades.

—¿Cuáles?

Se quedó callada unos instantes, tal vez valorando si ser sincera.

—Mi padre me había enseñado muchas cosas sobre el hierro, los engranajes y los complejos mecanismos que los hacen funcionar. Descubrí que era capaz de emplear ese conocimiento para un propósito diferente.

Esa fue otra sorpresa.

—¿Qué propósito?

—Aprendí a forzar cerraduras. —Asombrado, no respondí, así que se rio—. Sí, era una ladrona. Londres no servía para mi oficio. Había demasiado movimiento. Me habrían pillado en un instante. Así que Henry y yo nos marchamos, y me dediqué a buscar casas de nobles y de granjeros ricos, casas como la suya. Al final, llegué a Norwich. Busqué alojamiento, pero no era fácil, con Henry a cuestas. Entonces, Lucy nos ofreció un techo.

»Por supuesto, quería algo a cambio, pero yo me negué a abrirme de piernas para los desgraciados a los que llamaba clientes. Le conté lo que sabía hacer, que mi precio por la mitad de mis ingresos era que cuidara de Henry y lo protegiera de cualquier daño mientras yo estuviera fuera y que, cuando volviera, los dos tuviéramos cama y comida allí. Le di un nombre inventado con la esperanza de que, algún día, Henry y yo pudiéramos irnos y volver a nuestras vidas sin arrastrar la mancha de su casa.

—¿Cumplió con el trato?

—En su mayor parte. Me decía constantemente que «sus hombres», como ella los llamaba, le hacían ofertas por mí. Que una chica «limpia» satisfaría a hombres como ese necio lujurioso de Manyon, que encontraban sus deseos imposibles de reprimir, pero temían la viruela o la enfermedad francesa. Sin embargo, yo no iba a ser su juguete, ni el de ellos. Vi las pócimas y tinturas que obligaban a tomar a las otras chicas para tratar de cubrir el daño. Vi a los bebés que nacían enfermos y morían antes de tiempo, y no quise saber nada del tema.

—¿Preferiste, en cambio, robar a los demás? —Hablé con delicadeza, procurando que mis palabras no sonasen como un juicio.

—¿Preferir? —repitió con una risa más seca—. ¿Prefería entrar a hurtadillas en las casas de los ricos, silenciar a sus perros guardianes con carne y falso afecto y huir de los vigilantes nocturnos que se encontraban con una puerta abierta? ¿El riesgo de la horca? Sí, lo prefería al apestoso abrazo de hombre tras hombre y a una muerte temprana en la mendicidad. ¿Quién no lo haría? No se atreva a juzgarme. Yo quería algo más. Una vida diferente para Henry, y ahorraba para ello. Estaba dispuesta a dejar de robar, pero antes necesitaba lo suficiente para mantenerlo.

Incluso entonces, tenía una habilidad única para hacerme sentir pequeño, aunque la ha empleado muy pocas veces a lo largo de los años. Me sonrojé.

—Me disculpo, Mary. Tus decisiones son asunto tuyo.

—No, también lo son suyo —replicó—. Fue porque planeé robar su casa que terminé viviendo en ella.

—Ah. Aquí es donde entra mi padre en escena. —La voz se me quebró ligeramente. Sentí que se removía en la silla, como si percibiera la agudeza de mi dolor.

—Sí, me pilló.

—¿Qué?

—Mi método habitual, por así decirlo, consistía en esperar a que toda la casa durmiera. Los hombres se retiran temprano en estos tiempos, así que era bastante sencillo encontrar un escondite en los terrenos y esperar a que oscureciera. Su padre tenía una cerradura buena y resistente en la puerta de atrás, pero una de mis llaves encajaba bastante bien.

—¿Lo haces con llaves diferentes? Siempre me he preguntado cuál es el truco para forzar una puerta.

Se encogió de hombros.

—Apenas hay ningún truco. Hay un número limitado de diseños de cerraduras. Si llevas suficientes llaves contigo, está casi garantizado que alguna encajará. La habilidad está en el sigilo. En fin, entré en la casa y busqué por la planta baja, pero encontré poco de valor, excepto la llave de una caja fuerte. Muchos guardan una caja fuerte debajo de la cama. Era un riesgo, pero había recorrido un largo camino. Demasiado largo para echarme atrás.

Recordé las llaves bajo la cama de padre. En ese momento, no sabía para qué servían. Otra pieza del rompecabezas que encajaba.

—Cuesta creer que se pueda entrar en la habitación de un hombre sin que se dé cuenta —dije.

—No es nada complicado. Si un hombre ronca lo bastante fuerte, suele tener un sueño profundo.

—Pero ¿despertaste a mi padre?

—No. Mi error fue pensar que estaba en la cama. En cuanto entré, me di cuenta de que no estaba y traté de salir, pero me pilló.

—¿Cómo reaccionó?

Hizo una pausa.

—Esta parte me avergüenza. Más que el resto.

—¿Por qué?

—Su padre sabía que me colgarían si me entregaba al alguacil. Así que no lo hizo. En cambio, encendió las lámparas, calentó sidra, me dio pan de su propia mesa y se sentó a hablarme de la bondad de Dios y del lugar que ocupa todo lo que existe en la creación. —La voz le vaciló al pronunciar esas palabras, y yo me sentí casi igual de afectado. Se me hizo un nudo en la garganta. La presión aumentó hasta que las lágrimas brotaron sin límites. Intenté contenerlas, pero ella se dio la vuelta en la silla de montar y me vio sollozar. Volví a disculparme—. Era el hombre más amable que he conocido —dijo en voz baja—. Es normal que lo eche de menos.

—¿Qué pasó entonces? —pregunté mientras miraba al frente, a la luna creciente, en busca de algo en lo que concentrarme que no fuera la ausencia o el miedo.

—Me ofreció un trabajo honesto y un lugar donde quedarme. Al principio lo rechacé, pues no creía que nadie fuera a hacer una oferta así sin otras intenciones, pero de nuevo me habló de una vida de servicio, del servicio a la palabra y a la voluntad de Dios. Me dijo que Dios me amaba. Que había una razón por la que le había entrado sed y se había levantado de la cama esa noche, una razón por la que me había encontrado y que, si no me quedaba, entonces quizás estaría yendo en contra del plan de Dios para mí. Así que acepté.

—¿Y dejaste a Henry en casa de Lucy Bennett?

—No quería abusar de la amabilidad de su padre. Ya había sido muy bueno conmigo. Me pagaba un salario justo. No le contó nada a nadie, ni siquiera a su hermana, de las circunstancias en las que me había contratado. No me atrevía a pedirle que acogiera también a Henry. Le envié lo que ganaba a Lucy y ahorré una pequeña cantidad, con la esperanza de recuperar a mi hermano en algún momento y encontrar juntos un sitio decente.

Por fin, me atreví a preguntar:

—¿Y qué pasa con Esther?

—Es difícil…

—Es hora de la verdad —dije sin más.

Mary asintió.

—Sí, lo sé. No me hizo daño, no al principio. Se notaba que no estaba contenta con mi presencia, pero supongo que era bastante natural. Le preocupaba su padre y que yo lo hubiera engañado de alguna manera. También creo que estaba confundida. Me hizo preguntas, y le dije que había viajado desde Londres para buscar trabajo, lo cual era verdad, hasta cierto punto. Pero me parece que no me creyó. Y el afecto de su padre hacia mí la puso muy celosa.

—¿Fue cruel contigo, entonces? —Pensé en la monstruosa voz, que en realidad apenas me había sacado de la cabeza desde que la había escuchado, y me pregunté si Mary también había tenido que escucharla.

Midió sus palabras con cuidado y dijo:

—Yo no diría eso. Era tranquila y muy piadosa, tal y como me la había descrito su padre. Pero empecé a sentir que no todo era como debía ser.

—¿Por qué no?

—Detalles. Me espiaba. A menudo sentía que me observaba mientras dormía. Siempre estaba alerta; sin embargo, a veces, cuando hablaba con ella, parecía encontrarse en otra parte, a kilómetros de distancia. Le hacía una pregunta sobre el trabajo del día y daba la impresión de no haberme oído. Cuando entraba en su habitación para limpiar, notaba un olor, como el que hay dentro de una concha. No encontraba el origen. Y el perro no se le acercaba, ni los caballos. Joan también la evitaba, si podía.

—¿Te dijo por qué?

—Al principio no. Era muy tímida. Pero al final me explicó que Esther, aunque no siempre había sido así, le hacía sentir frío. Le hacía pensar en todas las cosas malas que había hecho.

Me dijo que fuera a verla de noche, cuando durmiera, y que vería cosas.

—¿Qué cosas?

—No quiso decirme nada más. Solo me dijo que la observara. Así lo hice. Podía moverme por la casa sin que me oyeran, así que abrí su puerta y… Lo siento, yo…

—¿Qué pasó?

Respiró hondo.

—Debe conocer la verdad. Han pasado demasiadas cosas. Abrí la puerta y la encontré sumida en algún tipo de ataque. Se le escapaban palabras que no entendí, en un idioma que no conozco. Y ruidos como si provinieran del mismísimo infierno.

Había escuchado esos sonidos, aunque me lo había negado y había preferido convencerme de que mi hermana solo soñaba.

—¿Acudiste a mi padre?

—¿Cómo hacerlo? —preguntó con un leve desprecio en la voz.

—Lo entiendo. —La caridad de Richard Treadwater le había procurado un techo. No iba a ponerse a lanzar acusaciones contra su hija—. Aun así, habría supuesto que Joan se lo habría contado a su madre, o a alguien. O a mi padre. Tal vez alguien pudiera haber…

—Tenía miedo. Las dos lo teníamos. Quizás sea algo difícil de entender para usted la diferencia entre acusar a una mujer como yo o como Joan, mujeres pobres que no pueden defenderse, y acusar a alguien de su posición social. Nadie nos habría creído.

—No puedo discutírtelo —reconocí con tristeza.

—Sabíamos que teníamos que defendernos solas. Así que enterramos amuletos en las cuatro esquinas del huerto. Tallamos cadenas de margaritas en la parte inferior de los marcos de las puertas, donde no se notaran.

—¿Talismanes contra las brujas?

—Sí.

Suspiré.

—Me temo que fueron inútiles. No es una bruja. La maldad que la posee tiene otro origen. Pero continúa.

—Quería proteger a su padre como él me había protegido a mí. Empecé a pasar más tiempo con él. Reconozco que me aproveché de su cariño hacia mí y permití que me viera casi como a otra hija. Permanecí siempre a su lado para asegurarme de que nada de la maldad de Esther lo afectase. Pero creo que me equivoqué. Los sentimientos de su hermana empezaron a convertirse en odio.

—¿Qué hizo?

—Empezó a seguirme por la casa, siempre tras de mí. Me acusó de robar baratijas que guardaba en su habitación. Un día me llamó «bruja», y supe que se avecinaban problemas. Le dije a Joan que le siguiera el juego, que fingiera creerse las acusaciones contra mí. No podía permitirse perder su puesto. Era una chica humilde.

—Entonces vinieron a por ti —dije. Asintió—. ¿Mi padre todavía estaba bien?

—Sí. Cuando vinieron a arrestarme, discutió con Esther. Le dijo que sus acusaciones eran fruto del despecho y que debía retirarlas o que afirmaría ante toda la comunidad que lo había avergonzado. Ella estaba devastada. La verdad, creo... —Mary hizo una pausa, como si intentara poner en orden sus pensamientos—. Creo con sinceridad que no tenía ni idea de que lo que decía no era cierto.

—¿Le contaste esta historia a Manyon en la cárcel?

—No —respondió con decisión—. No habría salido nada bueno de contarle a la gente lo que había visto o lo que había hecho. Dirían que todas éramos brujas. Además, no podía permitirme el lujo de que nadie escudriñara mi pasado. Mi esperanza era aguantar más que la afirmación de Esther, que esta se desmoronara por falta de pruebas.

—Así ha sido, al final. Pero no antes de que tuvieras que sufrir la hipocresía de Manyon. Lo lamento. —Al pensar en su piel magullada y sus pies torturados, tuve que resistir la tentación de rodearla con los brazos.

El desdén palpitaba en su voz cuando habló:

—¿Ese? Solo es un montón de estiércol insignificante y maloliente.

Entonces me reí, de repente y de forma inapropiada. Al darme cuenta de cuánto tiempo hacía que no sentía alegría, dije:

—Sospecho que no empleaste un lenguaje tan enriquecedor en presencia de mi padre.

Soltó una risita en voz baja.

—No, no lo hice. —Luego, con más seriedad, añadió—: Pero no creo que Manyon sea ahora nuestro principal problema.

—Tal vez debamos temer su venganza —advertí, dejando atrás la frivolidad—. Además, los problemas de mi familia no son los tuyos. ¿Adónde vas a ir?

Se le hundieron los hombros.

—No lo sé.

Dudé antes de hablar, sin atreverme a esperar que aceptara.

—Si os parece soportable, Henry y tú podéis quedaros todo el tiempo que queráis.

—Lleguemos primero —dijo—. Después ya veremos.

Pero ¿qué veríamos? Al vadear el río, la esquiva paz de la que había disfrutado en presencia de Mary levantó el vuelo una vez más y huyó. Cada metro que recorríamos nos alejaba de una amenaza ya derrotada, pero nos acercaba a otra, mucho más grande y rodeada de incertidumbre.

19

En cuanto pasamos la cancela y la ayudé a desmontar en el camino antes de llegar a la casa, Mary exigió que la llevara con su hermano.

—Quiero verlo ahora mismo —dijo.

—Espera —le aconsejé—. Está muy oscuro, y estás descalza y congelada. Deja que busque una luz y algo para tus pies.

Miré la casa con inquietud mientras hablaba. Me daba miedo entrar, pero había que hacerlo. La nieve no era profunda y ambos conocíamos el camino incluso en la oscuridad, pero empezaba a preocuparme que Mary sufriera de congelación.

—Entraré —sentenció. Era, y sigue siendo, una mujer de gran valor. Acepté, agradecido.

A la oscura sombra del edificio, mientras abría la puerta, miré hacia la habitación de Esther. Apenas distinguía la ventana. Nada se movía, al menos nada que alcanzase a ver. Pero sabía que estaba allí. No fue mi vista la que me indicó que esos ojos malignos se clavaban en mí. Lo sentí en el alma.

Dentro de la casa, la agitación me recorrió el estómago, las piernas y hasta las venas. Mi cuerpo había estado acumulando miedo para liberarlo, con un aullido, en cuanto crucé el umbral. Solo la presencia estoica de Mary a mi lado impidió que saliera corriendo al frío.

Encontramos luces y un par de zapatos viejos junto a la puerta de atrás. Volví a saquear el baúl del vestíbulo y encontré un chaleco de hombre que, aunque no le daría mucho calor, evitaría lo peor del frío. Mientras buscaba, Mary avanzó hasta el pie de la escalera y estiró el cuello para ver el rellano.

—¿Está ahí arriba? —preguntó, y noté el miedo en su voz, que se equiparaba al mío.

—La encerré en su habitación —expliqué—. Con llave.

—¿Y la ventana?

—No había tiempo —respondí, preocupado—. Pero tendré que hacer algo, sino…

Mary me miró fijamente.

—¿Podría salir?

Asentí de forma sombría.

—¿Qué podría hacer?

Cerré el cofre.

—No lo sé. No estoy seguro de lo que la criatura es capaz de hacer. Pero creo… Creo que, si se le concede la libertad, antes de que encuentre a alguien o algo que la devuelva a su ser, morirá más gente.

—Es horrible —dijo, incrédula—. Nunca he oído hablar de algo así.

—Yo tampoco —concedí mientras le entregaba los zapatos y el chaleco. Volvimos a salir a la nieve y la tensión que me retorcía las entrañas se relajó un poco. Respiraba de nuevo.

Henry dormía, acurrucado en la paja de los establos, cuando su hermana lo encontró. No habló, le rozó el pelo con los dedos y, cuando el niño se despertó, lloró durante varios minutos sobre el hombro de Mary mientras le decía que había creído que su regreso era un sueño.

—No soy un sueño —aseguró ella mientras lo abrazaba—. Y no volveré a dejarte. Nunca.

—¿Vamos a regresar a Norwich? —preguntó Henry.

Mary se volvió hacia mí con los ojos entrecerrados y la duda en la mirada.

—No lo sé, Henry —reconoció—. Hay mucho que decidir.

La expresión del niño era de culpa cuando levantó la vista.

—El señor Treadwater ha sido muy amable conmigo. No me gustaría irme, salvo por…

Mary se veía impotente, partida en dos. No dijo nada y se limitó a frotarle las manos entre las suyas, evitando su mirada.

Me aclaré la garganta.

—Sois bienvenidos a quedaros, como he dicho. Más que bienvenidos. —Era cierto. Deseaba con desesperación que dijera que lo haría; tal era el miedo a quedarme a solas con Esther y esa voz—. Pero…

No sabía si era mejor que Henry permaneciese allí. Resolví que no era mi decisión. No era mi hermano. Tuve que admitir que sus posibilidades no eran favorables. ¿Adónde irían si se marchaban? Era pleno invierno. Incluso entonces, los ejércitos merodeaban por el corazón de Inglaterra. Aunque podían regresar a Norwich, y sin duda los acompañaría allí si lo deseaban, la casa de Lucy Bennett era poco mejor que un basurero de mala muerte, un sitio inadecuado para criar a un niño pequeño e inseguro para una mujer, incluso si convencía a la alcahueta de aceptarla de nuevo. Sin embargo, Mary tampoco encontraría trabajo ni refugio en Walsham. Había demasiada gente que la temía y la odiaba, y se había ganado enemigos poderosos; el magistrado, Hale y, sobre todo, Huxley encontrarían otros motivos para arrestarla si volvía a llamar su atención. Las últimas palabras de Manyon lo habían dejado claro.

Antes de que pudiera sugerirle que habláramos sin que Henry nos oyera, Mary se volvió hacia su hermano.

—Nos quedaremos, por ahora —dijo con dulzura—. Pero ya pensaré qué hacer después. No tengas miedo. Ahora estoy aquí y no te va a pasar nada. —Le dedicó una sonrisa tranquilizadora y él apoyó la cabeza en su hombro. Era como ver a una madre gata acomodar a su gatito mientras le permitía acurrucarse junto a ella y lo cobijaba bajo su barbilla.

Les dejé disfrutar de ese momento íntimo. Les entregué la linterna y regresé a la casa siguiendo las curvas de nuestras huellas por el jardín.

En los días que siguieron, sin que padre gestionara las finanzas y los inquilinos, y sin que Esther se ocupara de los asuntos domésticos, como las gallinas, el huerto, el invernadero, la cocina y la limpieza, me di cuenta de lo privilegiado que había sido y de cuántas cosas daba por sentadas un joven de buena familia. La lista de tareas que entonces dominaba mis pensamientos era muy larga.

Antes de nada, debía mantener a Esther a salvo. Tendría que haber sido un alivio que no se resistiera al cautiverio de ninguna manera física, pero no lo fue. Me sentía como a punto de entrar en batalla, consciente de que mi enemigo iba a atacar, pero sin saber cómo ni cuándo. Sus ojos me seguían siempre que entraba con alimentos y bebida. Comía y observaba impasible cómo vaciaba el orinal. Fue idea de Mary que me tapara los oídos con una bufanda para no oír la lengua envenenada de la criatura. Tomamos otras medidas, como eliminar los medios para encender velas y cualquier cosa que pudiera utilizarse como arma. El primer día tras mi regreso de Walsham, trepé, con ayuda de una escalera, por el muro de la casa y tapié la ventana con tablones de madera. Me sentí espantosamente cruel al golpear las clavijas de hierro sobre la piedra, pero no podía correr el riesgo de que se aflojaran. Cuando terminé, las tablas formaban una sólida celosía sobre las contraventanas, y resistieron todos mis esfuerzos por desprenderlas, desde dentro y desde fuera.

De forma discreta, en los días siguientes a su llegada, Mary comenzó a ayudarme. Ya no era una sirvienta, no exactamente, y, aunque yo empezaba a preguntarme cómo debía considerarla, ella evitaba hablar de los planes a largo plazo. Se ocupaba de buena gana de cualquier trabajo que hubiera que realizar, pero poseía lo que mi padre habría llamado unas ideas igualitarias; el segundo día, repartió la tarea de preparar la comida entre los tres, y después, el tercero, miró por encima de mi hombro las cuentas mientras hacía preguntas y ofrecía ideas. Me gustaba.

Una tarde de la semana siguiente a la liberación de Mary, estábamos en el estudio de mi padre. Suponía que entonces era el mío, pero era incapaz de verlo así. Era demasiado pronto. En unas pocas semanas, mi vida había dado un vuelco y, aunque la pequeña habitación y su biblioteca parecían iguales, con el mismo fuego en la chimenea y el mismo dintel robusto sobre la puerta, nada era como antes.

Antes, los tres, Henry, Mary y yo, habíamos preparado la comida juntos y en ese momento estábamos sentados alrededor del escritorio mientras comíamos pescado en salmuera y patatas almacenadas y bebíamos una cerveza pequeña. Parecíamos una confederación, como si estuviéramos conspirando. Bromeé que esperaba oír el golpeteo en la puerta de los hombres del rey en cualquier momento, que vendrían a llevarnos a la Torre.

—¿Cómo murió su madre? —preguntó Mary. A veces era muy directa, más que ninguna otra mujer que hubiera conocido, pero descubrí que no me importaba.

—Después del parto. Yo era muy joven, y no lo recuerdo.

—Era morena como usted —dijo, y señaló la pared de atrás, donde colgaba un retrato de mi madre, pintado cuando era una joven novia.

Era un cuadro sombrío y nunca me había gustado, pues prefería las numerosas representaciones que yo había imaginado de una chica más alegre. Llevaba un vestido sencillo de color grisáceo y un cuello blanco, el pelo negro recogido lejos del largo cuello. Tenía los ojos oscuros. Su nariz era corta y redondeada y sus labios estaban apretados formando una línea. Tal vez fuera hermosa en vida, pero no lo era en esa imagen. Sin embargo, parecía amable, y creo que habían sido felices juntos. Supuse que se parecía a mí. Es cierto que había heredado mi tono de piel tanto de mi padre como de mi madre, mientras que Esther no tenía ninguno de mis rasgos. Cuando éramos más jóvenes, le decía en broma que era sajona, mi hermana sajona.

La chimenea no tiraba como debía y la habitación se estaba llenando de humo. Abrí una ventana y aparté una pila de libros del calor.

Mary observó la pequeña biblioteca.

—¿Su padre guardaba aquí todos sus papeles?

Asentí. En algún momento tendría que revisar los documentos de su mesa. Hasta entonces, había evitado la tarea, desanimado por la idea de apartar las cosas como si fueran basura o de encontrar algún tesoro sin valor que terminase por conmoverme.

—Sí. Tengo intención de echarles un vistazo.

—¿Por qué no empezamos ahora? —propuso—. Henry y yo limpiaremos todo esto.

—No es necesario. —No quería que me sirviera.

Su voz se mantuvo firme.

—Haremos nuestra parte. Además, la tarea podría servirle de distracción. —Se abstuvo de nombrar el motivo, pero ambos miramos hacia el techo.

Acepté. Me resistía a empezar, pero tenía razón. Había que hacerlo.

Henry observó con curiosidad cómo sacaba una llave y abría uno a uno los cajones del escritorio de mi padre, de los que extraje pergaminos y libros de contabilidad, cartas y folletos. Cada cosa tenía su lugar, y todo estaba ordenado por tipo y luego por cronología. Pensé con cariño en las muchas noches que padre había pasado allí, almacenando y estudiando, leyendo tratados del continente que le enviaban amigos de ciudades más radicales. Por un momento, mientras mi mano se cerraba en torno a una historia de las filosofías helenísticas, recordé su entusiasmo, su pasión, en realidad, por todo tipo de conocimientos, y me sentí mortificado por el poco valor que yo mismo les había dado. Entonces, al tirar del siguiente cajón, me di cuenta de que estaba atascado y empecé a sacudirlo para intentar liberar lo que causaba la obstrucción.

Mary recogió los platos y le dio el pan a Henry.

—Lleva esto —le indicó—. Dejemos al señor Treadwater un rato de paz.

—Henry puede llamarme Thomas —dije mientras estiraba la mano hacia el fondo del cajón para agarrar algo atascado en una grieta de la base. Tiré—. Me gustaría que tú también lo hicieras. —Arrastré el papel hacia la luz.

—Thomas, entonces —consintió Mary. Levanté la vista y vi la sombra de una sonrisa. No la había visto antes con esa expresión, y me sorprendió su belleza. Borraba la preocupación de su rostro.

—No te sientas obligada a quedarte en la cocina —dije, y volví la vista al papel para no quedarme mirándola—. Usa el salón si te resulta más cómodo.

El documento, un poco arrugado por su estancia en el cajón, consistía en cinco o seis pergaminos independientes y desdoblados, todos invadidos por la apretada y pulcra letra de padre. Coloqué las páginas a la luz de la vela y entrecerré los ojos. Mary y Henry estaban a punto de salir de la habitación, pero se detuvieron cuando, tras empezar a leer, les dije:

—Esperad.

Mary se quedó en la puerta con Henry detrás de ella, hasta que les hice otra seña.

—Creo que tengo algo, pero…

Como tenía por costumbre, había ido directamente al final del documento para buscar un nombre o una pista que me indicara qué tenía entre manos. Ahí estaba, la firma de mi padre y, justo encima, una breve declaración:

«Escrito de mi puño y letra el 16 de agosto del año 1628 de Nuestro Señor, en presencia de Johannes Janssen, anteriormente del buque marítimo el Guldern, y también de mi pariente, John Milton».

Sentí una repentina opresión en el pecho. Milton. Mi tutor. El hombre cuyo resentimiento me había enviado a la guerra.

Volví al encabezado de la primera página y leí lo que seguía.

Habíamos llegado tarde. El Guldern llevaba navegando cinco miserables meses. Habíamos perdido al convoy semanas antes. Las olas y los vendavales actuaban en nuestra contra, por lo que los hombres menos experimentados gemían de angustia y vaciaban el contenido de sus estómagos por el costado del barco. Se trataba del estrecho de Kattegat, frente a la costa de Anholt, en Dinamarca, a finales de invierno, con cielos oscuros, angosto y traicionero, lleno de arrecifes y bancos de arena, tan poco profundo que nos estremecíamos como niños cada vez que el timonel arrastraba la pala, y yo le rezaba a san David, por mis pecados. Les pido perdón, pues sé que las gentes de aquí no soportan esas cosas, pero es la verdad, y así la cuento.

Teníamos que atracar, o acercarnos a la isla tanto como pudiéramos. Había calas en las que podíamos esperar a que pasara la tormenta, pero todos sabíamos que, si nos acercábamos demasiado, nos hundiríamos y nuestros huesos encharcados se unirían a los de sus compañeros en el fondo del mar. Al final, estuvo cerca. El capitán, un tipo enorme y quejica que nos llamaba perros y al que nosotros llamábamos hijo de puta, nos ordenó a gritos que tirásemos. Cerré los ojos y pensé en mi Lysbeth, en su cara pecosa, en mi promesa de volver, en su carne con hoyuelos…

Levanté la vista.

—Quizá sea mejor, después de todo, que Henry no lea esto —sugerí.

—No me quedaré solo —insistió con un gesto de horror en el rostro.

—No, hermano —dijo Mary—. Te llevaré a la cocina y Thomas vendrá a buscarnos cuando esté listo.

Cerró la puerta del estudio tras ellos.

Estiré el cuello hacia el techo. Ahí estaba de nuevo, el paso lento y pausado, la presión de los tacones sobre las tablas del suelo, amplificada como un gemido agónico que jugaba con mis nervios hasta destrozarlos.

Volví a concentrarme en la página.

Íbamos a esperar, había dicho el capitán, pero algunos murmuraban sobre florines de plata y otros, como yo, que soy un hombre pobre, y no hay ninguna palabra en la Biblia que prohíba intentar cambiar ese hecho, de mercancías: seda, especias y vino. Sería la voluntad de Dios, pero el barco condenado podría contener tesoros incalculables. La ley de salvamento lo permitía, pero el capitán se impuso. Ningún hombre abandonaría el Guldern. Cualquiera que lo intentara sería acusado de amotinamiento, pasado por la quilla y azotado en el timón, se le cortaría la mano derecha y luego iría a la horca. El bastardo lo decía en serio.

Echamos el ancla. La tormenta llegó antes del anochecer. El mar nos sacudió y la madera protestó. Los hombres se apiñaban en camarotes apestosos con los ojos abiertos y el estómago revuelto. Los que necesitaban cagar por el bauprés tuvieron que esperar, por lo que la cubierta de armas apestaba mucho más que de costumbre. Un muchacho de dieciocho años con una mata de pelo roja y rizada y los ojos hundidos hablaba de malos augurios y decía que había visto un albatros en la estela del barco. Un alemán corpulento que estaba a nuestro lado gruñó. Lo entendí, porque mi madre era de Sajonia: «No hay albatros en el estrecho de Kattegat, ni en el de Skagerrak, ni en todo el mar Báltico. Además, dan suerte. Zanahorio estúpido». Varios hombres se rieron, y yo también. El chico se quedó callado entonces. Pero todos pensamos en los malos augurios. Era inevitable en aquel lugar. Había algo que nos tenía a todos en vilo, tumbados juntos como cabras sarnosas en la oscuridad, pensando en cosas de mala muerte. Sin embargo, algunos también pensaban en dinero.

Los que estaban más cerca me oyeron decirlo, y no mentiré al respecto ahora; aquel barco se hundía, probablemente con una fortuna en mercancías. Mis amigos y yo decidimos que valía la pena el riesgo. Si el capitán había hablado en serio, y pensábamos que era más probable que el villano fuese a abordarlo por la mañana con sus compinches y a llevarse él mismo lo que pudiera, entonces le partiríamos el pescuezo; de lo contrario, se lo podría convencer de que aceptara una parte justa y mantuviera la boca cerrada. Si fuera necesario, podríamos atrapar a los oficiales y encerrarlos en sus camarotes, tal vez navegar en nuestro propio bote hasta Grenaa y allí conseguir un pasaje para Hamburgo o Londres. Significaría dejar a Lysbeth, pero sería rico, así que ya habría otras muchachas. Además, hasta entonces llevaba en la Compañía cuatro años, y lo único que tenía para probarlo eran menos dientes que cuando había empezado y un aliento más oloroso. Durante toda la noche, en susurros bajo el vendaval, busqué hombres que me apoyasen.

Pero por la mañana el cielo se había despejado y el barco seguía a flote. El capitán había cambiado de opinión. Debíamos abordar el barco, confiscar las mercancías, rescatar a los supervivientes y subirlos al Guldern. Repitió que cualquier hombre que escondiera aunque fuera un mísero grano de arroz permanecería encadenado hasta llegar a puerto. Yo no le tenía miedo. Estaba en forma y mejor alimentado entonces que ahora, a pesar de las escasas raciones a bordo.

Éramos doce, el capitán, su segundo, el cabrón del dueño, que no pensaba perder la oportunidad de llenarse los bolsillos, y el resto de los hombres comunes, procedentes de cinco o seis lugares distintos: Polonia, Alemania, Escandinavia, Rusia. No nos entendíamos todos, pero hacía más frío que en la fábrica de hielo del diablo, así que nadie quería hablar. Me fijé en el alemán de la noche anterior y en el muchacho pelirrojo. El capitán daba órdenes. La mercancía primero, los hombres después. Dio armas de fuego a los que sabían usarlas, lo que me incluía a mí. El resto llevaban garrotes. Cargamos garfios y cuerdas.

El abordaje fue fácil. Usamos los ganchos para atar las cuerdas e improvisar una escalera. Luego subimos a la cubierta principal. Miramos a nuestro alrededor y comprobamos cuánta agua había entrado en el barco. Calculamos el tiempo que le quedaba.

Nunca me he considerado un hombre valiente, ni voy a tratar de convencerles ahora de lo contrario, caballeros, pero confieso que me sentí codicioso, así que me adelanté cuando la mayoría aún acababa de subirse a la borda. Me adentré en un silencio más profundo que ninguno que haya conocido, más denso que en la iglesia. El resto se quedó atrás. Incluso el capitán parecía asustado. Pero se armó de valor, porque tenía que hacerlo, y dijo que la tripulación debía de haber huido. Eso no calmó nuestro nerviosismo. «Registrad el barco», ordenó. Nos señaló al pelirrojo y a mí y dijo: «Vosotros dos, a las cubiertas de popa».

Lo primero que noté fue el hedor. El chico se quedó atrás, así que fui el primero en bajar al camarote de popa. Se oyó un maullido en cuanto se abrió la puerta; un gato, una cosa sarnosa y esquelética, salió disparado de debajo de una mesa hacia la cubierta. Lo oí chillar cuando alguien lo apartó de una patada. Por lo demás, el camarote estaba lleno de pieles, cojines, alfombras e instrumentos caros. Sin embargo, percibí un tufillo a algo nocivo y demasiado maduro, como la carne cuando se deja al sol. No era agua de sentina, era putrefacción.

La mesa estaba ocupada. Había dos hombres desplomados en sus sillas. Uno tenía la barbilla apoyada en el pecho, pero el otro me miraba desde un rostro picado de viruelas. Se habían envuelto en las pieles más gruesas que jamás había visto; parecían cazadores esperando a desembarcar y llenarse los arcones de pieles de oso. Era extraño. El barco estaba agujereado, pero deberían haber tenido una oportunidad. ¿Habían muerto antes del naufragio? ¿Estaban enfermos, aquejados de alguna plaga invisible?

Detrás de mí, el muchacho tenía arcadas. Me tiró de la manga y murmuró algo sobre miasmas malignos. Lo ignoré. Había algo… El camarote tenía una puerta en el fondo que estaba cerrada, y sentí la necesidad de abrirla. Entonces llegó el grito, fuerte y agudo. Avancé más y el chico me soltó la manga. Se tapó la boca con una mano para protegerse de la enfermedad y de la mala providencia. Lloriqueó y dijo que estaba loco; luego salió corriendo.

Pasé por delante de los cadáveres. No eran los primeros que veía. No tenían heridas en los rostros y supuse que llevaban muertos al menos un día, no más de dos. Tal vez, como había pensado, habían sucumbido a la peste o a algún otro mal, pero su piel estaba lisa como el mármol, sin costras ni lesiones, ni marcas de los dientes del gato. Ignoré la tentación de hurgar en sus bolsillos. Hay una cosa que se llama «tentar al destino».

El ruido aumentó. Me pregunté si habría otro gato atrapado allí atrás. Al avanzar, tropecé, porque el barco se hundía a babor. Todo se movió, los cuerpos y los instrumentos se estrellaron contra el suelo y la mesa se deslizó tanto como la envergadura de un hombre por el camarote. Los cadáveres cayeron y se deslizaron hacia mí. Recuperé el equilibrio y empujé la puerta. Me encontré con un espacio oscuro y frío. El olor aquí era diferente. «Orina», pensé. Pero el ruido había cesado.

Ahora mis pasos iban cuesta abajo; el barco estaba muy inclinado. Las riquezas, el tesoro, el botín, de repente no eran más que fuegos fatuos, fantasmas. Allí había algo más, algo que respiraba y gemía, algo todavía vivo. Tanteé como un ciego. Con el arma en la mano derecha, di otro paso adelante.

«¡Johannes! ¿Dónde estás?». Era el capitán.

«¡Luz! —grité—. ¡Que alguien traiga una luz!».

«Nos vamos. Esta casa está llena de muertos. Sal de ahí y… —La frase quedó interrumpida cuando los gritos volvieron a surgir en la oscuridad que nos rodeaba—. ¿Qué es eso?». Cruzó la puerta y la luz que traía reveló los rincones de la habitación. No había muebles ni pieles, solo paredes de madera desnuda y, en una cesta con dos asas, cerca del casco, un bebé.

Se había incorporado por un lado, de modo que solo le veía la cabeza peluda y la manos regordetas agarradas al mimbre. Oía los ruidos de su boca. No sé mucho de bebés, ya que soy el hijo más joven de mi madre, pero calculé que tenía menos de ocho meses.

Dejé el papel y me imaginé la escena. Un bebé, solo en la oscuridad, con la única compañía de los muertos, respirando un aire con olor a putrefacción, con tanto frío que tenía que haber estado a punto de congelársele el cuerpecito. ¿Cómo había sobrevivido? ¿Qué había matado a su madre?

No todas mis preguntas tenían respuesta en las apretadas líneas, pero seguí leyendo, y diez minutos después me recosté de nuevo en la silla mientras me frotaba los ojos. Un relato increíble. Un testimonio sobre la locura. Costaba creer que padre hubiera pensado que valía la pena escribirlo, o hacerlo en presencia de un testigo. Mucho menos en presencia de un testigo como Milton, que difícilmente se creería una historia así más que yo mismo. Sin embargo, mi padre no era tonto. Si pensó que valía la pena documentar y guardar aquello, tenía un propósito. Sentí en lo más profundo del estómago que, de alguna manera, era relevante. Solo tenía que averiguar por qué.

Regresé al punto en el que el relato se volvía fantástico. Volví a estudiar las palabras. De un modo u otro, tenía que resolver el rompecabezas.

Extendió los brazos hacia mí. Las tablas se movían bajo mis pies; tenía que salir. Pero no podía dejar al chiquillo allí. Lo agarré. Sus dedos se cerraron alrededor de mis manos y me arañó el cuello y la cara. No lloraba, solo se pegaba a mí como una lapa.

Entonces algo nos sacudió, nos golpeó por estribor y bajo la quilla. Estuve a punto de caer, pero conseguí mantenerme en pie. El barco se hundía.

Se oyó un ruido como el de un arañazo en la parte inferior del barco y luego algo que se partía. Agarré el marco de la puerta con un brazo y al niño y la pistola con el otro. Tras las puertas cundía el pánico. El barco se inclinaba cada vez más y los hombres habían empezado a resbalarse y a caer por la cubierta. El capitán había desenfundado y apuntaba a algo más allá de la borda, por donde el barco se escoraba, aunque no veía a qué. Perdió el equilibrio y, aunque consiguió agarrarse al mástil, el arma cayó al mar.

Los otros hombres maldecían y arañaban la cubierta en busca de cualquier cosa a la que agarrarse. Yo me mantuve a un lado y avancé hacia la escalera y el bote, agarrándome a las portas de los cañones y las jarcias. Cuando patiné, me abalancé sobre el trinquete y lo rodeé con las piernas. Otro poderoso impacto golpeó el barco y casi me solté; había perdido el arma, pero conseguí desabrocharme el jubón y meter al bebé dentro mientras se agitaba y gritaba.

Vi cómo el pobre «zanahorio» se escurría. «¡Piedad!», gritó mientras caía por la borda. El dueño, con ambos brazos todavía abrazados al palo mayor, podría haber estirado la mano para agarrarlo, pero no lo hizo. En su lugar, el capitán y él abandonaron el mástil y se dejaron deslizar hacia la escalera. Iban a desembarcar. Yo iría con ellos.

Entonces… Mis buenos amigos, solo soy un marinero, y uno que ha bebido demasiado. Tal vez no estén dispuestos a creer nada de lo que diga que he visto, pero les aseguro de buena fe que lo hice. Fue entonces cuando lo vi.

Se alzaba a seis metros o más por encima del agua. Una cabeza enorme, como la de una serpiente de cascabel, pero cien veces más grande y con una crin negra. La mayor parte de su cuerpo era verde, pero aquí y allá, por tramos, era morado. Las zonas que habían golpeado el barco estaban rojas y magulladas. En su piel se acumulaban peces y erizos, y algunas partes sangraban. No me atreví a mirarlo a los ojos, pero vi su boca abierta mientras se revolvía y apuntaba las fauces al mástil. Si grité, no me avergüenza admitirlo. Vi cómo el gran leviatán salvaje, sacado de las profundidades del mundo, envolvía el castillo de proa con los anillos de su cuerpo y, al caer y estrellarse, emitió un sonido de pesadilla que no quiero volver a oír. El impacto hizo que me soltara. Caí desde la cubierta con el bebé, por la borda, al mar.

El golpe casi acaba conmigo. Ahora me ven hambriento, tras haber dedicado estos últimos meses a mantener al bebé con vida, pero entonces era fuerte. Me abrí paso hasta la superficie y me acerqué al bote de remos. No sé cómo, pero me las apañé para encaramarme a él. El bebé había tragado agua, así que lo sacudí y golpeé hasta que la escupió. Gritaba. El alemán estaba en el agua. Lo subí a bordo y, mientras el barco se hundía, cada uno tomamos un remo. Observamos la embarcación mientras nos alejábamos.

Los anillos del demonio se tensaron. Aprovechó su volumen para aplastar el castillo de proa y lo apretó poco a poco hasta que todo se resquebrajó como si fuera una astilla. No sabría decir qué tamaño tenía. Parte de su cuerpo sobresalía del agua, pero no sé si eso era todo. Sus mandíbulas emitían un sonido diabólico al destrozar la cubierta. Mientras remábamos por nuestras vidas, partió el barco en dos, y la mitad se hundió con el monstruo bajo las olas. El resto lo siguió en pocos minutos.

La niña también miraba. Sin llorar.

Me dolía la cabeza. Releí la breve declaración al final de la página, vi el nombre de mi padre y el de mi antiguo tutor, y me dolió aún más.

Bestias marinas. Bebés abandonados. ¿Qué era aquello? ¿Por qué mi padre había escrito aquella historia en primer lugar, y por qué la había guardado tanto tiempo?

Comprobé el año. 1628. El relato, si no los hechos que narraba, pues me costaba creer que fueran reales, tenía poco menos de dieciséis años.

«La niña también miraba».

«La niña».

«Esther».

Esther tenía poco más de dieciséis años.

Cómo deseaba tener a mi padre sentado ante mí, aunque solo fuera por unos momentos, para que compartiera sus pensamientos conmigo e iluminara los rincones sombríos del pasado. Pero el barquero no se desvía de su curso, ni el mundo vuelve sobre sus pasos. Estábamos solos.

Por supuesto, como no podía ser de otra manera en un mundo tan revuelto, el único hombre que tal vez tuviera algunas respuestas era el que menos razones tenía para dármelas: John Milton.

20

—¿Qué recuerdas de tu infancia? —pregunté.

No había vuelto a atarla a la silla. Odiaba ver cómo la cuerda le irritaba la piel y le dejaba unas ampollas rojizas que ya se habían vuelto moradas. A Esther no parecía importarle estar atada o no. Sospechaba que era un asunto de poca importancia para la conciencia que entonces dominaba en su interior. Tenía los ojos cerrados y no daba señales de haber escuchado la pregunta. La luz del atardecer daba un toque rosado a sus mejillas. No parecía cansada, pero yo estaba tan agotado que me preguntaba si estaba en un sueño, si me despertaría la víspera de Newbury, aterrorizado por la batalla, pero con un enemigo contra el que podía luchar.

—Recuerdo poco de tu infancia —dije—. Tengo recuerdos más claros de ti cuando eras una niña de cinco o seis años, pero antes de eso… ¿Hay algo que puedas contarme? ¿Algo que te parezca que no sea como debería haber sido?

Era inútil. Era la tercera vez que preguntaba, pero era como hablar con una estatua. Nada de lo que decía, si me dirigía a Esther y no a la cosa que tenía dentro, parecía tener efecto alguno.

Sin embargo, no quería hablar con la criatura. Sus palabras eran mentiras. Su voz era un cuerno que sonaba a condena. Enfrentarse a ello supondría la derrota.

Pensé en los acontecimientos del día que acababa de pasar. Me había levantado temprano, sabiendo que me esperaba una tarea que había ignorado y que ya no podía retrasar por más tiempo. Una vez terminados los trabajos habituales de la mañana, monté a Ben y me despedí de Mary y Henry. Tras explicarles la importancia de lo que tenía que hacer, elegí un camino hacia el este y cabalgué hacia el sol. El viaje por los campos sobre la tierra dura y rugosa fue como una liberación. Había rapaces al vuelo sobre los setos, las colas de los conejos huían en la distancia y un vasto cielo pálido se extendía en las alturas, las nubes apenas agitadas.

Pasé por Honing, donde se encontraba la pequeña casa de John Rutherford, cerca de la herrería. Llamé a la puerta y esperé. Al no obtener respuesta, me dirigí a la parte de atrás y encontré la puerta sin la llave echada. Tras dudar unos instantes, entré llamando a Rutherford por su nombre.

Varias horas más tarde, emprendí el agotador camino de vuelta a través de los campos. Ya sabía por qué el cazador de brujas no había asistido a la cena en casa de Huxley y por qué se había ausentado del calvario de Mary delante de San Nicolás. Ojalá pudiera volver al tiempo en que ignoraba los motivos, pues el conocimiento era un cáliz envenenado.

Antes de llegar a casa, me detuve en la iglesia.

No era nuestra iglesia. Mi padre prefería la congregación más grande de Walsham, y había dicho que allí había detectado un tufo a costumbres antiguas, restos de los días corruptos de los monjes y los indultadores. Tal vez tuviera que ver con los rumores de un pequeño agujero del cura, un refugio contra tormentas tallado en los gruesos muros de la torre cuadrada y achaparrada. Siempre me había gustado la idea de aquel elemento secreto y, de niño, a menudo me imaginaba a mí mismo dentro, con la cabeza recostaba bajo sus piedras susurrantes. Pero nunca me lo permitieron.

Al acercarme al pequeño cementerio amurallado, reflexioné que siempre lo había preferido a la elegancia de las grandes iglesias de Worstead y Walsham. Poco tenía que ver con la santidad. Me gustaba la tranquilidad, la paz.

Nunca hacía calor en la iglesia, y los cristales lisos e incoloros apenas dejaban pasar la luz, ensombrecida por los antiguos cuadrifolios. Sentí un escalofrío al abrir la puerta, pero nada comparado con el frío que ya se había instalado en mis huesos desde la visita a Honing. Me arrodillé ante el altar de la pequeña capilla de Nuestra Señora. Ya no había estatua de la Virgen, por supuesto. Según mi padre, en los tiempos de su abuelo había un lujoso altar lateral, pero hacía tiempo que había sido sustituido por una sencilla mesa de comunión, cuya inscripción, tallada en oro sobre verde, hablaba de su finalidad, un lugar donde todos pudieran participar del cuerpo y la sangre de Cristo.

Nunca me había sentido espiritual, a pesar de que mi padre me había dicho que estábamos bendecidos por Dios, a pesar de que Esther había tratado de convencerme y a pesar de que Milton había hecho todo lo posible para extraer de mí algún sentimiento genuino a través de la repetición de memoria y de horas de estudio de la Biblia, hasta que las palabras se instalaron por su cuenta en mi cabeza, quisiera yo o no. Los misterios de la fe me habían eludido. A veces, me había preguntado si me habría sentido de otra manera si hubiera nacido un siglo antes y hubiera escuchado misa los domingos, el canto melodioso en latín desde el coro alto, las peticiones susurradas a la comunidad de los santos y las súplicas a la Virgen por su compasión para acceder así a la misericordia de Dios. No lo creía.

Sin embargo, al arrodillarme entonces ante la mesa de madera y cerrar los ojos, de manera inexplicable, mi carga se aligeró. Me sentí capaz de erguir los hombros un poco más y de ahuyentar parte de la rigidez de mis miembros. Sabía de una oración a María que a algunos católicos aún les gustaba recitar en secreto, una plegaria de expiación, pero no conocía todas las palabras. En cambio, dejé que la prístina soledad del lugar me bañara y me limpiase. Sentí que el peso del pecado me abandonaba y que la fuerza fluía, no sabía de dónde.

Salí de la iglesia sabiendo lo que tenía que hacer.

Con los sucesos del día tras de mí y sentado ante mi hermana, le dije:

—Lo siento, Esther. Te he fallado. He fallado en mantenerte a salvo. Soy el arquitecto de mis propias penas, y ahora lo soy también de las tuyas.

Me levanté para irme.

—Lo has visto —dijo lo que no era Esther—. Y tienes miedo.

Me detuve y me di la vuelta. Cerré los ojos y traté de rechazar la imagen que me asaltó, pero era indeleble, como había sabido que ocurriría. John Rutherford colgaba inerte de las vigas de su propia casa con la mandíbula y el cuello hinchados, la piel morada y los ojos sobresaliendo de su rostro desfigurado. Su lengua descansaba como una babosa grisácea apoyada en su labio inferior y, en algún momento de aquella danza macabra, se había quitado los zapatos a patadas. Sus pies descalzos y la parte inferior de las piernas estaban negros, allí donde la sangre había sucumbido a la fuerza de la gravedad, y luego se había acumulado en su interior, de modo que tenían el aspecto de cortes de carne podridos.

—Me temo que sí —reconocí—. ¿Cómo lo convenciste de hacerlo?

—Le hablé de su hijo. Su llanto lastimero al pedir leche. La forma de su estómago distendido, la grotesca parodia de sus rodillas, descomunales en comparación con su cuerpecillo. El terror en sus ojos cuando la cara empezó a ponérsele amarilla. El ruido lastimero al roerse los puños de hambre. No fue difícil. La pena del hombre era como una pesada capa que nunca podría quitarse, tejida con los hilos más finos.

Quería golpearla y arrancarle esa voz, hacer cualquier cosa para silenciarla.

La repulsión me poseyó, como la criatura la había poseído a ella, hasta que pensé que me dejaría llevar por un arrebato de violencia. Aun así, la voz no cedía.

—¿Qué sentiste al enterrarlo con tus propias manos? ¿Al ocultar el trabajo de las mías?

«No es Esther. No es ella».

Salí de la habitación.

Mi plan dependía de conseguir proteger a Mary y a Henry. No pensaba dejarlos solos todo el tiempo que necesitaba, no a menos que encontrase una manera de aplacar la malicia de la criatura.

—No podemos encerrarla para siempre —dije.

—No —coincidió Mary. Tenía el ceño fruncido y se paseaba por la cocina con los brazos cruzados. Empezó una frase, pero luego se detuvo, tamborileó con los dedos en el codo y entrecerró los ojos.

—¿Qué? —pregunté.

—Nada.

Pero era algo.

—¿Qué has pensado?

Vino a sentarse a mi lado y se sirvió cerveza.

—¿Y si encontrásemos algo, alguna droga, que la hiciera dormir? ¿Que la silenciase? Entonces podrías… —Pensó de nuevo—. Podrías ir a Chalfonte, encontrar al señor Milton y descubrir todo lo que puedas. Mientras, yo me quedaría aquí para vigilarla. No tendríamos que inmovilizarla, solo mantener la puerta cerrada.

—¿Harías eso? —pregunté, sorprendido.

Asintió.

—No es solo que tu padre me ayudase. —Agachó la mirada y sus mejillas enrojecieron—. Eso es importante y siempre se lo agradeceré, pero la verdad es que Henry y yo no tenemos otro sitio adonde ir.

Así que buscamos juntos en el cobertizo de macetas y olimos, frotamos o probamos cada planta, las identificamos todas —dedalera, brionia, beleño, aloe vera, membrillo…— e investigamos el contenido de los frascos. Esther había sido muy diligente a la hora de etiquetar sus botes y brebajes, y los libros de botánica de mi padre nos ayudaron cuando nos hizo falta saber más sobre los efectos de una planta en particular.

—Aquí —dijo Mary tras apartar una maceta de perejil para enseñarme un fajo de papeles en un estante húmedo.

—Es de Esther —apunté—. Sus recetas.

Lo llevamos a la casa para hojearlo. En ellas, Esther había anotado cuidadosamente los nombres de las plantas que conocía y amaba, pero nos llevó tiempo interpretar sus caprichosos garabatos. Por fin, encontramos una receta clasificada como un anestésico. Me estremecí cuando vi los ingredientes; junto a cosas inofensivas, como la bilis de cerda, vinagre y lechuga, había nombres más siniestros, como jugo de cicuta, beleño y amapola blanca.

—Mira —dijo Mary mientras estudiaba la página con detenimiento—. Dice que hay que mezclar esto con vino, hacerla beber y, cuando queramos que se despierte, reanimarla con vinagre y sal. Da las cantidades. Esto debería servir para dormirla.

—O matarla. No puedo darle esto —dije, desesperado.

Mary agarró el libro. La expresión que tenía escrita en la cara denotaba que se estaba librando un conflicto en su interior. Al final, dejó el tomo con esa tranquilidad y lentitud tan suyas.

—Es tu hermana. No puedo decirte qué hacer.

En el jardín, Henry perseguía a Guppy y se dejaba perseguir por el mastín. Sonrió cuando rodaron juntos sobre la nieve.

—Dime qué harías tú si fuera Henry.

Mary apartó la mirada.

— ¿Me creerías si te lo dijera?

—Te creería —aseguré con firmeza.

Se mordía la uña del pulgar, pero se detuvo.

—Creo que lo haría. Incluso teniendo en cuenta el peligro, el riesgo de que alguien la encuentre así… Tú mismo has dicho que, si la descubren, la quemarán. Y ahora el peligro es aún mayor, dado el destino de Rutherford. La acusarán de su muerte si lo encuentran.

Sombrío, dije:

—No lo encontrarán.

Rutherford nunca me había gustado. Había sido un hombre mojigato y vanidoso, pero tumbarlo de espaldas en un hoyo poco profundo y cubrir de tierra su cuerpo envuelto con torpeza había sido una de las cosas más difíciles que había hecho. Había llorado por Rutherford, que yacía en un lugar que no le correspondía. No estaba con su Hacedor en tierra consagrada, al lado de la familia que había perdido, sino en una zanja sin bendecir en un bosquecillo de robles y abedules.

También había llorado por Esther. Mi hermana, que había salvado el huevo del grajo porque no soportaba ver sufrir a los indefensos. Cómo había llorado por ella.

Mary habló con cautela:

—Incluso si no lo hacen, Esther se encuentra lejos de estar libre de sospecha. Se conoce su relación, y ya son cuatro personas de su entorno las que han muerto o desaparecido. Comprendo tu reticencia, y Dios sabe que temo a la droga tanto como tú, pero mantenerla cerca y en silencio mientras buscamos respuestas en otra parte tal vez sea la única manera de salvarla.

Recorrí con la mirada el suave óvalo de su rostro, primero de manera escrutadora, luego, sin quererlo, con admiración. A pesar de todo lo que había sufrido, no creía que Mary le guardara ningún rencor a Esther.

Me percaté de que era consciente de que la miraba.

—Mary, yo…

Se sonrojó y se levantó. Fue suficiente para silenciarme.

—Avivaré el fuego —dijo—. Se está apagando.

21

Nos llevó varios días obtener la mezcla adecuada. Nos faltaban uno o dos ingredientes, pero al final conseguimos una tintura que se ajustaba más o menos a la receta. Esther no se resistió a la droga. Se la ofrecí como si fuera vino y se la bebió con tranquilidad. Durante varios minutos, pareció que no había funcionado. Luego, la voz se redujo a un lánguido susurro.

Comenzó así:

—Los antiguos egipcios adoraban a Apofis como la encarnación del caos. Apofis, aquel que rodeaba el mundo, era el enemigo mortal de Ra, el dios del sol, pero como Ra lo superaba en poder y lo había vencido, Apofis tenía que esconderse de él. Pero no pudo vencerlo del todo. Todas las noches, tras ocultarse bajo el horizonte, atacaba la nave del dios del sol e intentaba atrapar a su rival entre sus anillos, sin cejar nunca en su empeño de recuperar su poder. Sus adoradores lo creían responsable de las tormentas, los terremotos y la desaparición del sol tras la luna.

Estaba acostumbrado a sus interminables narraciones. Me evadí a otra parte. Cuando los hombros de mi hermana empezaron a hundirse y su rostro se relajó hasta caer en el sopor, la cara que ocupaba mi mente era la de Mary. Pronto, la boca de Esther, que seguía murmurando historias de dioses serpientes y demonios del caos, perdió la capacidad de formar las palabras. Momentos después, le alcé la cabeza, que se le hundía en el pecho. Estaba dormida.

La levanté y pasé ante la ventana, hacia la cama. Se me llenó el corazón de angustia al pensar en la diferencia entre Esther, que pesaba tan poco como Henry, y Rutherford, cuyo cadáver había sido casi demasiado para mí. Era tan ligera que un soplo de aire podría llevársela. Era inquietante pensar que, si lo que sospechaba era cierto, su cuerpo albergaba ahora dos conciencias, mientras que la de Rutherford había quedado reducida a la carne tras haberse disipado el alma de su interior; ¿quién sabría adónde habría ido?

La deposité con cuidado sobre las almohadas y acerqué la cama a la ventana mientras me preguntaba si sería una tontería pensar que tal vez apreciaría la luz. Cuando estuvo bien arropada, como si tuviera cinco o seis años y esperase a que le subieran una taza de leche, me senté a su lado y le aparté el pelo rubio de los ojos. Empecé a recitarle el catecismo.

¿Cómo sabes que tienes alma?

Porque la Biblia lo dice.

¿En qué condiciones creó Dios a Adán y Eva?

Los hizo santos y felices.

¿Qué es un pacto?

Un acuerdo entre dos o más personas.

¿Qué pacto hizo Dios con Adán?

El pacto de obras.

¿A qué estaba obligado Adán por el pacto de obras?

A obedecer a Dios en todo.

¿Qué prometió Dios en el pacto de obras?

Recompensar a Adán con la vida si lo obedecía.

¿Con qué amenazó Dios en el pacto de obras?

Con castigar a Adán con la muerte si desobedecía.

¿Cumplió Adán el pacto de obras?

No; pecó contra Dios.

¿Qué es el pecado?

El pecado es cualquier falta de conformidad o transgresión de la ley de Dios.

¿Qué se entiende por falta de conformidad?

No ser o hacer lo que Dios requiere.
¿Qué se entiende por transgresión?
Hacer lo que Dios prohíbe.
¿Cuál fue el pecado de nuestros primeros padres?
Comer el fruto prohibido.
¿Quién los tentó a cometer este pecado?
El diablo tentó a Eva, y ella le dio el fruto a Adán.

Al oír un ruido en la puerta abierta, me detuve y, al volverme, vi a Mary. Había subido la escalera y me escuchaba recitar. Esperó con los brazos cruzados sobre el pecho hasta que terminé.

—¿Te gusta el catecismo? —le pregunté cuando asomó la cabeza por la puerta.

—Mi familia no era muy religiosa —respondió, y se encogió de hombros—. Íbamos a la iglesia, claro, pero creo que a padre le importaban más las formas que el fondo. Luego, cuando madre y él murieron, tuvimos menos oportunidades. Creía en Dios, pero de forma imperfecta —terminó.

Asentí, comprensivo.

—Aquí fue muy diferente. Después de la muerte de mi madre, mi padre encontró consuelo en la religión. Se volvió cada vez más devoto. Esther siempre fue como él, pero yo... —Di toquecitos con las yemas de los dedos mientras me esforzaba por encontrar las palabras adecuadas, consciente de que iba a compartir y exponer una parte de mí de una manera que siempre había creído y me había jurado que nunca haría—. Siempre me pareció que se daba demasiado por sentado. Demasiado absolutista. Mi padre hizo todo lo posible por ser paciente, pero me temo que fui una gran decepción para él. Mi duda lo torturaba.

Mary me miró durante un instante prolongado con una mirada equilibrada y tranquila. No había juicio en sus ojos.

—La fe en Dios es algo personal —dijo—. Una cuestión de conciencia. No la ejercemos por los demás. Ni siquiera por los que amamos.

—Eso es —asentí con entusiasmo—. Justo eso. Para él era muy real, pero yo lo sentía como una actuación. Me despreciaba por ello. A veces, incluso lo despreciaba a él. Siempre estaba desesperado por que lo viera a su manera. Creo que por eso me envió con Milton. Creyó que prevalecería donde él había fracasado.

—Como si algún joven hubiera cambiado de opinión para complacer a sus mayores —comentó con una sonrisa irónica.

—Amonestarme y obligarme a recitar ideas con las que no estaba de acuerdo fue una absoluta pérdida de tiempo —dije con amargura.

—¿Por eso dejaste a Milton? ¿No consiguió hacerte cambiar de opinión?

Negué con la cabeza.

—¿Qué pasó, entonces? —preguntó.

No quería contárselo. La vergüenza todavía me anudaba las entrañas y retenía las palabras como rehenes. Entonces recordé que le había exigido revelarme sus secretos cuando volvíamos a casa desde la cárcel. No era justo pedirle la verdad y mantener ocultos mis propios pecados. Despacio, toda la sórdida historia salió a la luz. Elizabeth y la ira de Milton. El regreso a casa. La muerte de Elizabeth. Cómo había sabido, de algún modo, cuando me la llevé a la cama, lo que estaba haciendo. Que la había usado como un medio para un fin, aunque me lo hubiera negado en el momento. Y cómo Elizabeth, aunque mi cariño por ella había sido bastante real, había pagado el precio.

—Me sería imposible sentirme más avergonzado —confesé—. Me da miedo enfrentarme a él.

Esperaba que me dijera que todo iría bien, que encontraríamos otra solución ingeniosa y que lo resolveríamos juntos. Se quedó con la vista clavada en el suelo durante varios segundos y golpeteó en el umbral con el pie enfundado en su zapatilla. Luego me miró a los ojos.

—Sí —dijo—. Entiendo por qué se enfureció contigo. Obraste mal.

Eso me produjo un nuevo torrente de vergüenza.

—No puedo... No puedo ir a verlo —musité—. Tiene que haber otra manera. Tiene que haberla. —Incluso mientras hablaba, odiaba mi propia cobardía. Sin embargo, anhelaba una salida. Un camino más fácil.

—No creo que la haya —replicó Mary en un tono más duro—. A veces solo hay un camino. Además, ¿no es hora de perdonarse por los errores del pasado? Si Milton no hace lo mismo y no está dispuesto a ayudarte, en ese caso, se negará, pero eso es todo. ¿No es un riesgo que estás dispuesto a correr, por Esther? —Sus ojos seguían sin juzgarme, pero tampoco me ofrecían falsas verdades; no se guardaba nada. «Debes hacerlo», decía su expresión.

¿Qué era lo que le había dicho a mi padre hacía apenas unas semanas? «Ahora tienes delante a un hombre. No volveré a fallarte». Mis emociones se enfrentaron entre sí hasta que rompí el difícil silencio con la única respuesta posible.

—Por supuesto.

Mary sonrió con poco entusiasmo. Miró hacia Esther.

—¿Duerme?

—Sí.

Se acercó de puntillas con la mirada fija en ella.

—Qué pequeña es. Como una muñeca. ¿Respira bien?

Lo comprobamos. Su pecho subía y bajaba a un ritmo constante. Mary se acercó a los pies de la cama y se sentó. Parecía agotada; tenía la piel casi translúcida, pero lucía unas profundas ojeras moradas. Me di cuenta de la preocupación que había ocultado, de lo bien que la había enmascarado.

—¿Estás bien? —pregunté.

—He estado menos cansada —admitió—. Pero sí. Ella duerme, y yo estoy bien. —Hizo una pausa y luego, con una voz más tenue, añadió—: Me pregunto si será un alivio para ella, para Esther, quiero decir. O si...

—¿Si será peor? ¿Estar atrapada en su propia cabeza, con eso? —Había expresado mi propio miedo. Asintió—. No lo sé. Solo me queda esperar que esté en un lugar más pacífico.

Hacía frío en la habitación, como siempre. Pero el frío tenía una cualidad de vacío, como si fuera el resultado de la aspiración del aire. Mary se abrazó el cuerpo.

—¿Qué crees que es? La criatura.

Pensé en su conocimiento antinatural de las cosas, del futuro y del pasado, y en las crueldades con las que parecía deleitarse.

—Creo que es una especie de fuerza elemental. ¿Un demonio? ¿Un semidiós? O algo que cree serlo.

—¿No es el diablo? —Al hablar, le tembló la voz. Para ser una gente tan preocupada, lo nombrábamos muy pocas veces.

Hubo un tiempo en que le hubiera dicho, al menos a ella, si no a nadie más, que no creía en el diablo, pero en ese momento solo me encogí de hombros.

—No lo sé.

—Sea lo que sea, es malvado. —Sonaba segura.

Hice una pausa.

—No lo sé. Creo que está enfadado. Creo que está atrapado.

—Suena como si le tuvieras lástima.

—¿Tú no?

Negó con la cabeza.

—Tal vez tuviera que buscar ese sentimiento en mi interior, en algún lugar, pero no, no me da pena. Nos compadezco a nosotros.

Por fin, encontré el valor para decirlo.

—Pero esta no es tu lucha. Podrías tomar a Henry e irte. No te dejaría marcharte sin dinero; no hay necesidad de que te quedes aquí si no lo deseas. Podrías irte.

—Sí —aseguró, y el miedo se apoderó de mi estómago—. Podría. Pero no lo haré.

—¿Por qué te quedas? —pregunté mientras alisaba las sábanas alrededor de Esther, aunque no hacía falta. Apenas me atrevía a mirarla.

Se levantó y dio tres pasos hacia mí. Su mano buscó la mía, que yacía en la cama, y se cerró sobre ella. Bajó la mirada. Su tacto me calentó. Esperamos y observamos.

Viajé rápido, ligero, sin querer arriesgar el caballo, pero sin tener más alternativa. Cada día que pasaba fuera de casa, ponía a Mary, a Henry y a Esther en un peligro mayor.

No podía permitirme el lujo de que me detuvieran o de que me interrogaran en algún puesto militar demasiado entusiasta por conocer mis razones para viajar en esa extraña época del año. Me mantuve en los caminos menos transitados, aquellos que eran lentos y sinuosos, rocosos y llenos de agujeros, o populares entre los bandidos y ladrones, con la espada siempre cerca, y dormía, tembloroso, entre matorrales y setos. Guardaba la carta de Manyon cerca del pecho, con su sello y sus permisos, consciente de que tal vez no bastara si un oficial curioso quería saber por qué yo, sano y en edad de combatir, no estaba con uno u otro ejército o, peor aún, si me consideraba un espía monárquico.

Tuve suerte. El tiempo aguantó y avancé bajo un cielo despejado que me permitió dormir sin congelarme, o casi. Al final del cuarto día, me aproximé a Chalfonte desde el norte, sediento y famélico.

Había muchas posibilidades de que el dueño de la casa estuviera ausente. Los violentos tumultos de aquellos tiempos habían dispersado a los hombres como las semillas de los cultivos. Tal vez Milton se hubiera marchado al continente, o a Londres, como tantos otros.

De nuevo, tuve suerte. Cuando la puerta se abrió, reveló un rostro que reconocí, y su expresión me indicó que su dueña también me recordaba. Era una mujer corpulenta, de ojos pequeños y cara enrojecida, con un pelo gris perfectamente recogido bajo una impecable cofia blanca. Su desprecio al verme hizo que las mejillas se le enrojecieran más. Me sentí avergonzado, lo que provocó un efecto similar en las mías.

Hablé con falsa confianza.

—Señora Bern —dije—. Me alegro de volver a verla.

Me miró de arriba abajo y se fijó en mi aspecto desaliñado y mi ropa de viaje sucia. Estaba seguro de que apestaba, aunque deseaba no hacerlo, ya que nunca había gozado de la simpatía de aquella mujer, el ama de llaves y cocinera de Milton, ni siquiera cuando estaba aseado. No podía culparla. En los tres años que pasé en Chalfonte, le había robado pasteles, había ignorado sus toques de queda y me había burlado sin cesar a sus espaldas. Luego, cuando no me vigilaba, había hecho lo mismo con toda la familia. Ahora veía aquellos días de forma muy diferente y lamentaba no haber tenido tiempo de enmendar mi error.

—¿Está el señor en casa? —pregunté.

—Está aquí —respondió de mala gana.

—¿Podría anunciarme, por favor? —pedí cuando no me invitó a entrar.

Con evidente reticencia, cerró la puerta tras de sí y se retiró al interior. Me apoyé en el marco y dejé que soportara mi peso, pero me volví a incorporar cuando la puerta se entreabrió una vez más.

—No te recibirá —dijo. ¿Era lástima lo que detectaba en su rostro?

Dejé que mis ojos se cerraran y sopesé las palabras que podrían conmoverlo. Entonces hablé:

—Dígale… Dígale que Richard Treadwater ha muerto y que vengo por asuntos de Dios. Por favor.

Parecía que fuera a negarse, pero, al final, suspiró.

—Será mejor que entres —indicó—. Pasa a la cocina. Hablaré con él, pero ya sabes cómo es.

El alivio que sentí me debilitó.

—Gracias —dije, y me reprendí por todas y cada una de las veces que le había complicado la vida a aquella buena mujer.

Se rio para sí misma.

—No me des las gracias todavía, muchacho. Aún es posible que te den la patada. No tiene tiempo para necios.

La cocina estaba tan ordenada y meticulosa como la recordaba. Los cacharros de peltre, las tablas de cortar de madera, las espumaderas de cobre, las tazas de metal y las jarras de cerveza colgaban en sus sitios, todo limpio y bien dispuesto. El suelo estaba impecable, sin una telaraña ni una pelusa en los caballetes de la mesa de roble, donde la señora Bern se ocupaba en ese momento de aporrear una serie de chuletas de cordero con sus robustos brazos para someterlas a su voluntad; cada golpe liberaba una bocanada de harina en el aire que me hacía toser.

—Está escribiendo —dijo, e hizo una pausa para martirizar a otra chuleta—. Ya sabes cómo va.

Lo sabía. Recordaba cómo pasaban los días sin que Milton saliera de su biblioteca. De vez en cuando, sonaba la campana y la señora Bern o alguno de los otros sirvientes se apresuraba a entrar para ver si necesitaba comida o bebida. Otras veces, cuando nuestro tutor se impacientaba demasiado como para esperar, la puerta se abría apenas una rendija y los dos o tres estudiantes le oíamos pedir tinta o velas.

—El leopardo no cambia de manchas —dije.

Bern sacudió un poco la cabeza.

—No sé yo. Se casó el año pasado.

—¿Tomó una esposa?

—Se podría decir que sí. Una chiquilla, en realidad. Pero ya no está.

Por un momento, pensé que el ama de llaves aludía al luto.

—¿Murió?

—No. Se marchó.

—¿Adónde fue?

La mujer volvió a encogerse de hombros.

—Volvió con su gente. Desde entonces, está con un humor de perros.

No comenté que eso no suponía ningún cambio en lo que a mí respectaba.

—¿Qué dijo? —pregunté—. ¿Al hablarle de mi padre?

Levantó los anchos hombros mientras espolvoreaba harina con generosidad.

—Algo de la hierba y una flor que se marchita. No le presté atención.

Hablé en voz baja:

—«La hierba se seca y la flor se marchita, pero la palabra de nuestro Dios permanece para siempre». —Cuando mi interlocutora frunció el ceño en señal de confusión, expliqué—: Es de Isaías.

—Si tú lo dices —dijo mientras aporreaba la última chuleta—. ¿Quieres más cerveza? ¿Pan y queso?

—Cerveza no, gracias. He bebido lo que necesitaba. Pero agradecería un poco de pan. Los esfuerzos del camino me pesan. ¿Le importaría si me llevo una palangana fuera y me lavo?

—Sírvete tú mismo —dijo—. Ya sabes dónde está todo.

Parecía desconcertada, y me pregunté si había cambiado tanto.

El agua del barril estaba cubierta por una fina capa de hielo que tuve que romper. Me salpiqué la cara y el cuello. De pie, en la fría sombra al oeste de la casa, mis pensamientos viajaron una vez más al pasado, y casi imaginé que volvía a tener dieciocho años. Sin embargo, aunque considerase el tiempo que había pasado allí como una tortura, un encarcelamiento antes de la libertad que garantizaba la verdadera hombría, el instante que estaba experimentando me parecía una liberación. Si mantenía los ojos cerrados y no pensaba en nada, tal vez consiguiera desterrar los pensamientos de monstruos.

Pero no por mucho tiempo. Justo cuando me llevé las manos a la boca y tomé agua, una tos grave me alertó de una nueva presencia. Tragué, me sacudí el agua de las manos y me di la vuelta.

Mi antiguo maestro me había pillado desprevenido y me observaba a unos tres metros de distancia. Milton era un hombre bajo y de una delgadez autoimpuesta. Corría el rumor entre sus alumnos que había adquirido el apodo de la Dama de Christ's College durante su estancia en Cambridge, y a ninguno le había sorprendido. Parecía mucho más joven que la edad que tenía en realidad. No había sido contemporáneo de mi padre —se llevaban unos cinco años de diferencia—, pero podrían haber sido padre e hijo por la edad que aparentaba, aunque no con relación al aspecto.

Mientras que Richard Treadwater era moreno y de semblante adusto, salvo cuando sonreía, Milton era pálido y de formas moderadas. La paleta de grises claros que entonces le salpicaba el pelo no contrastaba con su castaño claro natural. Sus cejas no destacaban y, bajo ellas, sus iris no tenían ningún tono determinado. Se lo podría haber confundido con un enclenque si no fuera porque había algo en su mirada que te atravesaba como una lanza, y que era un indicio de la mente que albergaba. Sin embargo, era igual de probable que te mirase sin parecer verte en absoluto; siempre había considerado a Milton como alguien cuyo mundo interior era tan verdadero como el mundo real para el resto de nosotros.

Había imaginado la escena una y otra vez, y había pensado en arrodillarme para implorar su perdón, pero en ese momento el gesto me resultó ridículo. Temía que se riera de mí y que, como había predicho la señora Bern, me diese la patada.

—Mi padre ha muerto —solté.

Sus ojos me miraron con emociones que no supe descifrar.

—Y tengo esto —añadí mientras metía la mano en el bolsillo para sacar los papeles que había llevado conmigo desde Norfolk.

Milton frunció el ceño cuando se los mostré. No los tomó. En cambio, se alejó en dirección contraria por el sendero, hacia un banco situado bajo el alto seto de laurel que nos separaba del jardín de rosas. Parecía moverse con más rigidez que antes, el resultado inevitable de dos años de guerra y discusiones políticas. Se dejó caer en el banco y lo golpeó una vez con la palma de la mano, resignado. Era una invitación.

Lo seguí. Milton rebuscó en el bolsillo y sacó unas gafas con montura de alambre. Se las colocó en el puente de la nariz picuda y me tendió la mano para que le diera el documento, que le entregué sin decir nada. Mientras leía, durante lo que me pareció una eternidad, escuché el chasquido de una pareja de zorzales en las ramas de los árboles y los ocasionales murmullos de reconocimiento de mi acompañante.

Cuando llegó a la última página, volvió a quitarse las gafas. Durante unos instantes, se quedó mirando las austeras curvas de los rosales. Al cabo de un rato, dijo:

—Me sorprende que tu padre no haya tirado esto. Pero siempre lo guardaba todo demasiado tiempo. En ese aspecto, era un sentimental.

—Sí —admití, contenido. Me dolía mucho estar cerca de alguien que lo había conocido antes que yo, quizás mejor. Me recordaba que había historias ocultas que nunca conocería, historias que nunca escucharía.

Parecía que Milton aún no había decidido si hablar más sobre el tema. Al final, dijo:

—Te acompaño en el sentimiento. —Asentí y desvié la mirada. Milton esperó a que me recompusiera y levantó un poco el pergamino—. ¿Qué propósito tiene esto?

—Esperaba que usted me lo dijera.

22

Las llamas bailaban ante los ojos de Milton mientras observaba el hogar. Tenía los papeles sobre las rodillas y de vez en cuando daba una larga calada a una pipa de fragante tabaco. Incluso al hablar, no apartaba la mirada del fuego parpadeante. Con una gran manta de lana envuelta sobre los hombros, parecía un profeta o un hechicero.

—Sí que tuviste una hermana llamada Esther —dijo—. Tu madre dio a luz en 1626, y el parto fue largo. Tu padre me dijo que la niña se atascó en el canal de parto y no solo nació muerta, sino que el esfuerzo mató a tu madre.

—No mucho después, en 1628, me quedé con tu familia durante una larga temporada en que me ausenté de Christ's College. La peste había llegado a la ciudad y era una amenaza constante, así que mi padre creyó que un viaje a Norfolk beneficiaría mi salud. Tu padre y yo éramos parientes lejanos, aunque él era algo mayor, pero habíamos disfrutado de la compañía mutua en el pasado, y no me disgustaba la visita. Hacía muy poco que había enviudado, y pensé que valoraría mi compañía durante unas semanas. Me pareció que sí que lo hacía, y yo encontré tiempo para escribir y un cierto remanso de paz, después del ritmo frenético de la universidad. Digo *cierto* porque en cualquier hogar con un niño atormentado siempre se viven algunos días desapacibles. Echabas de menos a tu madre y no querías hablar de ello, ni siquiera con Dios. Le aconsejé a tu padre que tuviera paciencia; el dolor termina por desvanecerse, por muy intenso que sea, y con el tiempo se vuelve a sentir el calor de los rayos del sol.

»Una semana en particular, tu padre tenía que hacer negocios en King's Lynn. Lo acompañé. Te dejamos con una niñera. No era un viaje de placer, sino una oportunidad para conseguir madera para la granja. Implicaba pasar allí la noche y luego recorrer temprano los patios para ver la madera y regatear con los comerciantes. La verdad es que estaba fatigado, y deseaba haberme quedado en casa.

»Había mucha pobreza por aquellos lares. Pobreza en medio de la opulencia, ya que la ciudad en sí era rica, pero muchos de los hombres que recorrían sus calles estaban enfermos, incapacitados por la guerra o debilitados por el hambre. Destrozaba el alma ver a aquellas criaturas medio muertas de hambre que cojeaban y mendigaban por el más insignificante mendrugo de pan en una nación donde muchos vivían como reyes. Tu padre también lo sentía. Lo hablamos mientras caminábamos, de una mancomunidad más grande, del país que imaginábamos, donde todos compartirían la generosidad de Dios, donde el poder pertenecería a los más hábiles, no a los más poderosos, y donde todas las almas estarían gobernadas por la razón, no por los caprichos del hombre, arrastrados siempre por los caballos gemelos de la vanidad y la codicia insaciable. Era una esperanza que nos permitíamos albergar, una visión. Una imagen gloriosa de una época en la que el poder de los tiranos sobre los hombres comunes sería como un rumor en el viento, una mancha insignificante en la historia de un reino más piadoso.

»Quizás fue el tono de la conversación el que dictó lo que sucedió después. Nos acercamos al mar, donde el Ouse desemboca en el estuario del Wash. El sol estaba todavía bajo, aunque era pleno verano. A lo largo del camino nos cruzamos con vagabundos y aventureros, y con muchos hombres que creíamos que eran marineros, todos hambrientos de trabajo y pan. Aunque no estaba dentro de las posibilidades de tu padre ni de las mías ayudarlos a todos, rebuscamos en nuestros bolsillos para aliviar la necesidad que vimos allí. Deseábamos hacer más. No fue hasta que tu padre se detuvo y me puso una mano en el pecho para detenerme que me di cuenta de lo mucho que le afectaba la visión que teníamos delante.

»Un hombre sostenía a un bebé cerca del pecho. Niña o niño, era imposible saberlo. Tenía el pelo enmarañado y muy claro. Costaba creer que ambos estuvieran emparentados; él era moreno y tenía el rostro destrozado por el viento, la sal y el agua, mientras que la cara de la criatura que se aferraba a él entre llantos era tan pálida como las alas de los ángeles. Tu padre se detuvo ante el hombre, le dio una moneda para el bebé y se inclinó para interrogarlo. Le preguntó si era suyo. Al principio, el hombre no le entendió. Entonces tu padre le habló en francés, y el hombre respondió que no tenía padres. Pero hablaba con tanto cansancio y miedo que nos hizo sospechar.

»No parecía ser de los que usaban a un infante para sacarles el dinero a desconocidos crédulos y vivir a lo grande como resultado de su caridad, para pasarles después a sus amigos la pobre criatura y que ellos también se granjeasen las simpatías de las viudas ricas y los clérigos; estaba delgado, sus muñecas y tobillos eran huesos apenas cubiertos por colgajos de piel marchita. Tenía los ojos apagados y los del bebé, que no lloraba, no brillaban mucho más. No parecía albergar ninguna esperanza de que lo ayudasen.

»Tu padre sugirió que fuéramos a una posada. Movido por una simpatía debida tal vez a su propio dolor reciente, quería escuchar la historia del hombre, y estaba dispuesto a retrasar los negocios que nos ocupaban. Le prometió cerveza, pan, queso y leche fresca para la criatura. El hombre vino. Allí, me pidió el papel y la pluma que siempre llevaba encima en caso de que me viniera la inspiración y anotó estas palabras.

Milton volvió a desdoblar el papel mientras seguía mirando al hogar y más allá de las llamas, como si su mente perfectamente ordenada y capaz fuese a conjurar en el fuego las formas físicas de los cuatro: el marinero hambriento, el bebé silencioso, el poeta y el padre.

Suspiró.

—Fue un relato entretenido, pero debo reconocer que no le di mucha importancia. Una vez que entramos en las dependencias más cercanas de la taberna, el olor del fuerte vino se apoderó de él y las manos le temblaron por la privación de este. —Agitó el papel—. ¿Hay algo de verdad aquí? Tal vez. Albergaba mis dudas sobre las hazañas heroicas de las que hablaba. Me pregunté si habría una puta en alguna parte, o una hermana, que fuera la madre de la pobre criatura. Sin embargo, no me enfadó la posibilidad de que todo fuera una invención. Tenía que comer. —Milton se encogió de hombros y esbozó una leve sonrisa—. Después de todo, yo mismo vivo de la misma habilidad.

No soporté contener más las preguntas.

—¿Mi padre acogió al bebé?

Milton asintió.

—Era una niña. También la llamó Esther, que en las lenguas persas o griegas se refiere a una estrella. Se la llevó a casa para que fuera tu hermana. —Levantó la hoja de pergamino—. Este relato es un registro de la historia de Janssen y de la bondad de tu padre.

Apreté la taza con las manos hasta que los nudillos se me pusieron blancos.

—Pero no es mi hermana.

—No, en efecto.

—Y no sabemos cómo vino al mundo, quiénes fueron sus padres o…

Milton levantó la vista con brusquedad, casi como si hubiera oído la parte de la frase que había callado. «Quiénes o qué».

—No, pero es probable que Esther naciera de una pasajera del barco que abordaron los hombres del Guldern —dijo—. Si bien existen supersticiones relacionadas con el hecho de llevar mujeres a bordo de esos navíos, no es algo inaudito. La necesidad dicta que las mujeres viajen, al igual que los hombres.

—Pero ¿con una niña tan pequeña? Además, según el marinero Janssen, la encontraron sola con dos hombres. Ambos muertos, y nadie que pudiera explicar cómo.

Milton se encogió de hombros.

—La peste no es infrecuente en los navíos. Si la mujer murió, habrían arrojado su cuerpo por la borda junto con los de otras víctimas. Tal vez sea impío negarle cristiana sepultura, pero no es inusual. No hace falta tener mucha imaginación para suponer cómo la niña quedó huérfana. No —afirmó—. Si la historia que contó Janssen guardaba algo de verdad, aunque descarto, por supuesto, su absurda conclusión, de la que culpo a la bebida, esta radica en el hecho de que encontró a la niña y la salvó, una decisión que, sin duda, nació del designio de Dios; decidió alimentarla y se mató de hambre para hacerlo. Un acto digno, en mi opinión.

La referencia de Milton a la peste me había inquietado y me había hecho pensar en Elizabeth, oculta en algún rincón de mi mente, bajo las imágenes de niños expósitos y marineros borrachos. Jugueteé con los flecos del cojín del asiento y reflexioné.

Milton esperó en el silencio de la penumbra durante algún tiempo, centrado todavía en pasear la mirada por el papel. Después de un rato, preguntó:

—¿Qué es lo que te ha traído aquí en realidad, Thomas?

El relato brotó de mí. Mientras hablaba, Milton se quedó quieto, embelesado, y ya ni miraba al fuego, sino que tenía sus ojos clavados en mí. Su expresión mostró todos los matices adecuados de simpatía cuando le hablé de mi padre, pero no pudo disimular el brillo entusiasmado que le apareció en la mirada cuando le narré el resto. Chrissa Moore, las mujeres Gedge, Esther, Rutherford y, por fin, eso que no era Esther.

Volví a tener la impresión de que mi antiguo tutor era un hombre diferente al resto. No se persignó inconscientemente, como aún hacían hasta los hombres más reformados ni pidió misericordia cuando le hablé de los diabólicos murmullos de lo que no era Esther, de los conocimientos preternaturales que poseía la criatura o incluso de su malicia abrasadora. Se inclinó hacia delante con las manos cruzadas sobre los labios, ansioso por paladear cada bocado de la historia. Más de una vez pareció querer interrumpirme, pero se contuvo.

Cuando llegué al final del relato, me sentí seco y agotado, como la tierra sobreexplotada. Me recosté en el asiento y miré al techo mientras descansaba la garganta de tanto hablar. Milton murmuró que era una narración fascinante.

Volví a mirar al hombre.

—Me confunde, señor —dije—. Casi parece entretenido con este enredo diabólico.

—Sí, lo reconozco —comentó con una voz suave como la seda—. La blasfemia me domina. Siempre ha sido mi debilidad, una historia novedosa y bien construida. Debo felicitarte por el relato.

Entonces fue mi turno de inclinarme hacia delante.

—Tal vez sea una debilidad que juegue a nuestro favor. Me refiero a su conocimiento de tales historias. ¿Ha oído hablar de algo así antes? ¿De este tipo de posesión? ¿Qué relación tiene el relato de Janssen con esto? No puede ser una coincidencia.

—Las historias de almas poseídas por espíritus o entidades demoníacas no podrían ser más comunes en la actualidad —explicó Milton—. Pero antes de que los papistas y los monjes se dieran cuenta de su potencial lucrativo, a través de exorcismos y actos similares, eran escasas. En el Evangelio de Marcos se cuenta que Cristo sacó el espíritu de un niño, pero, por supuesto, ese espíritu era mudo, una mera presencia animal, no una conciencia articulada como la que describes. Tales criaturas mudas existen, sin duda, y se dice que provocan ataques bestiales, desvaríos, intentos de suicidio, etcétera, pero cualquier sugerencia de que podrían ser proféticos…

—También en Marcos —argumenté—, un espíritu impuro reconoció la divinidad de Jesús, ¿no es así? Lo que demostró algún tipo de conocimiento más allá de lo que debería saber. ¿Una cierta comprensión preternatural?

—Sí, pero lo que describes, eso que no es Esther, la sofisticación de su diálogo... Nunca he oído nada similar fuera del ámbito de las tonterías papistas y supersticiosas.

—¿Qué hay de la historia de Janssen? La ha tildado de absurda, pero ¿acaso hay algo en toda esta saga que no lo sea? ¿Ha oído hablar de algo así antes? ¿Un monstruo así?

Milton dudó. Se apartó los mechones de pelo rubio de la ancha frente.

—Solo en los anales de la fantasía —admitió—. Pero, sí, esas cosas se conocen.

—Cuénteme.

—Los relatos de monstruos marinos son tan antiguos como la misma historia —explicó—. Aristóteles describió serpientes tan grandes como para devorar bueyes y dejar sus huesos en la orilla.

—Pero eso implica que tendrían que estar lo bastante cerca de la orilla como para atrapar a un buey —dije con severidad, y Milton asintió.

—Aristóteles no nos da muchas pistas —continuó—. Pero parece haber un cierto parecido entre lo que describe Janssen, una cabeza parecida a la de un caballo, una gran melena, un cuello serpenteante y un cuerpo de gran tamaño, y la leyenda del hipocampo. Digo leyenda porque eso es justo lo que son, historias transmitidas por los primeros aventureros del Mediterráneo a los oyentes de tierra firme, que asimilaron los relatos de lo que debemos suponer que eran ballenas y tiburones y los convirtieron en lo que les resultaba más fácil conjurar en sus mentes, esto es, una criatura que combinase características de bestias marinas de tamaño ilimitado con las bestias que conocían con sus propios ojos: caballos y serpientes.

»Durante siglos, estas criaturas han aparecido en las representaciones artísticas de la antigüedad, en jarrones, cuencos ceremoniales y objetos similares. Sin embargo, no creo que debamos confiar en su existencia. Más bien debemos pensar en ellas como una forma de entretenimiento, algo así como la poesía, y no una representación fidedigna de lo que en realidad ocupa los mares que se encuentran más al norte.

—¿Qué hay de la Biblia? Habla de criaturas marinas poderosas.

Milton se mostró turbado.

—Te refieres, por supuesto, al leviatán

—Sí.

La voz del anciano se tornó lírica mientras recitaba de memoria:

—«Hace que el agua se revuelva como en una olla hirviendo; hace burbujear el mar como una olla cuando se mezclan ungüentos. Deja tras de sí una estela brillante».

—Sí —repetí.

Milton miró las llamas.

—Es una criatura que ha estado muy presente en mis pensamientos en estos días tan turbios. Su significado y su mensaje para nosotros. Pensé en ella como en una imagen en palabras, una metáfora, si lo prefieres.

—¿Sugiere que tiene un significado simbólico, más que uno literal?

—Eso pensaba —dijo en voz baja—. Un heraldo del Anticristo o del fin del mundo. Una criatura de tal poder primordial que solo la puede domar la voluntad de su creador. Aquino se refirió a ella como un demonio, un demonio de la envidia.

Luché contra el deseo de declarar tales afirmaciones como tonterías. Quería argumentar que la bestia no era más que un cuento, un recipiente para contener el miedo a Satanás o en el que plantar la esperanza del juicio final en las mentes de los crédulos. Sin embargo, planeé sobre el abismo de la certeza y me conformé con negar.

—Dudo que nada de eso se base en la verdad.

De repente, Milton parecía muy despierto y afilado como el cristal.

—Todo en la palabra de Dios tiene su base en la verdad. Solo tenemos que comprenderlo.

Tras un momento de silencio, Milton se puso en pie. Nos encontrábamos en su biblioteca, una sala amplia y confortable llena de pesadas estanterías, cada una de ellas repleta de historias, filosofías y traducciones. No dedicó ni un instante a pensar en qué lugar de aquel denso bosque albergaba lo que buscaba, sino que se movió como una flecha en dirección a la esquina noroeste, abrió la vitrina con una llave y sacó un libro largo, encuadernado en cuero. Tenía un título que no podía leer, en un idioma que nunca había visto.

Milton parecía estar atrapado en el flujo de sus propios pensamientos mientras volvía con el libro.

—Sin embargo, si hemos de pensar que el «leviatán» es un mito, y solo un mito, hay muchas figuras previas, en otros sistemas de creencias, que explicarían cómo llegó a sembrarse la semilla de esa idea. —Abrió el libro y pasó página tras página, hasta llegar a una enorme ilustración, y me entregó el volumen para que examinara la imagen—. Esta es una versión lejana y traducida de la *Historia de Babilonia* de Beroso, un texto perdido en su forma original hace milenios. Trata de la derrota de Tiamat frente a Marduk, un acontecimiento que, en su visión del mundo, estableció el orden a partir del caos.

Los nombres de escritores muertos hacía mucho y de dioses de tierras lejanas me aturdieron el cerebro. Conocía vagamente a Marduk, el dios más importante del panteón babilónico, responsable de la agricultura, la magia y las tormentas. El nombre de Tiamat no me inspiraba nada en absoluto.

En la imagen, un dibujo en vitela con punta de plomo, Marduk llevaba un casco de batalla alto y portaba sus flechas ante él. Había líneas crepitantes a su alrededor, como si contuviera en su ser el poder del rayo. Su poderoso físico expresaba fuerza y rectitud. Se alzaba sobre las agitadas olas, que se elevaban de manera imposible hacia las atronadoras nubes. El parecido con el arcángel Miguel era sorprendente. Debajo de él, retorciéndose en el agua ennegrecida y rodeada por una niebla baja, yacía la serpiente. Tiamat. Su gran boca estaba abierta, como si aullara en señal de protesta, y los anillos de su cuerpo agitaban el agua formando columnas. ¿Se estaba muriendo? ¿Le había acertado ya Marduk en el vientre con sus flechas, o su muerte estaba aún por llegar?

—Marduk desafió a Tiamat, la Brillante, a un combate singular —explicó Milton—. Convirtió su propio cuerpo en llamas y aprovechó los cuatro vientos para crear una red alrededor de ella de la que no pudo escapar.

—¿Y la derrotó?

—Sí, según las creencias de los babilonios —dijo, y se encogió de hombros—. Encontramos algo similar en las leyendas nórdicas antiguas; el relato de la victoria de Thor ante Jörmungandr, la Serpiente de Midgard, tiene paralelismos con la historia de Marduk y Tiamat. —Con más cuidado, añadió—: Se dice que la aparición de la serpiente anuncia una violenta agitación en el cuerpo político. Guerra, hambre, rebelión. La muerte de los reyes.

Levanté la vista con brusquedad.

—¿Regicidio? —Pensé en el rey Carlos, recluido en su reducido esplendor tras los gruesos muros del Christ's en Oxford, como un papa de Aviñón moderno. Mantenía que su sangre real era sagrada, pero ¿cuánto tiempo se sustentaría esa creencia, si sus vacilantes ejércitos no aguantaban?

La respuesta de Milton fue contenida:

—Quizás.

Cerré el libro.

—No hemos avanzado nada —dije, cansado—. Dioses y monstruos, mitos y leyendas. Aunque creamos en la existencia de tales cosas, no nos ayudan a explicar cómo ni por qué mi hermana ha terminado en su punto de mira. Ni lo que nosotros…, yo puedo hacer para liberarla.

—Al contrario —intervino Milton con determinación—. Sabemos exactamente lo que debemos hacer. —Se levantó, volvió a la estantería y sacó una funda impermeable, que me entregó para que envolviera con ella el relato de Janssen—. Guarda esto —dijo—. Es el único ejemplar.

Parecía consumido por una energía que rara vez había visto en él.

Mientras lo envolvía, pregunté:

—¿Qué debemos hacer?

—Debemos ir a verla.

23

Abril de 1703

En un lugar alejado del mar

No puedo dormir. Todas las noches, me es imposible conciliar el sueño sin pesadillas; la tensión me sube en cuanto poso la cabeza sobre la almohada, y doy vueltas febriles mientras tiemblo en la oscuridad e imagino las rotaciones de la Tierra durante cada hora interminable que transcurre. Mary me da la espalda y se aferra a la colcha con fuerza. Está despierta y podría tocarla con facilidad, a la mujer que ha sido el color y la música de mi vida, pero se ha abierto una herida entre nosotros. Las palabras que quiere decir y no dirá han levantado un muro que no puedo escalar.

—Quédate quieto, Thomas —dice, irritada, cuando me vuelvo a mover en el colchón.

Me tumbo de espaldas y trato de obedecer; cuento y miro al techo. La luna ha crecido, pero aún está baja y no se ve, y está tan oscuro que no sé si tengo los ojos abiertos o cerrados. Aprieto los párpados hasta que me duelen los ojos.

El tiempo pasa. Por una vez, no sueño. No quiero despertarme, pero algo tenaz me arrastra, como si una cuerda me conectara al mundo real y alguien tirara de ella. Un chillido demencial me saca de mi duermevela. Pasan varios minutos antes de que me dé cuenta de que el sonido es el viento, y luego se oye un repentino estrépito. Me pongo en pie de un salto, aún sin estar despierto del todo. ¿Qué ha sido eso? ¿Qué edad tengo y qué casa es esta?

«Eres viejo». Me estabilizo y miró hacia arriba, pero el sonido procede de este mismo piso, de uno de los dormitorios. Madera y cristal rotos. Una ventana abierta de golpe, tal vez, y un cristal hecho añicos. Nada que debiera preocupar demasiado a una persona. No en circunstancias normales. El sonido se repite, ahora solo el golpe, pero menos fuerte, amortiguado por el viento que fustiga las paredes.

Me pongo la bata y le susurro a Mary que se quede en la cama.

—De todas formas, no estoy dormida —dice—. ¿Quién podría dormir con este ruido?

Me sigue.

Como esperaba, la ventana se ha abierto de golpe. Me acerco y algo se me clava en la planta del pie. Grito. Los cristales rotos destellan en el suelo. Espero que no haya sido un corte muy profundo. Lucho contra el marco y me esfuerzo por mantenerme en pie contra la feroz ráfaga de aire que entra. Miro hacia fuera y entrecierro los ojos para escudriñar la negrura de la noche. Por un momento, no se ve nada; luego sale la luna y distingo el viejo granero, temblando sobre sus cimientos, hasta que las nubes vuelven a oscurecer la luz. Hay destellos intermitentes, como si la luna fuera una gran antorcha que se apaga y se enciende una y otra vez, y, mientras los árboles del huerto y los muretes se mecen y se balancean, la luz tartamuda los hace parecer vivos.

Su voz está casi ahogada por la cacofonía.

—Es ella, ¿qué quiere, Thomas?

—Eso —digo, demasiado cortante.

—¿Cómo?

—No es ella, es eso. —Gruño y cierro la ventana de un tirón—. Esa cosa no es mi hermana.

Grita con una erupción repentina de frustración.

—¡Por el amor de Dios, Thomas! ¿No he sido una buena esposa? ¿No he estado a tu lado durante todos estos años de ocultación y cuidados? —Me sobresalto mientras se muerde el puño y todo el cuerpo le tiembla—. ¿No he renunciado…? —Se detiene y continúa casi para sí misma mientras se rodea con los brazos—. No, eso no, no es justo. —De nuevo, me mira—. Esto debe terminar. Tiene que acabar.

—Volvamos a la cama —pido. Le suplico, la tomo de los brazos e intento acercarla a mí, pero se aparta.

—¿No le pondremos fin? —repite.

En la penumbra, imagino el color en sus mejillas y deseo que desaparezcan las manchas oscuras bajo sus ojos y sus pupilas dilatadas.

—Vamos, esposa. Ven a la cama.

Ahora llega la tormenta.

Mientras el vendaval azota el tejado, protejo las ventanas y pongo más clavos para asegurar los tablones sobre los cristales. Pronto, el viento se ha convertido en una tempestad, un arrebato chillón que se niega a comportarse como debería y que no alcanza su clímax ni se agota hasta convertirse en lluvia.

El lamento furioso continúa, día tras día, a pleno pulmón, y el aire desciende por la chimenea para saquear el piso inferior de la casa. El mercurio del barómetro está más bajo que nunca. Todas las mañanas, Mary se queda en la cocina, exhausta y con la cara pálida, y todas las mañanas yo subo al ático a tapar los agujeros que han dejado las tejas arrancadas. Si salimos, a veces hallamos tejas a cien metros o más, pero a menudo no las encontramos, y solo podemos suponer que se las ha llevado el viento.

Cada día, mientras intento leerle o darle de comer a Esther, la criatura me mira fijamente, sin inmutarse en absoluto por el caos del exterior. Sus ojos, del preciso tono azul cobalto del cielo ausente, me siguen por el ático mientras golpeo clavo tras clavo. «No se detendrá —me dicen—. No parará hasta que cedas. Hasta que te rindas».

—No lo haré —digo por fin, al cuarto día. Me acerco a ella y percibo un olor a salitre y algas tan potente que se me corta la respiración. Cuando recupero el aliento, me inclino hacia ella—. No lo haré.

Una carcajada baja las escaleras tras de mí.

~

En la mañana del sexto día, me refugio en mi estudio y leo a Bunyan, o lo intento. Durante los dos días anteriores, la intensidad de la tormenta ha crecido hasta convertirse en una fiebre rabiosa. El viejo granero se derrumbó durante la noche y los restos de la estructura están esparcidos por el huerto. Otra ventana del piso superior se rompió al amanecer, y encontré un largo listón de madera clavado en el cristal. No nos atrevemos a salir de la casa por miedo a terminar arrastrados como las hojas caídas.

Estoy rezando por que el techo no se arranque del todo cuando el malestar familiar vuelve a instalarse en mi interior. Mis pulmones se tensan y empiezo a resoplar. Una sensación de ardor se me extiende por la garganta, el pecho y los brazos, y, cuando me levanto, casi caigo de nuevo en la silla, pero me obligo a caminar.

Cojeo hasta la cocina, donde Mary desplume una agachadiza para la cena. Ha completado la tarea a medias y está rodeada de cuchillos y plumas marrones moteadas. Allí, en la habitación más protegida de la casa, casi consigo imaginarme a salvo del caos exterior, excepto por el revuelo en la chimenea, donde el viento no deja de apagar el fuego.

—Mary…

Me oye, se vuelve y me ve la cara.

—¿Qué pasa? ¿Qué te ocurre? Estás gris.

—El pecho —digo, y me dejo caer como un fardo en una de las sillas junto a la mesa. Aprieto el puño y lo envuelvo con la otra mano para presionarme el esternón—. No hay nada que hacer. Solo esperar.

Se acerca y veo que mi enfermedad la asusta. Se agacha y pone ambas manos sobre las mías.

—Deja que te prepare un poco de agua con miel y malva. A lo mejor te relaja el pecho.

Asiento, agradecido. Mientras el agua se calienta, se afana en la mesa, dobla con maestría la cabeza del ave y le trenza las patas con el pico. Apenas baja la mirada mientras lo hace. En cambio, me observa a mí. Inhalo y exhalo profundamente, y en pocos minutos el dolor se vuelve más localizado.

—Se está pasando —digo. La sensación de estar atrapado en un torno disminuye, y pronto respiro con normalidad.

Mary vierte el agua y reúne los ingredientes. Se mueve con rapidez mientras selecciona frascos y botes del cajón donde guarda esas cosas. Combina los paliativos y luego me trae el vaso de peltre humeante.

—Bebe —dice, y me acerca el vaso a la boca. Aspiro el vapor caliente y dulce. Bajo el suave aroma de la miel hay algo acre. Doy un sorbo. El líquido me quema. Los ojos de mi mujer brillan y reflejan algo más apacible que en los últimos tiempos, una especie de lástima, un regalo que ansío y desprecio a la vez.

—Dejaré que se enfríe —digo.

—Pero ¿te lo vas a beber?

Le aseguro que sí, aunque lo hago más por ella que por mí. No hay remedio para un cuerpo que falla. No hay poción o tintura que pueda robarle al Padre Tiempo lo que le corresponde.

Me llevo el té al estudio y, cuando se enfría, como siempre ha sido mi costumbre, lo bebo de golpe, hasta la última gota. Luego vuelvo con Bunyan.

Sin embargo, es inútil. Durante unos quince minutos estudio la misma página, pero soy incapaz de mantener la concentración. El ruido de fuera ya es bastante malo, pero, además, me ha invadido un cansancio plomizo. Vuelvo al frontispicio del libro, coloco una piedra pulida encima de la página para sostenerla y luego me cubro los ojos con las palmas. Privado de un sentido, soy más consciente del resto; el aullido del viento, el latido constante de la sangre en los dedos y una curiosa sensación de estar a la deriva.

Retiro las manos, parpadeo con fuerza y vuelvo a intentar concentrarme, pero el largo título se ondula ante mí: «De este mundo, al que ha de venir, entregado…». No puedo leer el resto. Pensando que una mota de polvo o un mosquito me están molestando, me restriego el ojo derecho, luego el izquierdo y miro para ver si me aparece alguna mancha oscura en los dedos. Nada. No obstante, la mano muestra un aspecto peculiar, extrañamente grande. Mi entorno está borroso. La habitación gira como una peonza.

Me hundo y araño la tierra mientras caigo, más y más profundo. No, no es tierra, sino agua, y no araño el suelo, sino mis propios pulmones, que se asfixian. Una fantasía de luces y sombras, corrientes y remolinos, me arrastra cada vez más, y más.

Intento caminar mientras el suelo pivota y se inclina como la cubierta de un barco. Me agarro a las paredes y trato de formar el nombre de Mary, pero el silencio me estrangula la garganta. A medio camino entre el estudio y la cocina, caigo. Miro hacia allí y la veo, me observa con ojos ilegibles. Estiro la mano para suplicarle ayuda, pero no se mueve de la mesa. Permanece de pie, con los ojos cerrados y el cuchillo agarrado con fuerza en la mano derecha, mientras se balancea adelante y atrás sobre los talones con los antebrazos en las orejas, para suprimir algo, un sonido o una voz que no puede soportar.

Me doy cuenta de que me ha drogado. Pero ¿por qué…?

«Mary. No».

Se vuelve hacia la chimenea. Uno, dos, tres pasos. El viento ha calmado las llamas, pero el fuego todavía arde, así que procede con cuidado. Su cuerpo oculta parcialmente sus acciones, pero logro distinguir cómo usa el cuchillo para sacar un ladrillo, lo coloca a un lado y saca un objeto del hueco. ¿Qué tiene ahí? Algo tintinea en su mano izquierda. Algo antiguo y oxidado, rojo por el polvo de los ladrillos.

Un juego de llaves.

Camina hacia las escaleras empuñando el cuchillo. Sus pasos denotan agitación, como si alguna fuerza externa la dominara o tuviera sentimientos encontrados acerca de su propósito.

«No puedes, no debes...». Las palabras mueren en mi lengua. Todo se vuelve negro.

Floto de vuelta a la superficie. Abrir los ojos es una agonía, y durante unos largos instantes fluctúo, sin saber ni recordar nada. Pero poco a poco la niebla se disipa. ¿Cuánto de lo que he visto es real? ¿Es un truco o una ilusión? Me muevo como si estuviera bajo el agua, con los sentidos embotados, envueltos en algodón. Sin embargo, el miedo mantiene su ventaja. Mis miembros se estremecen, mi corazón galopa y la distancia hasta el ático me parece de mil kilómetros.

¿Llego demasiado tarde?

Me arrastro hasta la puerta y me apoyo en el marco. Las escaleras se elevan por encima de mí, una hazaña imposible. ¿Es mi cerebro nublado por las drogas o las paredes han empezado a temblar?

Con cada paso, me acerco más a Mary. Me aferro a este pensamiento. La veo en mi mente, agarrando el cuchillo y moviéndose como si estuviera bajo un hechizo.

Entre jadeos y resuellos, llego a la cima. La puerta de la segunda escalera está abierta. Solo un poco, solo una rendija. Y, a pesar de la certeza que me tortura de que ha abierto con sus antiguas llaves de ladrona, mi cabeza casi rechaza la visión; por supuesto que la puerta está cerrada y por supuesto que la llave está a salvo en mi bolsillo. Pero no. Está abierta. Las velas están apagadas.

Empujo la puerta. Choca contra la pared y deja pasar el viento voraz. Tropiezo en el tercer escalón y subo a trompicones el resto, hasta que llego al ático. Dentro, el viento me azota como un látigo. Los muebles suenan como huesos viejos.

No huele a sal marina, sino que el aire transporta un aroma cobrizo a sangre. En un rincón, una luz tenue se refleja en el acero. Sentada detrás de Esther en el banco, Mary sostiene el cuchillo en la garganta de nuestra cautiva. Es una imagen de aspecto perverso, la hoja cortante, la punta afilada como una aguja. La otra mano de Mary agarra el pelo de Esther y tira de él hacia atrás para exponerle el cuello, como un animal. Por encima de ella, el rostro de mi mujer es una máscara de dolor e indecisión, su piel cerosa, azul sobre blanco. Ahora veo que sus manos están salpicadas de manchas carmesí, como las flores brillantes que le gusta cultivar. La sangre de mi hermana se acumula en el suelo y se filtra en la madera. Resbalo en ella y caigo; aterrizo con fuerza sobre el costado. Está caliente, se coagula y me cubre las manos.

—¡Detente! Mary, no lo hagas.

No responde. De su boca salen gritos terribles.

No veo de dónde procede la sangre. ¿Ha cortado lo suficiente? ¿Terminará todo por fin?

Solo entonces miro a Esther. En medio del caos de la sangre derramada, la tormenta y los sollozos feroces de Mary, es la personificación de la calma. Su rostro, liso y sin rasgos, no expresa miedo ni conmoción. Tiene los brazos en el regazo, todavía encadenados, y una laceración goteante le sube desde la muñeca hasta el codo.

Me pongo de pie y vuelvo a resbalar. Extiendo los brazos hacia mi esposa.

—Mary, ven aquí. Ven conmigo. —El brazo le tiembla y el cuchillo se tambalea. Doy un paso adelante—. No, mi amor, es lo que quiere.

La duda asalta sus ojos salvajes.

—Quiere que lo liberes. Quiere que te conviertas en una asesina. Pero no puedo dejar que cargues con esto por mí; no es tu responsabilidad, sino la mía. Mía. Yo debo decidir. —Me enfrento a mi hermana y sus ojos se clavan en mí como puntas de acero—. ¿Me oyes? Yo decidiré. Y esto terminará.

La pausa antes de que el cuchillo golpee los tablones dura una eternidad. Mary suelta el pelo de Esther y se deja caer hacia atrás. Solloza mientras se desliza hasta el suelo con la cabeza apoyada en la pared.

El viento ha amainado.

Ahora los muertos vienen a mí en sueños. Joan. La señora Gedge. John Rutherford. Milton. Mi padre. Esperan en la lejana orilla del Aqueronte y los saludo como a alguien a quien pronto volveré a ver. Sin embargo, estoy nervioso como un niño, por si no han olvidado mis pecados.

Mi padre extiende sus largos brazos hacia mí. Ha recuperado las fuerzas en la muerte y es como lo recuerdo: alto, solemne y sabio. Milton a menudo está a su lado, pero, por razones que no puedo entender, en estos momentos, el poeta permanece ciego, enfermo, con el pelo tan fino y gris como el de un ratón, como en sus últimos años. Su voz se dirige hacia mí como humo a través del agua. «Recuerda que tienes libre albedrío. Recuerda».

Los sueños siempre se desarrollan de la misma manera. Me meto en el agua hasta que la niebla me llega a la altura de los muslos. La corriente es fría y fuerte. Intento cruzar, pero mis botas se atascan y me pesan tanto como si se hubieran llenado de barro. Busco a los de la otra orilla, pero sus voces se alzan a coro. «¡Regresa! No ha terminado contigo».

Entonces, en el centro del río, algo se agita bajo la superficie, y me despierto, jadeando y temblando. Debo decidir.

24

Febrero de 1644

North Norfolk

El viaje al norte fue interminable. Milton montaba una pequeña yegua blanca, más lenta que Ben, y llevaba alforjas repletas de libros y papeles, comida suficiente para alimentar a un regimiento y varias botellas de buen vino. Me tragué los comentarios sobre viajar rápido y ligero. Estaba dispuesto a venir, eso era lo único que importaba, y, por primera vez desde que había encontrado los restos mutilados del rebaño de mi padre, avanzábamos. Aun así, me horrorizaban los retrasos. Milton, al ser mayor y no gozar ya de tan buena salud, no podía cabalgar desde el amanecer hasta el anochecer. Sin embargo, desesperado por verme rodeado por chapiteles y bosques familiares, le rogué que comiera y bebiera en la silla, que siguiéramos solo un poco más antes de parar para dormir. No podíamos permitirnos desperdiciar ni un solo momento.

La intimidad de la biblioteca y la actitud casi amistosa que había experimentado con mi antiguo tutor al perseguir un objetivo común en compañía de libros antiguos y un fuego prominente se habían evaporado. Milton parecía sumido en sus pensamientos y hablaba poco mientras cabalgábamos. Cuando intentaba mencionarle a Esther o a la criatura, él deseaba hablar de otras cosas, y así lo hicimos. Debatimos sobre la guerra, el Parlamento y los viajes de Milton por el continente.

—¿De verdad conoció a Galileo? —pregunté, asombrado.

—Sí. Primero, por supuesto, conocí a su hijo, Vincenzo. El hijo me presentó al padre.

—¿Y a Galileo lo encarcelaron por herejía?

—Así es, sí. Era un grandísimo hereje. Su hijo era un laudista de gran talento —añadió con tono más suave.

A mi mente le costó procesar la idea de conocer a tales gigantes intelectuales, los célebres genios de Florencia y Roma.

—¿No es cierto, señor, que sostenía que la Tierra giraba alrededor del Sol, y no al revés?

—Así era —respondió, como si no se tratara de un asunto importante.

—¿Qué opina usted al respecto?

Milton se detuvo. Estábamos en una encrucijada.

—No conozco estos caminos —dijo—. ¿Cuál se dirige al noreste?

Todavía era temprano y el cielo estaba iluminado por las estrellas y la luna. Al mirar hacia las alturas, encontré el patrón del Carro en la Osa Mayor, que mostraba el camino hacia la Estrella Polar. Señalé con presteza hacia el noreste.

—Por ahí —indiqué.

—Sigamos, pues —dijo mientras apretaba los talones para acelerar el paso. Negué con la cabeza mientras lo seguía al recordar el peor hábito de mi antiguo tutor: no responder del todo a una pregunta que se le planteaba y esperar que el oyente entendiera lo que quería decir de todos modos.

Tardamos cinco días en llegar a Norfolk y, cuando nos acercamos a Worstead, ya estábamos a mediados de febrero. Milton se mostró complacido con los lugares que ya había visto antes mientras comentaba sobre las viejas y prósperas iglesias y las aldeas de tejedores que bordeaban el camino de vuelta a la granja. Allí, por suerte, había pocos indicios de la guerra; todo estaba como siempre, pacífico, tranquilo, inalterado.

Sin embargo, cuando dejamos San Walstan atrás, me asaltaron los recelos. Había contenido los nervios durante el viaje, pero, en ese momento en que estábamos tan cerca de casa, ya no era capaz de alejar la sensación de que algo había salido mal, de que había sido un tonto al dejar a Mary y a Henry solos durante tanto tiempo. No cesaba de imaginar cómo Esther despertaba y escapaba de sus ataduras, o que su cuerpo reaccionaba mal a una dosis del anestésico, y no sabía qué era peor.

A pesar de mis temores, cuando nos acercamos a la casa, una figura esperaba en la puerta, alta, con un vestido a rayas y un delantal, el pelo oscuro bien recogido y sin cofia. Mary nos observó en silencio mientras dirigíamos los caballos por el camino. Me encontré con sus ojos al desmontar y volví a ser consciente de lo que me había permitido olvidar en compañía de Milton: el miedo, las ojeras y la tensión en su boca.

Quise correr hacia ella y tomarla en mis brazos, quitarle el miedo de cualquier manera que pudiera. Quise arrodillarme, sentir cómo me abrazaba el cuello y descansar en la suavidad de su estómago. Quise dormir a su lado en un sopor profundo y sin sueños.

Milton, al desmontar, esbozó una pequeña sonrisa al mirar a Mary y observar cómo yo la miraba.

—Mary, este es el señor Milton —dije—. Mi antiguo tutor.

—Señor. Gracias por venir.

—Buenos días, Mary —saludó Milton.

—¿Esther está…? —pregunté.

—Todavía duerme —contestó Mary.

—Debemos retirarle el sedante de inmediato. —Milton frunció el ceño mientras sacaba un pelo del potaje que tenía delante y trataba de limpiarlo en el mantel sin que Mary lo viera—. Es la única manera de llegar a la verdad de lo que es, de lo que la ha poseído.

Dudé cuando Mary se volvió desde los fogones con el pan recién horneado, cubierto de una capa negra. Hizo un ruido sordo al posarlo sobre la mesa. Le sonreí para animarla. No me devolvió la sonrisa, y parecía triste.

—El medicamento ha funcionado hasta ahora —dijo—. No se ha movido desde que empezamos a administrárselo. Incluso Henry ha estado dispuesto a quedarse en la casa sin miedo, pero eso cambiará si se despierta.

Desde luego, Henry parecía haber ganado confianza. Había ayudado a Mary a preparar la comida, después había engullido su ración y se había escabullido al que se había convertido en su lugar favorito, los establos; se había ofrecido a alimentar y cepillar a los caballos mientras los adultos hablaban.

—Así es. Sin embargo, su cuerpo desarrollará poco a poco una tolerancia a sus agentes —aconsejó Milton—. Pronto hará falta más y más para lograr el mismo resultado, y entonces no habrá cantidad suficiente que funcione sin matarla.

Las miradas de ambos se posaron en mí. Era mi decisión. Tomé el pan y corté una rebanada gruesa que unté con demasiada mantequilla para compensar el sabor a carbón. Mientras masticaba, mantuve la vista clavada en la mesa y pensé que Mary tenía razón; era peligroso despertar a Esther, y la droga cumplía con la tarea para la que había sido diseñada. No obstante, tampoco podíamos dejarla bajo su influencia para siempre. Al final, pondría en peligro su vida. Además, ¿qué clase de vida sería, atrapada en un sueño perpetuo, sin ver el sol ni sentir el viento en la cara?

Me dirigí a Milton.

—¿Cree que sacaremos algo si hablamos con la criatura, señor?

Milton negó con la cabeza.

—No sabría decirlo. No deseo despertar ninguna esperanza. —Pero no podía disimular cómo le brillaban los ojos; relucían con la sed de conocimiento, la posibilidad de descubrir algo.

Me volví hacia Mary.

—Me has dado más de lo que jamás te habría pedido al cuidar de mi hermana en mi ausencia. La mayoría habría huido. Te has ganado el derecho a decir lo que piensas. En tu opinión, ¿qué debo hacer?

Vaciló y la vi reprimir su respuesta instintiva. ¿Qué pensaba? ¿Que una sobredosis de la droga permitiría a Esther irse sin dolor? ¿Que, una vez muerta, ya no representaría ningún peligro? ¿Que era un tonto por arriesgar nuestras vidas, y quién sabe cuántas más, solo para salvar a una joven que ni siquiera era mi hermana?

Suspiró.

—Debes intentarlo —admitió, y volví a respirar. Se percató de mi alivio y una sonrisa muy leve apareció en las comisuras de sus labios. Le devolví la sonrisa.

Milton tosió.

—Entonces, ¿estamos de acuerdo? ¿Dejaremos de suministrarle la droga y, cuando vuelva en sí, nos acercaremos a verla? —Asentí—. ¿Quién estará presente? Me gustaría ser quien…

—Sí —dije—. Usted estará allí, señor. Lo necesitaré a mi lado. —Se mostró aliviado. Me volví hacia Mary—. Pero no quiero que Henry esté aquí cuando ocurra, así que tú tampoco puedes estar. —Se dispuso a objetar—. Lo sé —interrumpí—. Has hecho más que nadie, todo este tiempo a solas con ella, mientras cuidabas de Henry y también de la casa. Pero ahora debo insistir en la seguridad del chico. Te pido que te lo lleves y os escondáis en la iglesia; se dice que hay un refugio para sacerdotes en la torre, a través de la sacristía, y nadie sabrá que estáis allí. Quedaos hasta que vayamos a buscaros. Hasta que sepamos, de un modo u otro, a qué nos enfrentamos y qué debemos hacer para superarlo.

A regañadientes, aceptó. ¿Sabía que el miedo que sentía era por ella tanto como por su hermano? No soportaba la idea de que le hicieran daño.

Milton se levantó y se limpió los restos del desagradable guiso de la boca con una servilleta de lino.

—Voy al excusado —anunció—. Después iremos a verla y calcularemos cuánto tiempo puede pasar antes de que despierte.

A solas con Mary, le di las gracias por la comida, pero no la felicité; era una cocinera verdaderamente terrible. Ponía muecas mientras comía de su propio cuenco y, tras un intento fallido de terminarse el guiso, lo apartó, riendo.

—Nunca tuve oportunidad de aprender —dijo—. Henry lo domina mejor que yo.

—Y mejor que yo. Es un buen chico —afirmé—. Ha tenido una vida dura.

Mary asintió con sobriedad.

—No he sido capaz de darle algo mejor, y ese es mi mayor pesar. —Paseó la vista por la cocina—. Le gusta estar aquí, incluso a pesar de lo que enfrentamos.

La observé mientras empezaba a recoger los cuencos y las cucharas. Debería haberla ayudado, pero me permití el breve lujo de pensar en los años venideros, quizás con Mary todavía allí, moviéndose alrededor de la mesa, pero siendo entonces su cocina y con varias figuras enérgicas que se agolpasen a sus pies. Se agacharía y el pelo oscuro le caería como una cortina de terciopelo que acariciaría la mejilla de un niño pequeño mientras se incorporaba con él en brazos para besarlo. Me entregaría al niño y el roce de sus dedos me provocaría una descarga.

Debajo de esa imagen, como una sirena, surgía otra. Un barco enorme, que cabeceaba sobre las olas agitadas por el viento. Como si el ojo de mi mente viera a través del casco del barco, me asomé al interior, y allí estábamos, como un conjunto de muñecas, Mary, Henry, Esther y yo, el demonio desterrado, Inglaterra a nuestras espaldas y la proa apuntando al Nuevo Mundo. Desde algún lugar oscuro llegó la dulzura de un salmo, cantado mientras la noche se instalaba. Esther sostenía su cantoral, y Henry estaba sentado en mis rodillas, un poco mareado, mientras su hermana le hablaba de las aventuras que viviríamos y de que tendría un caballo propio. Me volví hacia Mary en la penumbra, tomé su mano entre las mías y la besé…

Me detuve. Me reprendí por dejarme llevar por tontas ensoñaciones. Aquella era una casa maldita y, si conseguía mantener a Mary en ella un día más, podía considerarme afortunado.

Me di cuenta de que me había hablado y había dicho mi nombre más de una vez. Me sobresalté, avergonzado por mis fantasías.

—Perdona. Me he dejado llevar por mis pensamientos.

Por un momento, pareció mostrarse curiosa y creí que me preguntaría por ellos, pero no lo hizo.

Después de que Mary y Henry recogiesen sus pocas pertenencias, algo de agua y un poco de comida y se marchasen a pasar la noche en la iglesia, Milton y yo subimos las escaleras.

Mary había dicho que Esther no se había movido en absoluto desde que le había dado el anestésico, por lo que no parecía haber motivo para cerrar la puerta. El líquido se le había administrado a diario, junto con agua. Después de los primeros intentos de alimentarla, Mary había temido que se ahogara si intentaba forzar unas gachas o incluso un puré por su garganta. Como resultado, el cuerpo de Esther había comenzado a encogerse sobre sí mismo. Parecía empequeñecer ante mis ojos. Sus miembros, siempre delgados, parecían entonces los de un ternero o un ciervo recién nacidos, solo huesos y cavidades. Sus hombros eran diminutos, como los de un niño pequeño, y sostenían una cabeza que aparentaba el doble de su tamaño anterior. La tapé con las sábanas para calentarla, o tal vez para distraerme de lo que no quería ver.

—Cuesta creer que una cara así pueda disfrazar la maldad —comentó Milton mientras se sentaba en la silla junto a la cama.

—No lo hace —dije con firmeza—. Esther es la más dulce de las niñas. Ningún hombre desearía una hermana mejor.

En efecto, el rostro de Esther tenía algo de santo. Casi relucía bajo los finos rayos de sol invernal que se colaban en la pequeña habitación como lanzas. El cabello le brillaba como un halo alrededor de su pálida cabeza, que reposaba sobre la almohada. Sus párpados cerrados estaban recubiertos de venillas azules que temblaban con cada respiración. Bien podrían estar cerrados en una oración. Percibí que las finas venas brillaban, y supe que el olor a mar que la envolvía no era mi imaginación. Sal, viento y salmuera.

—¿Cree que sueña? —pregunté a Milton.

—Tal vez con el Cielo —respondió mi tutor en voz baja, y se inclinó hacia delante para observarla más de cerca—. O con el movimiento de las esferas.

Mientras Esther soñaba, esperamos. Fuera, el sol había alcanzado su cénit y ya comenzaba a caer cuando su respiración se volvió algo más relajada. Sus manos se agitaron antes que el resto de su cuerpo, los dedos presionaron las sábanas de lino y brincaron en pequeñas convulsiones, primero separadas por minutos, luego más cercanas, como si volviera a la vida mientras algo al otro lado del velo intentaba alejarla de nosotros. No la exhorté a despertar. No sabía si de verdad quería que lo hiciera.

Habíamos traído agua y vino y habíamos dejado un orinal fuera. Le había explicado a Milton lo que la cosa que no era Esther había hecho con Rutherford y las mujeres Gedge, cómo la voz los había sometido a su voluntad, por lo que habíamos decidido que ninguno permanecería en su compañía a solas cuando estuviera consciente.

Sin embargo, Milton debía de aburrirse. Cuando el sol empezó a ponerse, se levantó, estiró los miembros y se salpicó la cara con el agua caliente de la jarra. Se acercó a la ventana y miró a través de los tablones clavados en el exterior, hacia los campos.

—Desde aquí se ve la iglesia —comentó—. ¿Cuál es?

—La de San Walstan —dije.

—Ah. El patrón de los agricultores y los trabajadores. Aunque no de los ladrones.

Le había hablado a Milton de Mary durante mi relato inicial de la historia en Chalfonte, y en ese momento me arrepentía, pero no mordí el anzuelo.

—No, solo agricultores —precisé.

—¿Sabes que mi mujer también se llama Mary?

—No sabía que había tomado una esposa —mentí.

—Claro que sí —respondió Milton con el ceño fruncido—. La señora Bern es la mayor cotilla en tres condados a la redonda.

Como no quería volver a mentir, no dije nada.

—También sabes que mi Mary me ha dejado —continuó Milton—. Ha vuelto con su gente, al menos hasta que conozcamos el resultado de esta guerra.

—¿Volverá?

—No lo sé. No te cases, Thomas —dijo, y en su rostro se reflejó un extraño destello de humor, aunque era un humor agrio, que no ofrecía ninguna seguridad de que no lo dijera en serio—. Es mucho más fácil estar solo.

—Mi padre decía que un buen matrimonio es como tener una canción constante en el corazón —comenté, y me froté las piernas para combatir una creciente rigidez. ¿Cuánto tiempo llevábamos allí sentados? Parecían días.

—Bueno, tu padre tenía buen gusto para la música —dijo con tono severo.

El asunto que había permanecido ignorado durante tanto tiempo entre ambos empezaba a aflorar. No pude evitar la siguiente pregunta.

—Siempre he querido saberlo, ¿me culpa por lo de Elizabeth, señor? No se lo echaría en cara si lo hiciera.

Milton parecía mucho más interesado en la vista desde la ventana. Su voz sonó imperturbable cuando por fin habló:

—No podemos culpar a ningún hombre por la peste. Es la voluntad de Dios. Murió porque siempre estuvo destinada a morir, y nada de lo que tú o yo hubiéramos hecho lo habría cambiado.

—Pero…

En ese momento, Esther soltó un pequeño jadeo, como el maullido de un gatito. Nos volvimos y la vimos arquear la espalda mientras arañaba las sábanas con los dedos. Le dolía. Corrí a su lado.

—¡Esther! —Le apreté la mano demasiado fuerte, para ver si la persuadía de que abriera los ojos. En mi corazón floreció un mínima esperanza. ¿Y si al despertar volvía a ser ella? Mi hermana, piadosa y gentil, la de siempre.

Contuve la respiración. Me dio miedo tocarle la piel húmeda sin saber si la tocaba a ella o a algo mucho más antiguo y malévolo.

Milton se quedó atrás. Su rostro delataba la curiosidad que sentía. Recordé que en muchas ocasiones había considerado a mi tutor un hombre frío; Milton quería conocer y discernir la verdad, pero a menudo era como si él mismo no se viera afectado por lo que descubría.

Despacio, Esther regresó del país de los sueños. Sus pestañas se agitaron y murmuró algo que no llegué a oír.

—¿Querrá agua? —Milton sostenía la jarra y una taza que llenó a medias, y me la puso en la mano.

Acerqué el vaso a los labios de mi hermana. Se esforzaba por recuperar el control de su boca y apenas era capaz de mantener los labios en el borde del recipiente. Así era como mi padre había concluido sus días, encadenado a una segunda infancia.

Sin embargo, Esther resurgía. Se aclaró la garganta y aceptó más agua. Segundo a segundo, una conciencia temblorosa acudió a su expresión. No percibí malicia en su rostro. Durante unos pocos latidos salvajes y desatados, me pregunté si… Temeroso, dije:

—Hermana, soy yo. Soy Thomas.

Pero, cuando habló, lo hizo con la voz que temía, la voz que había convertido mis sueños en tormento y mis esperanzas en cenizas.

—Todo se vuelve amarillo. Es como si mirasen directamente al sol. Viejos y jóvenes mueren calcinados, los huesos blancos esparcidos sobre escombros rojizos. Los supervivientes se aferran a la tierra y se olvidan de llorar. La lluvia de otoño cae sobre una ciudad de sangre. —Estaba ronca por las prolongadas horas de sueño y su aliento era fétido. Cerré los ojos y me incliné hasta que mi frente tocó su mano.

Milton se aproximó. Estaba lo bastante cerca como para olerla, no solo el aroma acuoso que desprendía, sino el hedor de las sábanas rancias y la piel sucia.

—¿Qué ves? —preguntó.

—Todo —susurró ella…, eso—. Toda la vida del hombre.

Se le tensó la frente, surcada de arrugas por el dolor.

La voz de Milton vibró.

—Hablabas de una ciudad. ¿Dónde está?

—¿Te gustan las ciudades, John Milton?

Respiró acelerado.

—Sí.

Quise detenerlos, objetar y decir que aquel intercambio no nos ayudaba a descubrir lo que no sabíamos ya.

—Te mostraré una ciudad rica en calles pavimentadas con oro —dijo la criatura.

—¿Dónde?

—¿Te gustaría verla? —fue la rápida respuesta.

—Me gustaría verlo todo.

—Ten, entonces. Un anticipo de la oscuridad que te espera.

Esther agitó la mano libre y, aunque se elevó apenas unos centímetros de la cama, Milton retrocedió y se llevó los puños cerrados a los ojos. Gritó y se presionó las cuencas con las manos como si se le hubieran inundado de bilis.

Solté a Esther y corrí hacia Milton, que había vuelto a caer en el asiento.

—¿Qué ocurre? ¿John? ¿Qué pasa?

Se contorsionaba con la boca abierta y retorcida. Lo agarré por los hombros y traté de calmarlo.

—¡Hábleme! —ordené. Pero Milton no podía hablar. Con todas mis fuerzas, le aparté las manos de los ojos; estaban abiertos y miraban al frente, replegados en sus cuencas, nublados y corrompidos. Estaba ciego.

Mientras gritaba su nombre una y otra vez en un esfuerzo por calmarlo, me volví hacia la cama para ver la reacción de Esther, pero en su lugar solo encontré sábanas revueltas. Medio segundo después, oí el inconfundible sonido de la puerta al cerrarse y de una llave al girar en la cerradura.

25

Mis ruegos duraron poco. En esos breves segundos en que había atendido a Milton, Esther se había deslizado de la cama como un espíritu y cerrado la pesada puerta.

Durante varios minutos, la llamé a gritos, pero fue inútil. Lo que fuera que pudiera oírme, si es que quedaba algo que lo hiciera, no era Esther. No había manera de razonar con aquella cosa. La puerta era de roble macizo de New Forest y la cerradura, de hierro forjado; no tenía ninguna esperanza de romperla. Lo intenté de todos modos y la golpeé con el costado derecho. El dolor me estalló en el hombro, ocho, nueve, diez veces, hasta que por fin me quedé entumecido y caí, jadeante, de rodillas.

Milton se había sumido en algo parecido a un trance. Tenía los ojos abiertos y nublados, de un azul pálido como la luz de la luna. Le di una bofetada en las flácidas mejillas, una acción que hacía solo unas semanas me habría producido placer, y lo sacudí como a un niño descarriado. Todo fue en vano. Momentos después de haber quedado despojado de la vista, se había desplomado, con todas sus facultades y su voluntad anuladas, un acto tan rápido y espantoso como la muerte. El pánico crecía en mí. Lo que no era Esther estaba libre. El miedo a su malicia me invadió. ¿Debería, después de todo, haberle administrado una sobredosis de la droga? ¿Debería haberla dejado morir? Un susurro de arrepentimiento me atormentaba. ¿Cómo me atrevía a considerarme su hermano al consentir tales pensamientos?

Pero ¿qué iba a hacer? ¿Qué le había hecho ya a Milton, y con qué propósito nos había encerrado?

Mis pensamientos se sumergieron en un torbellino caótico e incontrolado. Lo que podría ser, si no lo que era, se desplegó ante mí como la gran rueda de la fortuna. Visualicé cómo lo que no era Esther escapaba de mi alcance y protección y viajaba hacia el interior del país, hacia Norwich o Ipswich, sin importarle el invierno, sin necesitar comida ni refugio. Aquella voz repugnante surgiría de ella como un viento maligno en busca de oídos en los que verter su veneno, su dominio de las escrituras, sus profecías, sus revelaciones... Llevaría consigo un indicio de lo divino, o de lo maldito. Así, sus visiones se materializarían y Esther se convertiría en un templo no construido por manos humanas; un recipiente del Anticristo, un tabernáculo de muerte y destrucción.

Estaba previsto en el Apocalipsis.

«Vi entonces que emergía del mar una bestia [...]. Se le concedió hacer la guerra a los santos y vencerlos».

Aquel era el tiempo de los santos. El tiempo de los puritanos. ¿Era también el tiempo de la bestia?

Al final, cuando los hombres la atraparan y la cazaran en los pantanos o en los bosques como a un animal, sordos a la piedad, la condenarían, la arrastrarían a la hoguera y allí, ante los ojos de los fieles, quemarían la casa de la bestia hasta los cimientos.

No lo permitiría.

Mientras recuperaba el aliento, me acerqué a la ventana a trompicones. La oscuridad crecía y la luz que entraba por los listones clavados era cada vez más débil. Escuché los crujidos de los murciélagos en el alero por encima de mi cabeza y, cerca de los establos, Guppy ladraba pidiendo comida. Sin embargo, mis sentidos se concentraron abajo, en la puerta, pues temía oírla cerrarse o vislumbrar una figura de pies ligeros que saliera de la casa. A través de las rendijas, forcé la vista hacia la iglesia y envié un mensaje silencioso a Mary y a Henry. «No os mováis. Iré a buscaros».

Pero ¿cómo? Eché un vistazo a la ventana, dudando. Con el cuerpo totalmente extendido, podría saltar al suelo. La caída no me mataría. Sin embargo, ¿sería capaz de abrirla? Llevaba botas de cuero resistente, pero los tablones estaban clavados desde el exterior con toda la fuerza del miedo. Miré a mi alrededor y el corazón se me encogió de nuevo. Había sido demasiado precavido. Mi espada estaba abajo porque no había creído necesitarla.

No quedaba nada que usar como herramienta, nada más que mi propio cuerpo, y era más débil de lo que esperaba. Aunque lo consiguiera, la ventana era más pequeña que la del despacho de Manyon. Estaba diseñada para mantener el calor y evitar el viento, no para que un hombre adulto la atravesara. Aun así, tenía que intentarlo. Adopté mi posición frente a la piedra encalada y empujé con las palmas de las manos hacia fuera, como Sansón, como si pretendiera desplazar las mismas paredes. Levanté el pie, me preparé y lancé una patada.

Nada se movió. Había clavado las puntas de hierro como si nuestras vidas dependieran de ello, y aguantaron mi acometida.

A continuación, hundí los dedos en la madera y forcé las puntas a través de las grietas. Las astillas me atravesaron la piel y se me clavaron en las yemas y debajo de las uñas, pero no me detuve. El movimiento era casi salvaje, pero, incluso cuando cedí y grité, supe que los tablones no se moverían. Tenía las uñas destrozadas y sangraba. Me dolía el hombro con el que había golpeado la puerta y me palpitaba el cuello. Me senté en la cama con la espalda apoyada en el cabecero. A unos metros, Milton gemía. Volví a incorporarme, creyendo que tal vez hubiera recuperado la conciencia, pero lo que fuera que Milton veía y que lo asustaba estaba muy lejos de allí, al igual que él.

Llegaron los sonidos de la noche. La llamada de un pardillo, el ulular de un búho y los primeros repiqueteos irregulares de la lluvia, que se volvieron más rítmicos e intensos a medida que pasaron los minutos. Fuera, dondequiera que estuviera Esther, la nieve se estaría derritiendo, los arroyos y riachuelos crecerían y el agua fluiría inexorable hacia el mar. La imagen era casi tranquilizadora por su monotonía intemporal y su distancia de nuestros problemas humanos. Me permití contemplarla e imaginé que las olas me arrastraban y me liberaban; cuando la turbulencia de mis pensamientos comenzó a calmarse y mi sangre agitada se enfrió y me dejó solo el agotamiento, me consentí cerrar los ojos, solo por un momento, solo unos segundos sin dolor... Dormité a ratos.

En el sueño, tenía cinco o seis años y padre me enseñaba a preparar una hoguera. Limpiaba el suelo de ramitas, cortezas y follaje y luego amontonaba tierra sobre el suelo desnudo.

—Recoge la yesca —me dijo mientras paseábamos por el bosque y me señalaba los tipos de hierba, hojas y hongos que ayudarían a encender el fuego y la madera seca que lo sustentaría. Después, lo encendió con su yesquero y observé, fascinado, cómo las llamas amarillas subían por las ramitas y lamían el exterior de los trozos más grandes—. Hay que calentarla lo máximo posible o no prenderá. —La voz de padre se alejaba, y extendí la mano para intentar acortar la distancia, pero descubrí que me había convertido en un hombre—. Despierta, Thomas —dijo mi padre—. Tienes que despertar.

—¡Fuego! —Esa no era la voz de mi padre. Estaba más cerca, y llena de miedo.

Abrí los ojos. Me picaban y tenía la vista borrosa. La tarde había dado paso a la noche, pero ¿cuánto tiempo había dormido? Tenía la garganta reseca y áspera. Respiré por la nariz y me incorporé, estimulado por el olor a humo, aún tenue, pero lo bastante penetrante como para llenarme el pecho y hacer que escociera. También noté las extremidades afectadas. Me moví como un anciano y tuve que hacer palanca para salir de la cama. En algún lugar del exterior, Guppy ladraba alarmado. Entonces vi cómo entraba por debajo de la puerta, a la deriva, el peligro gris que todo hombre y mujer teme: el humo.

—¡Milton! —La exclamación cayó en oídos sordos; si había sido la voz de Milton la que me había despertado, su dueño había hablado sin saberlo, aún perdido en aquel subconsciente laberíntico que estaba explorando. El hombre no estaba más lúcido que la silla en la que estaba sentado. No me sería de ayuda.

Entonces el terror me espoleó de un modo que jamás habría creído posible. Pensaba que antes había pateado las tablas clavadas con todas mis fuerzas, pero no. Por supuesto que no. Con las manos sobre la boca y la nariz y aguantando la respiración hasta sentir que el pecho me iba a explotar, lancé el pie hacia la ventana como una bala de cañón. Al tercer golpe, con un sonoro chasquido, los listones se rompieron y arrastré el pie por el hueco. Seguí pateando y tosiendo, sin pausa para respirar, y al cabo de un minuto, con la garganta tan hinchada que creí que me ardía, me asomé e inhalé el aire húmedo como si fuera un trago de agua fría y fresca. Detrás de mí, la habitación se había llenado de humo.

Estaba a punto de intentar colarme cuando me volví hacia Milton.

Podría dejarlo. Sabía que podía hacerlo. Había alimentado mi aversión hacia él durante tanto tiempo que había crecido en las sombras de mi mente en los años transcurridos desde que lo había visto por última vez, y me sería fácil aprovecharla, presentar mis excusas e irme.

El humo serpenteó hacia el interior del cuarto describiendo finas espirales que pronto se transformaron en cuerdas malignas. Todavía no sentía calor, y no creía que los pisos superiores de la casa estuvieran en llamas. Lo único que quería era saltar, y el deseo aumentaba en mi interior como una gran ola, hasta que estuve convencido de que lo haría.

Miré a Milton, quieto y callado en la silla, una forma sombría y aparentemente ajena al oscuro manto que espesaba el aire a nuestro alrededor. Me acerqué a él y le apoyé el hombro bueno en el pecho y el brazo en la espalda.

—Vamos —dije, y empleé cada ápice de fuerza que me quedaba para tirar del hombre más pequeño y cargármelo al hombro—. Muévete, bastardo inteligente —gruñí—. No voy a morir por ti.

—¡Thomas!

Dejé caer a Milton de nuevo en la silla. La voz provenía del otro lado de la puerta. Era real, y el miedo la agudizaba.

—Thomas, ¿estás ahí?

Mary.

—¡Estamos aquí! —grité, atrapado entre el miedo por su seguridad y el alivio al escuchar su voz. Luego solté una maldición—. Te dije que no vinieras.

—¡La llave ha desaparecido! —gritó.

—¿Dónde hay fuego?

—En la cocina —respondió—. Pero se está extendiendo. No puedo extinguirlo.

—Vamos a salir por la ventana. Tienes que irte.

—¿Está Esther contigo? —Su voz sonaba amortiguada y tuvo un ataque de tos, un sonido horrible y seco.

—No. Ha cerrado la puerta. Ha debido de provocar el incendio y marcharse. Solo estamos Milton y yo. Vete —repetí entre toses violentas—. No podemos salir y pronto… —La idea de que sucumbiera al humo o de que la escalera se derrumbara cuando intentase huir superaban a cualquier esperanza de rescate; aun así, para mí, su voz era como una estrella en la noche, que brillaba en la oscuridad como Venus en el cielo del noroeste.

—Aguanta —dijo—. Volveré.

La sensación de estar solo y el terror, que se había apaciguado brevemente con su presencia, se intensificaron hasta elevarse dentro de mí como un aullido feroz.

Vacilé. No tenía tiempo para esperar, pero estaba indeciso. Si intentaba salir por la ventana, arriesgaría la vida de Milton, pero, si salía, abandonaría a Mary, y eso no era una opción. Sin embargo, era imposible llegar a ella a través de una puerta cerrada.

El siguiente sonido fue un chasquido silencioso y discreto, como si un pajarillo habilidoso picoteara la cerradura. Más volutas de humo entraron en la habitación e hicieron que me llorasen los ojos. Ya no veía bien. El ruido continuó. Me acerqué a la puerta, ahogado por el humo, y me apoyé en la madera mientras intentaba no respirar. Lo que no debieron ser más de treinta segundos me pareció una eternidad, pero, entonces, el picaporte se movió y la puerta se abrió.

Una nube de humos nocivos y calientes se precipitó hacia el interior, pero tras ellos se encontraba Mary, con un enorme manojo de llaves en la mano y la cara cubierta por un paño húmedo.

Nos las arreglamos entre los dos para sacar a Milton de la silla. Vertí el agua que quedaba en la jarra en una sábana y le envolví la cabeza. En la puerta, Mary salió primero y yo arrastré la figura inconsciente de Milton tras de mí, sujetándolo por debajo de las axilas y usando las rodillas para mantenerlo alejado del suelo. Cuando cruzamos el rellano, el humo era caliente y pesado. Respirar dolía, así que contuve el aliento mientras nos tambaleábamos escaleras abajo, buscando a tientas cada peldaño en la asfixiante negrura.

El fuego, que había comenzado en la cocina, se habría propagado con lentitud debido a la pesada madera del mobiliario y al suelo de baldosas, pero, en ese momento, oíamos cómo las llamas se enardecían y empezaban a lamer las maderas del techo de la cocina. Desde allí, inevitablemente, llegarían a través del suelo a las habitaciones superiores y, como el humo había calentado las paredes y la escalera, se incendiarían con más facilidad. No había forma de detenerlo.

La puerta principal estaba abierta. Corrimos hacia ella, ansiosos por catar el aire limpio.

Mary salió primero y Milton y yo hicimos lo propio dando tumbos. Dejé caer su peso y me tiré de rodillas en el camino empedrado mientras respiraba hondo y con urgencia. Tuve arcadas y creí que iba a vomitar, pero no salió nada. Nos quedamos tumbados ante el resplandor y el rugido del fuego.

Tras varios minutos en los que ninguno de los dos habló, Mary se puso en pie con dificultad. Miró a Milton, que yacía insensible y con los ojos ciegos abiertos de par en par.

—¿Qué le ocurre? —preguntó, sin aliento.

—Esther. Ella… Eso lo hizo. ¿Dónde está Henry?

—Sigue en la iglesia. Estábamos mirando y vimos el humo. Corrí. Pensé… —Su cara estaba ennegrecida, manchada de humo y sudor. El miedo se reflejaba en su postura, rígida y quieta. Me levanté y me acerqué a ella para abrazarla. Sentí el calor que emanaba de su capa y de su vestido. Durante unos instantes, nos quedamos así, sin saber qué hacer a continuación, pero sentí un extraño consuelo en nuestra parálisis compartida. Era la primera vez que la abrazaba, y parecía encajar conmigo, como el inesperado regreso de un tesoro de la infancia, algo perdido, pero no olvidado.

—Así que forzar cerraduras —dije después de un minuto, y le hablé a las redes humeantes de su pelo. Respondió con una risa grave y ronca—. Tienes que enseñarme cómo lo haces.

—Imagino que lleva muchas llaves diferentes, de manera que cada una encaja con una cerradura, además de una linterna y un cincel. No tiene mucho misterio. —Las palabras se pronunciaron entre toses y balbuceos roncos, pero las dijo una voz tan consciente y atenta como la mía. Mary retiró los brazos de mi cintura, donde habían estado descansando, y miró por encima de mi hombro, hacia donde Milton yacía en el suelo. Se encontró con sus ojos, bien despiertos.

26

—¿Henry sigue en la torre?

Mary asintió con expresión de insensibilidad. Nos quedamos observando la escena durante varios minutos. El fuego era codicioso. Las valientes gotas de lluvia salpicaban las llamas y se consumían. La madera se estaba calcinando, y siseaba y escupía en el proceso. El tejado se incendió y empezó a doblarse y las ventanas vomitaban nubes de humo. Como si de un horno se tratara, los vapores y las chispas se escapaban formando una columna de color naranja y negro en el cielo nublado. El calor nos asaba la cara y hacía que los ojos se nos llenaran de lágrimas.

—Vámonos —dije—. No podemos hacer nada. Y nos congelaremos si nos quedamos a la intemperie. —No teníamos forma de apagar las llamas. Solo podíamos mirar, medio aturdidos, cómo se llevaban todo lo que tenía, pero estaba tan agotado que ni siquiera era capaz de sentir ira ni dolor.

Nos acurrucamos en los establos. Guppy me acarició la mano con el hocico y los caballos cocearon y relincharon asustados. Milton apenas podía caminar. Mary y yo lo transportamos entre los dos y lo soltamos en la paja. Permaneció con los ojos muy abiertos, mirando al infinito. Yo fui a por velas al almacén y volví tambaleándome hacia la casa, donde las encendí en el mismo fuego.

Al regresar, Mary me echó los brazos al cuello sin previo aviso.

—Lo siento mucho —susurró. Me abrazó con fuerza. Al igual que yo, estaba cubierta de una densa capa de ceniza.

Acepté el consuelo, la acerqué y dejé que mis dedos se enredaran en los bucles de su pelo, como si pudiera atarme a ella. Durante unos instantes, nos quedamos inmóviles. Su cercanía me tranquilizaba, como si fuera la paz que había buscado toda la vida. Despacio, mi cuerpo se dio cuenta de que seguía vivo. Había sobrevivido al incendio. Mary y Milton estaban a salvo. Mis extremidades dejaron de temblar por el ansia de huir. Empecé a respirar con normalidad, a relajar la garganta y a pensar en qué haríamos a continuación.

Entonces, desde donde yacía en la paja, Milton dijo:

—He visto una horda aterradora de espíritus guerreros que llenaban un gran espacio estéril; más que los bárbaros, más que las estrellas en la infinita llanura celestial, tan numerosa que ningún registro sería capaz de llevar la cuenta. Eran poderosos, todos más imponentes que un hombre, pero todos sin forma y sin cuerpo. A algunos los reconocí, tras incontables años de dominación pagana sobre la Tierra: Moloch, amante de los sacrificios humanos; Chemos, el que fue adorado por Salomón en su máxima locura; Baal y Astarté, Tammuz y Dagón. Innumerables, ilimitados y monstruosos en su rebeldía. Eran los hijos del caos, con la fuerza de diez mil estandartes.

»Entonces, el Archienemigo habló. No puedo repetir sus palabras, todavía no. Estaban lastradas por la derrota, pero la determinación ardía en ellas. Evocaron el choque de los escudos y el estruendo de la guerra. Sus secuaces decidieron construir una ciudad en lo alto de una gran colina de fuego y humo. Buscaron herramientas, metales y minerales, para construir su impía estructura. Impulsada por esta multitud, en una hora se erigió una obra de la que los hombres se jactarían durante mil años, un templo de columnas y pilares altos hecho de oro forjado, con un techo arqueado e incontables cámaras en su interior, que empequeñecía a la propia Babilonia. Una ciudad, tal como me dijo —concluyó—. Levantada por un ejército demoníaco.

Milton había recuperado la vista, pero parpadeaba sin cesar y se frotaba los ojos, como si quisiera comprobar si de verdad veía. Hablaba con algo parecido al asombro. Su discurso sonaba distinto, atrapado en un patrón de poesía e imágenes, como si no hubiera regresado por completo del mundo en el que las palabras de la criatura lo habían atrapado. Me di cuenta de que era importante; lo que había visto durante su trance tal vez desvelase nuestro misterio.

—¿Por qué? —pregunté, desconcertado—. ¿Por qué le mostraría eso?

Milton pensó.

—Creo que me mostró de dónde procede. Lo que es.

—No hay tiempo para esto —espetó Mary. Sus palabras fueron tan repentinas como la intervención de Milton—. Henry está solo, y ella anda por ahí.

Me soltó y se interpuso entre ambos con los ojos desorbitados y el conflicto en la mirada. Me di cuenta, por supuesto, de que tal vez no conociera el camino en la oscuridad.

—Tienes razón —afirmé, y sentí un cansancio inexpresable. Sin embargo, sus palabras eran ciertas; con lo que no era Esther libre, Henry estaba en peligro.

Miré a Milton.

—Cuando vuelva, hablaremos más de este asunto. —Luego, a Mary, que se envolvía con la capa—: Iré yo, no tú. Conozco los campos mucho mejor. —Trató de discutir y tomé sus manos entre las mías—. Me llevaré a Guppy. Es mejor que te quedes aquí con Mil... El señor Milton. Traeré a Henry, y por la mañana buscaremos a Esther.

—De acuerdo —cedió por fin—. Pero iré a buscarlo con la primera luz del alba, tanto si has vuelto como si no.

—Volveré —prometí, aunque temí que fuera una promesa vacía, pues ignoraba cómo encontraría a mi hermana o qué pasaría si lo hacía. Las horas oscuras que se avecinaban eran un misterio.

Mientras las ramitas de los setos se me clavaban en la mano izquierda desnuda, con el resplandor del fuego a la espalda y el halo de la linterna delante, me abrí paso por el borde del campo. Todavía me ardían los pulmones por culpa del humo y el entumecimiento después de cargar contra la puerta había desaparecido y dado paso a unos brutales dolores en todo el cuerpo.

Tenía que recorrer seis campos a pie para llegar a la iglesia. El suelo estaba resbaladizo por la nieve que había empezado a ablandarse y surcado por hondonadas, montículos y lomas bajas. Preocupado por los feroces dientes de las trampas de los cazadores furtivos o por los cepos que los hombres de mi padre habían colocado para disuadirlos, mantuve a Guppy en la retaguardia, a mi derecha; el fuego y mi tensa y callada presencia lo inquietaban y gruñía a menudo ante movimientos invisibles, probablemente los crujidos de zorros, ovejas o comadrejas, pero yo me sobresaltaba cada vez que lo oía y dirigía la luz hacia el campo abierto y mi lado desprotegido. No era la oscuridad lo que afectaba al mastín. Ambos habíamos recorrido aquel camino a menudo para traer a casa a una oveja herida o enferma o para asistir el parto de algún animal; conocía el camino por instinto y sabía moverse por el terreno más seguro, pero estaba inquieto.

No era el único. Los dos sentíamos que había algo que no debería estar allí.

Di cada paso con cautela, ya que no podía permitirme el lujo de tropezar en una madriguera o una topera que me rompiera un tobillo o apagase la luz. Cuando llegamos a una zona pantanosa, animé a Guppy a subir por la orilla, donde los setos eran más altos y la maleza era más pesada. Me estremecí al oír un crujido y darme cuenta de que había roto algo. Mi mente gritaba mientras apartaba la bota, y me hablaba de lobos hambrientos, cocos, *boggarts*, todas las criaturas imposibles o antinaturales que cabrían en la imaginación de un hombre asustado. Bajé la mano, temblorosa, y recuperé algo de bordes irregulares, liso y abombado en el centro. Un cráneo al que habían despojado de su carne hacía mucho tiempo, enjuagado por el viento y la lluvia, perteneciente a algún mamífero desafortunado. Lo dejé caer. Aquella noche todo parecía estar mal y me resultaba extraño, sentimiento que empeoraba por la oscuridad y mi inquietud acerca de lo que habría ante mí, fuera de mi alcance.

Cuando cruzamos el último campo, en dirección oeste, me volví para mirar hacia atrás. La mañana se acercaba con sigilo. El cielo estaba todavía oscuro como la tinta y cubierto de nubes, pero en el horizonte se vislumbraban los primeros indicios grises del amanecer. Estábamos en un terreno más alto y con vistas al infierno del que habíamos escapado; el fuego había alcanzado su cénit, el tejado de la casa se había derrumbado y mi hogar era una ruina iluminada por las llamas, una mancha de carbón recortada sobre el cielo.

A mi lado, Guppy volvió a gruñir. Cuando lo enfoqué con la luz, tenía los hombros encogidos y la atención puesta en algo que había más adelante. Alcé la linterna, aunque solo alcanzaba a iluminar dos o tres pasos por delante, y, más allá de su influencia, algo parpadeó ante mi vista, blanco e incierto.

—¡Esther! —Mi voz rasgó la oscuridad—. ¡Esther!

Di un paso al frente demasiado rápido y tropecé con un montículo, que me hizo rodar por el terraplén. La vela se apagó al caer y me dejó a ciegas. Tras los profundos ladridos de Guppy, escuché el balido frenético de las ovejas, que salían corriendo.

Me quedé tumbado en la zanja. La respiración me llegaba en ráfagas cortantes y el corazón me latía en el pecho como el martillo de un forjador.

Solo eran las ovejas. Solo las ovejas.

Guppy me acarició la mano con un gemido. Me puse en pie y le acaricié el pelaje tieso de la parte superior del cuello.

—Vamos, chico.

La iglesia se alzaba un centenar de metros más adelante, al final de un camino sinuoso. Unas pesadas nubes, traídas desde el mar por un viento que se crecía con el amanecer, se cernían sobre la torre. Alrededor del presbiterio, las lápidas y las cruces sencillas se extendían de este a oeste formando un bosque bajo. Guppy y yo atravesamos una brecha en el desmoronado muro de piedra que delimitaba el cementerio. Sin lámpara, confié en que la mermada oscuridad me ayudara a encontrar el camino hacia el porche sur. Imaginé a Henry mientras avanzaba. Mary me había dicho que lo había dejado en el refugio del cura, en la torre, así que tendría que entrar en la sacristía, subir la escalera al primer piso y luego sacarlo, todo en la oscuridad.

«¿Habría venido Esther aquí?», me pregunté mientras empujaba la puerta y escuchaba su rechinar contra las losas de piedra. ¿Podría hacerlo? ¿No le impediría la criatura de su interior aventurarse en terreno sagrado? Sin embargo, incluso los reformistas habían admitido que la iglesia en sí misma no tenía poder para mantener alejados a los malvados ni a los predestinados al infierno; solo la fe era capaz de expulsar el mal, no los ladrillos y la argamasa.

—¿Henry? —susurré. Luego, un poco más alto—: ¿Henry?

En respuesta, algo que me pareció un pájaro emitió un graznido febril. Después, silencio.

Guppy gimió detrás de mí, pero me siguió mientras me aproximaba a la nave. En días pasados, una vela o una lámpara ardía por las noches en el altar como símbolo de la presencia eterna de Cristo, pero los hombres piadosos decían que las velas eran para ver, no para reforzar las creencias papistas sobre los sacramentos. La iglesia no se usaba de noche y, por tanto, no debía estar iluminada durante esas horas. Justo cuando me hacía falta ver…

Decidí que Esther no estaba allí, o al menos que no lo estaba en ese momento. Guppy no habría entrado si hubiera percibido a la criatura, y el aire gélido olía a humedad y a lechada de cal, no a sal marina y conchas. Aun así, tenía la esperanza… A Henry se le daba bien ocultarse, como me había demostrado ya, y aquel lugar en ruinas era el rey de los escondites, el lugar perfecto para que un niño ingenioso encontrase un número infinito de rincones en los que desaparecer. Mientras avanzaba por el pasillo, levanté un poco la voz.

—¡Henry!

Si estaba en la torre, quizá no me oyera. Llegué hasta el fondo y pasé las manos por la pared en busca de la estrecha puerta que daba acceso a la cámara privada del pastor. Había tres escalones que ascendían desde el suelo de la nave cubiertos por un arco diminuto que parecía diseñado para gnomos y no para hombres. Me golpeé la cabeza en la piedra y maldije en voz alta mientras bajaba a la sacristía.

Sorprendentemente, era un caos. Aquella iglesia tan antigua no tenía un clérigo permanente. No había nadie que ordenara el revoltijo de lo que, según lo que toqué a mi alrededor, eran bancos antiguos, sotanas sucias, cuencos y platos de limosnas esparcidos por el suelo. Era un lugar descuidado y sórdido. Y se sentía vacío. No había ninguna chispa de vida en ninguna parte.

—¿Henry?

No recibí más respuesta que el gemido del viento.

Empujé a Guppy hacia atrás y el perro ladró de frustración.

—Quédate aquí —dije con firmeza. Se sentó.

Encontré la escalera, una cosa desvencijada improvisada con una cuerda y unos simples listones como peldaños. Colgaba del techo y, aunque no veía bien lo que había por encima, tenía que conducir a alguna parte, suponía que al primer piso. Allí esperaba encontrar el antiguo refugio para tormentas del cura, no más que un agujero, donde un coadjutor o un monje itinerante podría capear el temporal. Subí a la velocidad máxima que me permitió el cuerpo dolorido y, tras unos veinte escalones, asomé la cabeza por una trampilla que daba a un desván, donde apestaba a paja húmeda. Volví a pronunciar el nombre de Henry. El eco ansioso reverberó por las paredes.

Sudaba, pero no por el esfuerzo. De miedo. Henry no era de mi sangre, pero había descubierto que eso no importaba. Mientras subía por el agujero y me arrodillaba en el mohoso desván, algo nuevo afloró dentro de mí, algo que había reprimido durante el funesto paseo desde la casa, el terror por lo que podría encontrar allí, los sentimientos retorcidos que había enterrado en lo más profundo como a espectros y que no había permitido que se manifestasen en presencia de la cara asustada de Mary. «Estará bien —le había dicho—. Sabe cómo esconderse».

¿Se había escondido tan bien que no podía encontrarlo o…?

—¿Henry?

Las tablas crujieron bajo mi peso. Al levantarme, recuperé el equilibrio y me volví en busca de una puerta, un arco o cualquier destello de luz. No sabía en qué dirección estaba cuando la percibí, una sombra entre las sombras. Había un hueco en la pared. Sin apenas ver, avancé a tientas hacia el agujero. El viento, que se abría paso por las delgadas ventanas con lancetas, emitía un lúgubre silbido que casi ahogó mi voz cuando pronuncié el nombre de Henry una última vez.

Me agaché y metí la mano en el hueco, apenas lo bastante largo para que un hombre se acostara o alto para que estuviera de pie. Mis manos no encontraron ningún cuerpo caliente ni a ningún niño encogido que hubiese obedecido las instrucciones indicadas y se hubiera escondido para que el monstruo no lo encontrara de nuevo. En cambio, tocaron un pequeño montón de lana gruesa, fría bajo mis dedos. La manta que le había dado. La recogí y me la acerqué a la cara mientras me tragaba la pena y el pánico crecientes, porque el hueco estaba vacío y el niño de pelo negro se había esfumado.

Llegué de nuevo a la casa, sin compañía, salvo por Guppy. Intenté disimular mis propios temores y, sin éxito, calmar el pavor en el rostro de Mary. No, Henry no estaba conmigo, pero no había motivos para pensar lo peor. Todavía no.

—Se habrá escondido en algún otro sitio —la tranquilicé—. Se escondió en la casa, así que tal vez lo haya vuelto a hacer.

—Le dije que se quedara en la iglesia. En el refugio para tormentas. Y que no se moviera. No me desobedecería. —Se puso blanca como la cal y repitió las mismas palabras una y otra vez. Su compostura se desvaneció y los dientes le castañeteaban de miedo—. Se lo ha llevado, sé que lo ha hecho. Lo sé. Lo sé.

Unas imágenes aborrecibles rondaron mi mente como buitres, pero intenté mostrarme esperanzado.

—Tal vez haya visto cómo se apagaba el fuego y haya vuelto a la casa. Si recorremos el perímetro, sospecho que lo encontraremos…

—No. Thomas, no. Habría hecho lo que le dije.

Era inflexible. Me contagió su aprensión porque, por supuesto, tenía razón. Henry se habría quedado donde su hermana le había dicho y, si no en la propia iglesia, al menos cerca. No habría salido corriendo hacia la noche humeante y helada.

Eso solo podía significar una cosa: lo que no era Esther lo tenía. ¿Por qué? ¿Para qué lo quería?

Como demonios parlanchines, los recuerdos me presionaron y amenazaron con asfixiar mi esperanza. Vi a Rutherford y cómo la cuerda le había estirado el cuello, de modo que su cabeza se balanceaba sobre mi pecho cuando lo arrastré fuera de su casa; mis fosas nasales se agitaron con el dulce y mortífero hedor de la celda de las Gedge y volví a sentir la oscura desesperación de la muerte de mi padre.

¿Le haría daño o lo induciría a hacérselo él mismo? Era cierto que, de los hombres y mujeres que había atacado, ninguno había sido dominado físicamente. La voz de la criatura los había sometido, como a mí; al menos eso suponía. Sin embargo, a mí no me había hecho daño ni me había engatusado, solo me había hecho enloquecer de miedo.

El peor de los casos, que Milton reconoció con un movimiento de cabeza incluso mientras consolaba a Mary, era que fuera demasiado tarde.

Pero ¿y si no lo era? ¿Y si fuera capaz de refrenar sus impulsos y comprender que Henry era su mejor oportunidad para escapar de nosotros? Con él vivo, tendríamos que negociar. Existía la posibilidad de que se lo hubiera llevado, pero que no le hubiera hecho daño, y de que, si encontrábamos a Esther, encontráramos a Henry vivo. Oscilé entre el optimismo y un miedo paralizante. Y una culpa aplastante. Yo lo había enviado allí; tenía que encontrarlo.

Esperamos a que se hiciera de día. Di de comer a los caballos. Mary había querido volver a la iglesia de inmediato, pero la convencí de que no descubriríamos lo que necesitábamos ver hasta que saliera el sol, como pasos o signos de lucha. En lugar de eso, nos refugiamos en el granero y hablamos de adónde podría huir Esther y dónde tenía más sentido buscar. Habláramos de lo que habláramos —«Ha seguido el camino de Norwich», «Ha vuelto al lugar de la muerte de John Rutherford»—, ninguna propuesta tenía más sentido que otra. Mary y Milton discutieron; ella insistía en que buscáramos en las granjas locales y sugirió que tal vez se hubieran escondido en un granero o un establo como aquel, mientras que Milton decía, con altanera autoridad, que no era posible predecir las acciones de una criatura así basándonos en las necesidades humanas de buscar refugio, luz, comida y bebida. A regañadientes, Mary le dio la razón.

Al final, dudoso, compartí lo que me rondaba la mente.

—Tal vez busque gente. Tal vez no se conforme con una sola muerte, ni con cinco. Tal vez se alimenta de estas muertes de alguna manera diabólica. Tal vez… Quizá no esté satisfecha a menos que se lleve a cientos, incluso a miles. En ese caso, deberíamos buscar pueblos o ciudades; cuantas más almas, mejor.

Milton estaba sentado con las piernas cruzadas sobre la paja y tenía las manos juntas bajo el barbudo mentón y los ojos cerrados. Estaba sumido en sus pensamientos. Recordé su visión, una visión del infierno que yo no había comprendido, pero quizás mi viejo tutor, con su mente laberíntica, había entendido más de lo que nos había contado. Tras una larga pausa, dije:

—Señor Milton, ¿qué es? La criatura.

Abrió los ojos. Durante una fracción de segundo, volvió a estar lejos de nosotros. Luego se sacudió, se sentó más erguido y habló con convicción.

—Creo que es un demonio. Un espíritu caído del mundo antiguo.

—¿Satanás?

—O uno de sus sirvientes. Uno de los que, tras la caída, se convirtieron en los dioses del panteón pagano.

—¿Es un dios? —Me tambaleé. ¿Cómo era posible que un dios hubiera poseído a mi hermana? ¿Cómo íbamos a luchar contra uno?

—Solo hay un Dios —dijo, sombrío—. Pero hay muchos ídolos, y no todos son completamente falsos.

—¿Y este es…?

—Es imposible definirlo con certeza —respondió Milton, cuya voz resquebrajada sonaba aún más cansada que la mía—. Pero creo que, cuando nos sentamos junto al fuego y revisamos el relato de Janssen, lo que leímos fue la descripción narrada por un hombre de la aparición de un monstruo dormido, una deidad del mundo antiguo. De alguna manera, y por una razón que quizá nunca sabremos, aunque mi sospecha es que estaba herido y buscó refugio en la única alma viva que encontró, su conciencia se unió a la de tu hermana. Luego, durante mucho tiempo, durmió.

Recordé la historia de Janssen y el horrible grito de la serpiente al caer sobre el barco. Tal vez Milton tuviera razón. Tal vez la criatura siempre había estado dentro de Esther, había vivido con nosotros, compartido nuestra mesa y sabido todo lo que nosotros sabíamos… Sentí calor en los dedos cuando Mary envolvió su mano sobre la mía por debajo de la paja. Le devolví el apretón y me tranquilicé gracias a su tacto.

—Pero ¿por qué se ha despertado ahora? —pregunté.

—Esto es pura especulación —continuó Milton—, pero, si todo lo que me has contado es correcto, debo concluir que Esther, que siempre había sido pura e incorruptible, nunca le dio al parásito ningún motivo para dominar ninguna parte de ella, hasta que tú llegaste, Mary.

—¿Yo? —exclamó, sorprendida. Su mano se tensó en la mía.

Milton asintió.

—Es posible. Por lo que has dicho, tu llegada y el cariño de su padre por ti, en particular, desencadenaron una envidia tan profunda en Esther que permitió que el monstruo saliera a la superficie, mientras que, de otro modo, es posible que hubiera permanecido latente. Tal vez para siempre.

Al oír esto, Mary se llevó la mano a la boca.

—¿Es culpa mía? —sollozó—. ¿Por venir aquí?

Como siempre, Milton era ajeno a los sentimientos de los demás. Agarré el antebrazo de Mary y me acerqué a ella.

—Por supuesto que no. Nada de esto es culpa tuya. No has hecho nada para provocarlo. ¿Lo entiendes? —Nuestras caras estaban a pocos centímetros de distancia. Incluso con todo lo que había pasado, se me hacía un nudo en el estómago al estar tan cerca de ella. La amaba. Tenía que decírselo. Pero no era el momento—. ¿Está claro? No es culpa tuya.

Sin mostrarse de acuerdo, se acurrucó en el hueco de mi brazo.

En cuanto hubo luz suficiente para apagar las últimas estrellas, dejamos a Guppy con un cuenco de agua y nos llevamos los caballos para seguir el camino hacia la iglesia. Era una ruta más larga que ignoraba los campos que yo había cruzado en la oscuridad, pero pensé que era la apuesta más acertada. Estaba seguro de que lo que no Esther no había regresado en dirección a la casa; podría haber ido hacia el sur, hacia Norwich, o hacia la costa, pero no de vuelta.

El viento se había intensificado aún más durante la noche. Se avecinaba una tormenta. Cabalgamos bajo ramas desnudas que se agitaban de un lado a otro del camino, y troncos que se balanceaban de forma precaria en la pendiente que conducía hasta la iglesia. Aún no llovía, pero el aire tenía esa cualidad del año naciente que indicaba que, cuando llegara la lluvia, te azotaría el rostro como un bosque de agujas heladas. La tierra que nos rodeaba era dura e inflexible; aún no se había inundado del sutil verdor que cantaría que la primavera estaba a la vuelta de la esquina.

Una segunda búsqueda a la luz del día confirmó que Henry no estaba en la iglesia. Los animales se mostraron tranquilos y obedientes, por lo que estábamos seguros de que lo que no era Esther se había alejado del alcance de su olfato. Aun así, recorrimos los campos inmediatos al oeste, al norte y al sur, con rapidez y evitando hablar de lo que podríamos descubrir. Desmonté y separé los setos con ramas; Mary bajó a las zanjas y revisó los troncos huecos, y Milton vadeó los lodazales para hurgar en los bosquecillos y en los matorrales, al tiempo que miraba hacia arriba, entre las ramas de los árboles. Sin mencionarlo y con el corazón lleno de un miedo incontenible por lo peor que pudiéramos encontrar, buscamos cualquier señal.

Para cuando, por fin, viramos hacia el este y empezamos a seguir la carretera de la costa, un camino directo al mar de más de quince kilómetros, el rostro de Mary estaba ceniciento. Montado en su caballo, Milton me buscó con la mirada a menudo, y el pesimismo que leía en sus ojos no eran imaginaciones mías. Si la criatura se había llevado a Henry, lo había hecho sin romper ni una ramita ni pisotear un nido de pato. A falta de algo que indicara la dirección que había elegido, tendríamos que volver hacia el sur, hacia Norwich, y arriesgarnos a que buscara a otros. Miré hacia delante y hacia atrás de nuevo, hacia el terreno que ya habíamos cubierto. Nada. No había nada que indicara el paso de nada más que ciervos y…

Casi no lo vi.

Allí. En el suelo. Un brillo metálico apagado, prácticamente enterrado por las hojas barridas por el viento. Dejé caer las riendas de Ben, corrí los diez metros que me separaban de mi presa y aparté de una patada los escombros que casi habían provocado un desastre. Recogí el objeto y lo apreté en el puño. Era el reloj de sol de Henry.

Parte III

27

Seguimos la carretera de la costa. No había otro camino, y la única manera de que el talismán de Henry se hubiera perdido allí, o incluso que lo hubiera dejado caer a propósito para atraer nuestra atención, era que hubieran ido en esa dirección. De esta forma llegaríamos a Happisburgh, un tramo de costa empedrada y arenisca desmoronada, salvaje y azotado por el viento, orientado hacia el mar del Norte. Desde allí, los pájaros volaban en línea recta hasta Dinamarca, a cientos de kilómetros de distancia. Más allá, aguardaban incógnitas más grandes que cualquier cosa que hubiera imaginado, regiones de montañas y fuego, y tierras a las que no sabía dar nombre, custodiadas por mares plagados de ballenas, campos de hielo y, según me habían contado, miles de islas dentadas de roca desnuda y ríos innavegables. Era un mundo en el que nunca había pensado hasta ese momento. ¿La perspectiva de sus libertades había atraído a la criatura? Después de todas nuestras conjeturas sobre lo que haría y cuál sería su próximo objetivo, ¿de verdad sería tan sencillo? ¿Solo buscaría regresar al mar?

El viento era bastante molesto mientras avanzábamos por la carretera hacia la costa. Se adentraba por los campos llanos para agitar las copas de los árboles como cabezas de diente de león, pero, hasta que no llegamos a la carretera de Happisburgh y nos alejamos del interior, no reveló su verdadera malicia. Entonces, sin que los bosques o las laderas le cortaran el paso, aullaba a nuestro alrededor, inquietaba a los caballos e hizo volar el sombrero de Milton hasta un matorral maltrecho.

Lo dejó ir, se agachó sobre las orejas de su yegua y la instó a seguir adelante. Yo también espoleé a Ben para que fuera más rápido, consciente de que estaba presionando al animal más de lo que era justo, con dos jinetes en su lomo. Mary se había puesto el colgante del reloj solar y tenía la placa de madera en los labios mientras susurraba oraciones que yo no alcanzaba a escuchar.

En el último kilómetro, justo cuando las dunas se alzaban y ocultaban el agua de la vista, Mary se inclinó hacia atrás en la silla de montar, de modo que su cabeza se posó en mi hombro y su boca rozó mi barba demasiado larga. Experimenté un sentimiento repentino de vergüenza, fuera de lugar, lo sé, por no haberme arreglado mejor. Dudo que haya tenido nunca un pretendiente más desaliñado.

—Nunca he visto el mar —confesó.

Esto me sorprendió; no que no hubiera visto el mar, sino que quisiera hablar de ello. Desconcertado, pregunté:

—¿Nunca?

—Soy una chica de Londres.

Me di cuenta de que lo que quería era una distracción.

—Entonces, habrás visto el Támesis. No será muy distinto al mar.

—Espero que no se parezcan —dijo, decidida—. El Támesis apesta. Y los muelles. Aunque creo que una vez nadé en el estuario. Pero no, no un mar de verdad.

—En tiempos más felices… —comencé, con la intención de decir que un día la llevaría a nadar. Pero me detuve, porque me pareció demasiado presuntuoso.

No movió la cabeza, así que su cara se posó justo debajo de mi mandíbula y mi oreja, y me hizo cosquillas en la piel.

—¿Qué? —preguntó, con la voz más baja que el viento, apenas perceptible.

—Tal vez lo veas en tiempos más felices —concluí, sin entusiasmo, y maldije mi propia cobardía.

—Tal vez —concedió, y se incorporó de nuevo.

Mientras avanzábamos por un camino largo y estrecho flanqueado por altos setos a ambos lados, el barro empezó a adquirir una textura arenosa. Cada vez nos costaba más mantener la cabeza en alto, ya que el viento nos arrojaba arena a la cara y hacía que nos llorasen los ojos. Ben lo odiaba, así que le froté la crin y lo animé a seguir moviéndose con la cabeza gacha, como la nuestra, para protegerse de las ráfagas. Volví a levantar la vista en busca de la frágil figura de Esther, tal vez tendida en un seto o derribada en la cima de las dunas. Dudaba que pudiera mantenerse en pie con facilidad, y sus ropas solo eran aptas para guardar cama. Hacía semanas que no comía en condiciones. Empecé a considerar en serio que fuera a desplomarse y congelarse o bien morir por estar expuesta a las inclemencias del tiempo. Sin embargo, quizás la criatura no compartía las limitaciones de nuestros cuerpos. ¿Quién iba a saberlo?

Delante de mí, Mary volvió a llamar a Henry, pero su voz se perdió en el vendaval mientras las nubes no dejaban de acercarse a la orilla, lo bastante negras como para sumirnos en el crepúsculo. Justo antes de subir el escarpado y desmenuzado camino hasta la cima de las dunas, Mary me agarró del brazo.

—¡Allí!

Señaló hacia el oeste y me pareció que algo se movía en lo alto de la colina, pero podría haber sido una nube, o la sombra de una, y, antes de que me diera tiempo a enfocar la vista contra el viento y la arena, ya no estaba.

—No —dijo, desdichada—. Nada.

El camino era aún más empinado de lo que parecía desde la base. Ben avanzaba a duras penas, así que desmontamos y lo soltamos para que vagase por la áspera pendiente. Milton condujo a su yegua por las riendas mientras coronábamos la colina.

Al ver por primera vez el mar, Mary jadeó. La playa de guijarros, por lo general plana y lisa, estaba ese día azotada por olas que llegaban hasta la cintura y, cuando volvimos la vista hacia el este, bajando por la costa, un sinfín de calas pequeñas y encharcadas mordían los crecientes acantilados de arenisca. Hacia el norte, a medida que el agua se alejaba, las nubes se agazapaban en el horizonte, barridas de un lado a otro por un viento que parecía no terminar de decidirse por una dirección.

Nos planteamos qué hacer. Un sendero, mojado por la espuma, serpenteaba hasta la cinta de arena y pizarra que nos separaba del agua. La playa se extendía casi un kilómetro. Hacia el final, un pescador, ya fuera de peces o de cangrejos, había abandonado un pequeño bote. Me pregunté si el hombre habría tenido la intención de arrastrarlo hasta un terreno más seguro, pero se había rendido ante la ferocidad del tiempo. Los tres estuvimos de acuerdo en que, si bajábamos hasta allí, el alcance de nuestra vista sería menor y tendríamos menos posibilidades de divisarla.

Pero ¿y si no estaba allí? ¿Nos habríamos equivocado? Los ojos de Mary se posaron en mí y sentí la presión de actuar. Tendríamos que buscar. Podríamos dividirnos, Mary y yo recorreríamos las dunas del oeste mientras Milton buscaba en las calas del este. Si nos habíamos equivocado…

Fue como si me hubiera leído la mente.

—Están aquí —dijo, y alzó la voz para que la oyera por encima del viento—. Lo sientes, ¿verdad?

Sí. Una inquietud se arrastraba bajo mis pensamientos, una vibración en el fondo de mi conciencia que había llegado a asociar con lo que no era Esther. Mary también lo sentía. Recorrí la arena con la mirada en busca de las dos cabezas, una oscura y otra dorada. Nada.

—Tal vez debería quedarse aquí y vigilar, señor —sugerí a Milton—. Nosotros bajaremos al agua y la buscaremos allí.

—No creo que sea necesario —dijo Milton con calma. Señaló al sendero que bajaba hasta la playa, hacia el bote, que ahora se movía. Mientras mi voz interior se debatía sobre qué hacer, una diminuta figura blanca surgió de la sombra del acantilado y, ante nuestros atónitos ojos, comenzó a empujar la pequeña embarcación por la arena. Esther era muy delgada y, en su condición tan debilitada, estaba seguro de que no tenía fuerzas para arrastrar la barca ni siquiera un metro, y mucho menos hasta el agua. Sin embargo, de manera imposible, el bote comenzó a moverse y la criatura y su acompañante iniciaron su lento avance hacia el mar.

Di un paso adelante y Milton me agarró.

—Espera. ¿Y si la criatura la abandona cuando llegue al agua?

—¿Cree que lo hará? —El anhelo floreció en mi pecho. La esperanza de que todo aquel calvario terminase por fin.

—¿Quién sabe? —dijo Milton—. Pero tenemos que concederle la oportunidad. Y, si nos movemos demasiado pronto, tal vez la arruinemos.

A pesar de la subida de la marea, la franja de arena entre las dunas y el agua me pareció infinita. Mary enmarcó sus ojos con las manos para buscar a su hermano. Milton y yo observamos en estricto silencio cómo la barca se acercaba al agua y luego se adentraba en el oleaje. El mar hacía espuma y se elevaba alrededor del casco. Ya casi estaba a flote.

Mi conflicto interno se desató. Aunque el cuerpo de Esther tuviera la fuerza necesaria para remar contra la marea hacia la bahía y la criatura solo quisiera ser libre y la dejara una vez que encontrara la seguridad del agua, podría no llegar a salvarla. ¿Quién me aseguraba que la barca no zozobraría y ella se ahogaría, o que la marea no la arrastraría de nuevo hacia la orilla y la estrellaría contra las rocas más abajo, en la playa? Estaba paralizado entre el deseo desesperado de intervenir y salvar su cuerpo y dejar que la criatura la abandonara y, tal vez, salvar su alma.

Solo cuando el barco empezó a balancearse en el agua agitada vi el obstáculo, la pieza que faltaba en el rompecabezas que hacía que mi debate careciera de sentido.

Henry.

Estaba en la barca. Su oscura cabeza yacía inmóvil y su delgado cuerpo estaba encajado, de alguna manera, entre la proa y el mástil. ¿Seguía vivo?

Cuando la embarcación se enfrentó a las olas, Esther, con el vestido blanco ondeando en la cintura, se subió. Luchó con los remos mientras se sentaba con la espalda en contra del viento.

Mary había visto a Henry un instante después de mí, y entonces ya corría como un soldado al ataque por la playa mientras gritaba el nombre de su hermano. Miré a Milton y la seguimos. Me sorprendió que me resultara tan fácil; mi herida de batalla parecía un recuerdo lejano cuando dejé atrás al hombre y le gané terreno a Mary. La alcancé y la superé. Estaba acortando la distancia con la barca y, aunque sabía que corría hacia el peligro, me fue imposible no alegrarme por haber recuperado mis fuerzas. Mis pies se hundían en la arena, pero eso apenas me ralentizó. Por unos instantes, me sentí como un niño de nuevo, exultante por la simple alegría del movimiento.

Sin embargo, cuando llegué al nivel del barco y la fría espuma me empapó los pies, vi lo lejos que estaba Esther. La quilla debía encontrarse a un metro o metro y medio del fondo. Los remos se movían con facilidad, como si las manos que los empuñaban fueran capaces de dominar las olas. Sabía que era inútil, pero, aun así, le grité. Mi voz quedó ahogada por un parlamento de vientos, un ruido que ascendía hacia el cielo como el de mil voces en discordia.

Mary llegó hasta mí y corrió directamente hacia las olas, y luego Milton nos alcanzó. Me volví en el agua, que me llegaba hasta las rodillas, para ver al hombre mayor quitarse las botas y la capa, preparándose para entrar.

La embarcación estaba ya a casi cien metros de la orilla cuando nos metimos juntos en el agua, y el terrible impacto del frío en los muslos me arrancó un jadeo. Copos de nieve empezaban a bailar sobre el mar mientras nos adentrábamos en el agua y luchábamos contra el oleaje. Cuando me encontré sumergido hasta los hombros, me impulsé con una brazada firme. Los demás hicieron lo propio, pero enseguida me di cuenta de que, de los tres, yo era el mejor nadador con diferencia. Mary no hacía pie y su cara seguía hundiéndose bajo las olas. Milton iba un poco mejor y avanzaba, pero cada ola que llegaba rechazaba su progreso.

Nadé y permití que una ola se me estrellara en la cabeza. En el valle de calma entre esa y la siguiente, levanté la voz.

—¡Volved! —grité—. Yo lo traeré.

Otra ola se estrelló en mi cara y me llenó la boca y la nariz de agua salada helada. No esperé a ver si se daban la vuelta, sino que me sumergí. Cuando volví a salir a la superficie, estaba solo.

Entre las olas, apenas visible, estaba la popa de la pequeña embarcación. No estaba nada seguro de ser capaz de cumplir lo que había prometido. Pateé con más fuerza y gané terreno, cada metro más doloroso que el anterior. Con un último y desesperado arrebato de energía, llegué hasta la barca. Entonces, cuando la proa remontó la siguiente ola y se tambaleó, me agarré a la estructura y apreté los dientes. Se me escaparon unos gruñidos animales mientras me aferraba a la resbaladiza cuaderna del casco.

Caí hacia atrás y casi me solté cuando un remo me golpeó la sien. La boca me supo a sangre. Suspendida por encima de mí, perfilada entre las nubes negras y los copos que se arremolinaban, la cara de Esther ofrecía una imagen insólita, descolorida por el frío y casi morada. Cuando levantó el remo para asestar otro golpe, saqué mi cuerpo del agua y me metí en la barca. Me costó cada ápice de la fuerza que me quedaba, y caí entre jadeos sobre las tablas del fondo mientras el pecho me ardía, e intenté alcanzar a Henry en la proa. Agarré una extremidad con la mano, un pie, pero no supe si el chico vivía o no. Me incorporé y tosí agua.

Mi agresora parecía haber perdido la esperanza de neutralizarme por la fuerza. Se sentó y me miró con hostilidad mientras me abalanzaba sobre el banco y pasaba junto a ella para arrodillarme al lado de Henry. Estaba helado y húmedo, pero, gracias a Dios, seguía vivo y respiraba entrecortadamente. Tenía los ojos muy abiertos y miraba hacia arriba. Ahogué un sollozo de puro alivio.

—Soy Thomas —dije, sin saber si me oía.

No podía perder el tiempo con Esther. Si había alguna forma de recuperarla, lo haría, pero antes tenía que poner a Henry a salvo. Me levanté y me balanceé cuando el barco descendió al valle de otra ola mientras el viento redoblaba su ataque contra mi espalda. Ella se quedó mirando. Esperé e hice una finta hacia el remo derecho, pero, en el último momento, le arrebaté el izquierdo de las manos; cuando perdió el agarre, le arrebaté el otro y cayó de espaldas en el bote. Tomé el timón, me puse en cuclillas sobre el banco y tiré para intentar hacernos virar, pero el amplio círculo, mientras luchaba contra la corriente, tardó una eternidad en completarse. Durante todo ese tiempo, Esther permaneció agachada con una expresión extraña y expectante.

Entonces, justo cuando el morro apuntaba hacia la orilla y remar se volvía más fácil, cuando por fin el barco avanzaba, nos desviamos del rumbo. No había sido la corriente ni el viento; había sido una fuerza contundente y física que parecía proceder de abajo; empujó el barco y a todos sus tripulantes hacia un lado.

Cuando recuperé el equilibrio, me aferré a la borda. El cuerpo agitado de Esther se precipitó sobre mí y me quedé helado al ver por primera vez lo que perturbaba la superficie del mar.

28

A pesar de todo lo que había pasado y todo lo que había visto, no lo había creído de verdad. No de corazón.

Los cuentos de demonios, de monstruos que se creían dioses y de espíritus que volaban por los aires para poseer la mente de las personas eran solo historias, fruto de imaginaciones febriles, hijos naturales de la oscuridad anterior a la civilización.

No eran reales.

Sin embargo, bajo la barca, lo que vi emerger cerca de la proa y por debajo y más allá de nosotros era más que real; un pico rugoso de carne rompía la superficie. Era casi negro, con un lomo curvado y picado, y se movía como un delfín, elegante, ágil y más rápido que la corriente. Solo alcanzaba a ver un segmento de su cuerpo a la vez, pues no salía del todo a la superficie, pero a medida que su forma reluciente y acorazada se vertía en el mar, metro tras metro, empecé a concebir su inmensidad. Mientras miraba atónito, las olas volvieron a cubrirlo y desapareció.

El viento agitó la barca. No pensaba esperar a ver qué hacía la criatura. Solté a Esther. Henry se quedó quieto, hecho un ovillo. Desesperado por regresar a la orilla, volví a tomar los remos, levanté la barbilla hacia la tormenta y comencé a tirar. Al hacerlo, vi adónde se dirigía la bestia.

Había un barco.

El navío venía del oeste. Acabaría de salir del puerto de King's Lynn y se habría visto sorprendido por la inesperada vorágine de viento y nieve. Describió un enorme círculo para encaminarse al refugio de la bahía; la ondulación de sus velas transmitía una sensación de valentía. Desde tan lejos, no alcanzaba a ver a los hombres, pero había movimiento en cubierta. Estaban bajando los botes de remos, listos para frenar la embarcación en cuanto estuvieran al amparo de las rocas. Y entre el barco y la costa…

«No lo saben».

Miré hacia Esther. Sus ojos estaban clavados en el barco. Por un momento, me pregunté si era consciente de lo que la rodeaba, o incluso del tiempo y el espacio, porque su rostro estaba tan inexpresivo y resignado que me recordaba, de forma horrible, a las últimas horas de mi padre y a su tristeza vacía.

—¿Esther…?

Antes de que terminase, la tensión de su cuerpo cedió y empezó a convulsionar. Su cuerpo se agitó de forma incontrolable y sus manos y pies temblaron y golpearon el costado del barco. Con miedo de perder por completo el mando de la embarcación, no podía ir hasta ella, así que grité su nombre, pero el vendaval se tragó mis gritos asustados.

Entonces la nieve empezó a caer de verdad, a cántaros, desde las enormes nubes que teníamos encima. Levanté los ojos con incredulidad mientras el cielo se volvía blanco y escuchaba el retumbar de los truenos.

Aun así, el barco se acercaba. Parecía pequeño, pero no lo era. Era un navío de tres puentes, una gran embarcación de segunda categoría, con unos cincuenta cañones. No era marinero, pero sabía que llevaría más de doscientos hombres. Navegaba con el viento en contra y se enfrentaba a las olas. No llegaría hasta la orilla; tendría que echar el ancla cerca del limitado refugio que ofrecían los acantilados.

Mientras tanto, Esther libraba su propia batalla. La nieve le cubría el cuerpo tembloroso y la espuma blanca que entraba por la borda le empapaba la piel teñida de azul. No podía soltar los remos para ayudarla. Corríamos peligro de zozobrar, y mi respiración se intensificó mientras hacía lo posible por mantener el rumbo. Miré con ansiedad a mi hermana y al cuerpecito desmadejado de Henry, pero, antes de que hubiera dado tres paladas más, una colosal forma negra emergió en la proa del barco y atrajo toda mi atención.

Dios o monstruo, era tan real como yo mismo.

Chocaron.

En el caos producido por la nieve que arrastraba el viento y el agua que se agitaba junto al casco, el capitán no habría visto nada por delante. El barco se tambaleó. Se produjo un sonido insoportable, como un lamento de angustia, acompañado de un crujido; el barco tenía un agujero.

No soportaba mirar, pero no podía apartar la vista.

Una sombra monstruosa se elevó sobre el agua y agitó el mar como si este fuera una olla hirviendo. Incluso por encima del aullido del viento y el tumulto de las olas, la consternación de los tripulantes llegó hasta mis oídos. Despacio, ante mis ojos reacios, la bestia envolvió su cuerpo de serpiente alrededor del palo mayor. Era mucho más larga que el barco, de un tamaño imposible, y tan gruesa como cinco hombres en su sinuoso centro. Ayudándose de su boca alargada, como la cabeza hocicada de una anguila y con dientes afilados como dagas, se arrastró por las jarcias y arrancó velas, cabos y estayes a su paso, como si fueran hiedra muerta en un árbol. Al llegar a la cima, apretó su agarre y sacó su poderosa cola del agua. Entonces alcancé a ver su musculosa longitud, recubierta de crestas óseas y triangulares. La cola se estrelló en la cubierta, de babor a estribor, y el barco se tambaleó bajo su peso; los mástiles se inclinaron violentamente hacia el agua. Los hombres, que parecían muñecos, empezaron a caer de las cubiertas como soldaditos de madera. La criatura parecía ignorarlos, y su único objetivo era, a simple vista, aplastar y reducir a astillas aquellos grandes maderos de roble inglés. Cuando tuvo que soportar todo el peso del monstruo, el barco se partió por la mitad. Los hombres cayeron hacia las crueles fauces, que se abrían en un movimiento mecánico hacia los cañones, como si de la boca del infierno se tratase.

Los marineros tienen fama de malos nadadores. Cualquier hombre que cayera por la borda cuando un barco se encontraba en el mar rezaría por una muerte rápida, ya que la capacidad de mantenerse a flote solo serviría para prolongar su agonía. Los gritos lastimeros de los que seguían a bordo se dirigían al cielo. Era inútil intentar girar la barca para ayudar, pero lo intenté de todos modos mientras gritaba el nombre de Esther, que seguía convulsionando y tosiendo saliva. Remé hacia el barco. Si consiguiera salvar aunque solo fuera a algunos…

De repente, el cuerpo de Esther se puso rígido. Se le escapó un gemido lastimero, similar al último grito de una criatura salvaje atrapada. Abrió los ojos de par en par, como si el sonido hubiera cortado su ataque. Sin pensar en la gran batalla que se libraba delante de mí, dejé caer los remos y me abalancé sobre ella, por si quedase alguna esperanza. Caí de rodillas, sin notar ya el frío ni el embate de las olas. Incluso me olvidé del monstruo por un momento. La acerqué a mí y dije su nombre una y otra vez.

—Esther. Vuelve a mí. Por favor.

Un sollozo repentino a mi espalda me hizo volverme hacia Henry, y sentí un alivio abrumador cuando el chico se revolvió. Pero lo había hecho motivado por el miedo, y tembló. Observé horrorizado cómo Henry, al ver a Esther, se desplazaba hasta la parte trasera de la barca y sacaba una pierna por la borda mientras el bote se balanceaba en la corriente. Gimoteó, atrapado entre su miedo al agua y su terror más profundo hacia su captora.

—¡Henry! —grité—. Quédate donde estás. Todo irá bien.

—¡Ayuda! —chilló el niño—. ¡Dios, ayúdanos!

Se quedó medio colgado de la parte trasera y, cuando la siguiente ola nos alcanzó, solté a mi hermana y me lancé hacia el otro extremo de la barca, pero el agua se lo llevó. La embarcación se balanceó con tanta fuerza que casi quedamos en posición vertical y, cuando se enderezó, escudriñé con desesperación la superficie espumosa y sombría, pero Henry no aparecía por ninguna parte.

En el fondo del barco, Esther yacía acurrucada y movía los labios. El sonido era apenas audible, pero aun así, supe que el idioma me era desconocido, y sentí el mismo terror estremecedor que había experimentado antes. Solo deseaba hacerla callar, o taparme los oídos si no podía.

La bestia se movía.

Su presa seguía allí, con las tablas aplastadas y torturadas, pero su atacante se retiraba. Se desenrolló de la forma destrozada del galeón, que se hundió cuando el cuerpo del monstruo lo abandonó. Mientras la cola serrada se deslizaba bajo las olas, seguida por el extremo de proa del barco, los marineros se aferraron a los restos del naufragio y unos a otros; lo peor ya había pasado. El monstruo se había ido, la popa todavía estaba a flote y los hombres del agua comenzaron a trepar. Hicieron descender un bote más pequeño, lo que daba lugar, aparentemente, al comienzo ordenado de un desembarco.

Respiré de nuevo.

Entonces, Esther abrió más los ojos, y el barco estalló en llamas.

Se oyó un rugido y todo el casco explotó en una bola de fuego que me abrasó los ojos y provocó que me vibraran los tímpanos como el órgano de una catedral. La sacudida me obligó a retroceder por la conmoción y la cabeza me dio vueltas como si la Tierra hubiera invertido su movimiento. Los hombres gritaban como ganado moribundo.

Por encima del ruido del fuego, los truenos, el viento y las olas, oí la voz de mi padre en mi mente: «Es imposible frustrar los planes del Señor».

Cerré los ojos. La bestia era obra de Dios, su armadura, sus poderosos anillos y cada uno de los pliegues de su carne; lo que tuviera que ser, sería como Dios lo había querido al concebirlo. De eso no cabía duda. Sin embargo, ¿cuál sería el instrumento del Señor?

¿O quién?

Miré a mi hermana. Desde la explosión, había dejado de murmurar. Estaba como en trance.

Mientras los relámpagos destellaban tan cerca que pensé que me llegarían hasta el alma y los truenos retumbaban directamente sobre mi cabeza, vislumbré el futuro. El leviatán nunca se detendría. Estaba demasiado lleno de rabia, demasiado encerrado; era demasiado salvaje. Donde viera debilidad, atacaría y destruiría. Podríamos drogar el cuerpo de Esther y acorralar la mente en su interior, pero, si flaqueábamos en nuestra vigilancia, aunque solo fuera un instante, y, dado que no éramos más que hombres y mujeres, lo haríamos, entonces se produciría una catástrofe. La furia de la criatura engulliría todo lo bueno, una y otra vez, hasta que mirásemos a la oscuridad. El infierno vendría después.

Mientras nos dejamos llevar hasta la orilla, mi hermana yacía de lado como un animal herido, con la boca inmóvil y el rostro tan desprovisto de color que parecía irreal. La idea de su sufrimiento destrozó algo dentro de mí. ¿Cómo ayudarla? No era lo bastante fuerte.

En las historias de mi juventud, siempre había señales. Lanzas de luz que atravesaban las nubes y palomas que se posaban en las agujas de las iglesias. La realidad no era así. No había milagros. Estaba solo con el viento y la nieve. Nadie más podía llevar a cabo aquella tarea; me pertenecía. Nunca antes había eludido nada por miedo, pero me acobardé ante la elección que se me planteaba.

Entonces, al mirar hacia la playa, distinguí dos cabezas que se balanceaban entre las agitadas olas, una oscura, pequeña y quieta, y la otra más clara. Milton nadaba con valentía y rodeaba el cuello de Henry con el brazo izquierdo, aunque sus esfuerzos apenas los mantenían a flote. No obstante, se acercaron lentamente a tierra y allí, apenas visible entre la ondulante nieve, una figura alta se adentró en el mar para salir a su encuentro, enmarcada por una nube de cabello oscuro.

Viré el barco hacia el otro lado, hacia la tormenta.

29

Mayo de 1703

En un lugar alejado del mar

Ha venido Henry.

Llega tarde y trae regalos. Chuletas de ternera y un cuarto de azúcar. Lampreas en conserva. Sabe que su hermana aprecia tales ofrendas, ya que rara vez podemos permitírnoslas nosotros mismos. Tiene la costumbre de intentar obligarnos a aceptar dinero, pero ninguno quiere aceptar un regalo mayor; tenemos todo lo que necesitamos.

Henry es ahora el honorable miembro del municipio de Tavistock. Sus rivales lo considerarían conservador, pero su historial de votos solo se puede describir como ecléctico, lo que no es de extrañar en un niño que se ha criado con el más enigmático de los pensadores, John Milton.

Resultó que Henry no era tonto. Su aprendizaje solo se había visto frenado por la pobreza, y su aparente estupidez era una estratagema de protección. A medida que crecía bajo la diligente tutela del famoso poeta, que ofreció a nuestra pequeña familia un hogar en los meses que siguieron al naufragio del Swiftsure —el nombre del desafortunado barco, tal y como descubrimos más tarde—, despertó en él un enorme apetito de conocimiento, y nuestro anfitrión se encontró con un estudiante atento y concienzudo.

La casa que había sido mía quedó completamente destruida por el fuego y, aunque con el tiempo otros la reconstruirían, nunca más volveríamos a vivir en ella. El riesgo de que nos descubrieran era demasiado alto y peligroso. Después de la tormenta, nos trasladamos de inmediato a Chalfonte, donde, a su debido tiempo, me recuperé de mis heridas. No mucho después, adquirí un hermano, así como una esposa, las dos bendiciones que han sido las más valiosas de mi vida.

Después de un año, aunque no le suministramos más la droga, ya que descubrimos que no se movía ni siquiera sin consumirla, Esther no mostraba signos de recuperar la cordura, así que vendí la granja de Norfolk y nos trasladamos a nuestra actual vivienda, que insisto en no revelar. Henry se quedó en Chalfonte. Fue en parte debido a la lealtad que le profesaba al hombre que lo había sacado del agua y en parte, creo, porque nunca logró convencerse de estar en la misma casa que Esther. Fue un alivio para él cuando nos vinimos aquí, donde era más fácil ocultarla.

Aun así, lo veíamos a menudo. Sacamos suficiente dinero de la venta de las tierras para financiar su estancia en Cambridge, y después, cuando llegó el momento, para alegría de Henry, Milton patrocinó a su pupilo en el Colegio de Abogados. Cuando, en años posteriores, su maestro adoptivo enfermó y retornó la maldición de su ceguera, Henry actuó en ocasiones como su secretario y se ocupó de rasgar el papel con la pluma en agradecimiento por la amabilidad ilimitada que habíamos recibido de su parte. Para ganarnos la vida, me dediqué al comercio de libros; compraba y vendía las rarezas que encontraba, lo que me llevó a menudo a Chalfonte, donde los encontraba trasnochando con las cabezas inclinadas sobre brasas casi consumidas, debatiendo algún oscuro punto del derecho o la política. Así es como mejor recuerdo a Milton. En lo que a mí respecta, aunque le cogí cariño a mi antiguo tutor y llegué a comprenderlo mucho mejor, nunca lo quise como Henry, como a un padre. Sin embargo, disfruté de la cercanía que surgió entre ambos. Incluso la envidiaba.

Pues yo nunca me convertiría en padre, ni Mary en madre. Nunca tuvimos hijos. Cuando nos casamos, al principio, pensamos poco en ello. Nos limitábamos a disfrutar el uno del otro, como marido y mujer, y eso nos reconfortaba, incluso en nuestras extrañas circunstancias. Suponíamos que la familia vendría después. Sin embargo, cuando el primer hijo no llegó a crecer dentro de ella, ni tampoco el segundo, empezamos a preguntarnos si era nuestro destino. Mary fue más allá; creyó que era un castigo de Dios, que el mal que albergábamos conspiraba para desterrar la inocencia, y que siempre lo haría. Durante un tiempo, después del segundo de nuestros duelos, nos enfrentamos a la posibilidad real de que fuera a dejarme. No la habría culpado y la habría liberado si lo hubiera deseado.

Sin embargo, lo superamos. Nuestro amor cambió y creció, incluso a la sombra de nuestra tristeza.

Mary saluda hoy a su hermano con un grito y un abrazo que me alegran. No lo ha visto desde hace varios años, ya que sigue siendo un hombre ajetreado y triunfador, con hijos y nietos que lo mantienen ocupado, mientras que nosotros ya hemos entrado en el final de la vejez. Cuando nos instalamos en el salón, le ofrece un vaso de sidra de peras, que él acepta de buen grado. Se sienta junto al fuego, se quita la capa y se tira de los dedos de los guantes. Parece cansado y está sin afeitar.

—Háblame del país —le digo.

Sacude la cabeza y sisea entre dientes.

—He cabalgado mucho para llegar a ti, hermano. Pero he tenido que ser paciente con el tiempo. —Se frota las manos y recuerda su viaje—. Primero un retraso en Exeter, luego otra semana en Bath. Cuesta creer la magnitud de la destrucción después de una tormenta. Como si el mundo se acabara. De costa a costa, árboles aplastados y arrancados, bosques enteros esparcidos como leña. Pueblos derribados. Molinos en llamas. —Levanta la cabeza e, inesperadamente, se ríe. Es un sonido de incredulidad—. Peces, de verdad, Thomas, sacados de los ríos y depositados tierra adentro, a kilómetros de cualquier vía fluvial. —Más sobrio, continúa—. Muchos muchos muertos. Lo llaman la Gran Tormenta. Y el mar… —Su dedo tamborilea en el brazo de la silla y repiquetea como la llovizna—. Qué furia. Toda la flota de la Armada arrasada y reducida a astillas. Dios, odio pensarlo; todos esos hombres, a menos de un kilómetro de la costa, creyéndose a salvo, protegidos por el hierro, el roble y el poder humano, para que luego el mar se enarbolase a su alrededor y arrastrase barco tras barco, ofreciendo la resistencia de un juguete infantil. Entonces comprenden que no son nada, solo puntos en la madeja del tiempo. —Cansado, se quita la peluca, dejando ver el cabello gris y ralo que hay debajo, y la deposita sobre la mesa, a nuestro lado.

—¿Cuántos muertos?

Se encoge de hombros.

—No se sabe. ¿Miles?

Asiento.

—Miles, en efecto.

¿Es la criatura responsable? Nuestras miradas se cruzan y la posibilidad se presenta ante nosotros como un pecado descubierto. Una vez destapado, no se volverá a enterrar.

—Así que está despierta —dice por fin, con su jovial rostro enmarcado por un ceño severo—. Lo sabía, por eso he venido.

Nunca se ha resuelto el misterio de la capacidad de Henry para discernir verdades sobre la criatura que a otros les son ajenas. Mary lo atribuye a la naturaleza silenciosa y vigilante de su juventud. Dice que lo volvió más sensible a lo que a otras personas se les escapa. Mientras me observa con mirada rapaz, me pregunto cuánto conoce ahora de sus pensamientos.

—Sí —respondo, sin profundizar más.

—Debes actuar, hermano —dice con una parquedad similar.

—¿Como hice la última vez? —pregunto.

Sus ojos se posan en el cuello de mi camisa, abierto a esta hora tardía y más casual, que revela la red de cicatrices ramificadas, tan parecidas a las de Esther, que he ocultado durante muchos años, pero que, en la intimidad de nuestro hogar, no tengo motivos para esconder.

No puedo evitarlo; cierro los ojos mientras mi mente se remonta a aquel lejano día en el que remé hacia la tormenta con Esther a mis pies. Los relámpagos nos rodean y más rayos de los que sospecho cayeron en realidad, ya que la edad y la memoria defectuosa me amplifican los sentidos. El mar sigue agitado, así que, aunque remo con todas mis fuerzas, la barca no avanza y las olas nos llevan siempre de vuelta hacia la orilla. Con todo, la tormenta actúa con más decisión. Pronto, los destellos están tan cerca que me ciegan. Todavía es de día, pero el intervalo entre cada estallido es negro como la noche, seguido de los chillidos de luz blanca y pulsante. Abrazo a Esther y ella se estremece entre mis brazos. Juro que el fuego nos llevará a los dos. Mi hermana verá el Cielo con sus propios ojos.

Me veo arrastrado de vuelta al presente. Henry me observa con lástima, pero es una lástima dura e inflexible en sus conclusiones, no muy diferente a la de Milton.

—Mientras dormía, no era una amenaza —dice con tristeza—. Ahora…

—No necesito que me lo digas —respondo de mala manera. No reacciona—. ¿Crees que en todos estos años no he pensado qué pasaría si volviera con nosotros? ¿Crees que no hemos vivido estas semanas…? —Me detengo y alejo mis propias palabras.

La tristeza en sus ojos se profundiza, pero no duda en cortarme.

—No lo ha hecho. No ha vuelto a nosotros. Esther sigue lejos. Es la criatura la que ha vuelto.

—Tú no la recuerdas —digo, y temo que mi voz se haya convertido en el quejido de un anciano—. Habría sido tu hermana si hubiera vivido, sí, pero nunca llegaste a conocerla. Su amabilidad, su bondad…, solo las has conocido a través de mí. Pero yo sí que me acuerdo. Recuerdo lo que era.

Mary, que no ha pronunciado palabra hasta ahora y está tan cerca del fuego que las llamas dibujan un halo rojizo sobre su blanca cabellera, habla.

—Nadie podría haber hecho más por Esther —dice en voz baja—. Nadie dudaría de tu amor por ella. —Las palabras tienen la intención de calmarme, pero solo me hacen pensar en que no he hecho nada. Nada de utilidad o de importancia. Incluso mi esfuerzo por acabar con nuestras vidas terminó en la ignominia.

Niego con la cabeza.

—No me corresponde a mí decidir que su vida debe terminar. No tengo ese poder. Nadie debería tener tanto poder.

Henry habla despacio, con firmeza, y recita como si estuviera ante los legisladores de nuestra nación.

—«Autorizo y renuncio a mi derecho de gobernarme a mí mismo, a este hombre o a esta Asamblea de hombres».

Mi sonrisa carece de humor.

—¿Un soberano? ¿Quieres que sea ese hombre? ¿Que lleve ese manto?

Me devuelve la sonrisa con la misma seriedad.

—Alguien debe llevarlo. O se desatará el caos.

—Esas son tus creencias de moda las que hablan —digo, cansado—. En realidad, existen el bien y el mal; por encima de todo, existe Dios, y no solo el poder, como tu amigo el señor Hobbes quiere hacernos creer. John lo sabía.

Henry inclina la cabeza en reconocimiento de su deuda, vacila y luego añade:

—Una vez lo creíste. Una vez, no temiste remar hacia la tormenta.

Observo el fuego que crepita y escupe. Mary guarda silencio y Henry espera.

Mis recuerdos adquieren un cariz onírico. En el ojo de la tormenta, a muy poca distancia de la playa, nos balanceamos sobre aguas tranquilas. Abrazo a Esther. En mis labios se forman oraciones por nuestras almas. Incluso con los párpados cerrados, los brillantes destellos que me rodean graban a fuego imágenes de pesadilla en mis retinas. El siguiente destello lo envuelve todo. No recuerdo nada más antes de despertarme en la arena, con mi mano en los labios de Mary, que la besa con fervor.

Había un fuerte hedor a carne quemada, y descubrí mucho más tarde que Mary, mi queridísima Mary, se chamuscó las manos mientras apagaba las llamas de mi pecho. Todo en mí se había ralentizado. No podía mover las piernas. Había perdido la audición por completo, y sus palabras de amor y preocupación, que me repitió muchas veces en los días y semanas siguientes, cayeron en saco roto.

Pero recuperé el oído. Las profundas quemaduras que me abrasaron los pies durante los meses posteriores también se curaron. Sin embargo, las cicatrices se quedaron, un espejo de las de Esther, como venas, como hiedra que se arrastra por las mitades superiores de nuestros cuerpos.

Esther nunca despertó. Mientras la guerra barría Inglaterra y la sangre sagrada brotaba de la cabeza sin corona del más desafortunado y menos previsor de los reyes, Carlos Estuardo, mientras una sombría paz se instalaba en un país vaciado y los hombres se arrastraban hacia la Ilustración, ella siguió durmiendo. Hasta ahora.

Henry tose con discreción. Me despierta y me doy cuenta de que he estado sumido en mis pensamientos durante varios minutos. Me tiende algo, una hoja de papel.

—¿Qué es esto?

—Es de Milton. Me la dio y me pidió que la guardara hasta que despertara. Luego debía entregártela.

—¿La has leído?

Niega con la cabeza, y le creo.

La carta es fina y lisa, cubierta de margen a margen por la letra angulosa de Milton. Las esquinas están desgastadas y la superficie, moteada. La toqueteo y aspiro el delicado humo del tabaco de su pipa, que se enrosca en los bordes. Me transporta. En ese segundo, mientras mis dedos se cierran alrededor del papel a rayas, siento como si Milton estuviera a mi lado y me mirase por encima de su nariz ganchuda.

Encuentro las gafas. Mis manos se mueven con menos seguridad que antes y tardo en desplegar las hojas.

Thomas:

Quiero que consideres la naturaleza del poder. Tu poder y el poder de Dios. Hace años, cuando viniste a mí como un chico bullicioso y demasiado confiado, un chico con voluntad, pero que carecía de la capacidad de responsabilizarse de ella, me culpaste cuando las decisiones que tomaste salieron mal. Me alegré, en los años posteriores, de verte entrar en razón y reconocerte a ti mismo como autor de tus actos, para bien o para mal.

Perdona la vanidad de este paralelismo, pero es igual de fácil, estoy seguro de que estarás de acuerdo, que un hombre culpe a Dios de las tribulaciones de su propia vida. El enemigo esperaba esto de Job, como recordarás, y Job demostró que estaba dispuesto a cuestionar a Dios, a preguntar por qué no castigaba a los malvados, por qué los inocentes debían sufrir en el cumplimiento de su propósito. Es bastante natural.

Sin embargo, sabemos que Dios tiene un plan para su creación. Sabemos que nos da libre albedrío, el poder de ejercer nuestro juicio, a veces para un bien inmediato, a veces no. Por eso el primer hombre y la primera mujer cayeron. Sin embargo, en la providencia superior de Dios, incluso esto, sí, incluso esto, se revelará como una bendición cuando él convierta todas las cosas en su bien. No sin razón, él pregunta: «¿Dónde estabas cuando puse los cimientos de la Tierra?». Lo hace para que recordemos que no podemos comprender el seno del tiempo, que nuestro conocimiento no abarca los parámetros de su vista.

Así que, cuando te preguntes por qué te he ocultado lo que estoy a punto de divulgar, recuerda que, al final, todas las cosas tienden al cumplimiento del propósito de Dios, aunque no lo sepamos en el presente.

Durante el tiempo de mi primera ceguera, cuando la criatura me mostró esas maravillosas y terribles visiones, vi otras cosas. Me reveló destellos del futuro, así como del pasado. Su largo sueño, su despertar, una poderosa tormenta y una elección; una elección que debes tomar tú, Thomas, cuyo resultado final es aún incierto. Tengo fe en que lo harás bien, aunque vi algo más, algo que debes saber y que tendrás que soportar, aunque el conocimiento te pesará.

Vi a tu hermana. Al estar su conciencia tan estrechamente ligada a la de la criatura y yo atrapado entre ambas, pudo hablarme con libertad. Me reconoció, no sé cómo, y me contó su propósito, tal como ella lo veía.

El leviatán precede a la alteración del orden natural. Tu hermana describió la muerte de los reyes y la matanza entre hermanos. El siglo en el que has vivido ha sido el más tumultuoso de todos, salvo por otro que está por venir. Las fisuras que se han abierto en estos períodos de agitación, a veces, solo a veces, lo dejan pasar. Le dan poder. Esther, esa rara alma, al darse cuenta de la naturaleza de lo que llevaba dentro, creyó que era su deber atar ese poder a sí misma y atraparlo. No debía compartir este conocimiento contigo hasta que ella despertara. Me dijo que no era el momento adecuado, que no escucharías la verdadera voz de Dios hasta más tarde, y que yo no estaría para presenciarlo ni ayudar.

Ahora, tienes ante ti una elección que no puede hacer nadie más que tú. Su resultado final no puede soportarlo nadie más.

No tengo más palabras que ofrecerte. Aunque siento esa insuficiencia como una herida, me consuela que el hombre al que llegué a respetar es un igual para la criatura, que no se interpondrá en el camino de su deber y que, incluso en el ejercicio de nuestras voluntades, permanecemos, eternamente, en las manos de Dios.

John Milton

Aunque su largo encierro continúa, lo que no es Esther ya no duerme. Incluso en la oscuridad de la noche, con la única compañía de los aullidos de los zorros, oigo los ligeros pasos de mi hermana sobre las tablas: presión, crujido, réplica. Es un sonido que me mantiene despierto mucho más tiempo que a Mary, quien, a pesar de la tensión de estos días, duerme con la facilidad de quien sabe lo que es pasar la noche en la calle; sus suaves ronquidos no se ven perturbados por el ruido del piso superior.

Así que, a pesar de lo avanzado de la hora, los ojos que reciben a nuestro pequeño grupo al entrar en el ático están alerta, duros como el cristal. La habitación está fría y una fina niebla distorsiona los bordes de mi visión.

Henry nos acompaña a la habitación, y me pregunto qué espera ver. Recibo la respuesta cuando se adentra en el resplandor de las lámparas recién encendidas; un grito ahogado. Henry observa a una mujer en su octava década de vida cuyo pelo ha encanecido hasta volverse plateado y cuya piel luce el mismo patrón de cicatrices que la mía, pero que, en todos los demás aspectos, conserva la apariencia de una muchacha. Nosotros nos deterioramos y nos hundimos en la oscuridad. Sin embargo, Esther apenas ha envejecido un día desde que Henry la vio por última vez.

Los sentimientos de Mary se manifiestan en la rigidez de sus hombros y sus pasos cortos. No es miedo; en todos estos años, a diferencia de mí, nunca ha mostrado miedo, sino más bien una hostilidad quebradiza e implacable hacia nuestra prisionera, incluso mientras la cuidaba. Es una tensión, una protección feroz, como si Henry y yo fuéramos los hijos que nunca tuvo.

Tenía la intención de hablar primero, pero las palabras se me marchitan en la garganta, y eso deja un espacio para que la criatura se pronuncie, pero solo hay silencio. Para mi sorpresa, Mary interviene.

—¿Tienes sed? —pregunta.

Asiente. Mary se adelanta con un vaso de sidra de pera aguada. Levanta la taza y se oye un trago rítmico.

—¿Más? —pregunta Mary, y el proceso se repite tres veces. Lo que no es Esther se lleva una mano encadenada a los labios y se limpia una gota perdida.

Aun así, no encuentro las palabras.

Henry se aclara la garganta y algo parpadea en el rostro de nuestra cautiva. ¿Qué? ¿Reconocimiento? ¿Recuerdos? Cuando Henry abre la boca para hablar, le pongo la mano en el brazo para impedírselo.

—¿Qué ves, Henry? Una vez dijiste… Dijiste que habías visto…

La respuesta llega en un tono hueco.

—Dije que había visto una serpiente.

—¿Y la ves ahora?

Henry hace una pausa y lo que no es Esther nos observa sin mostrar ninguna preocupación, ni molestia, ni deseo de escuchar nuestras voces, suavizadas por precaución. Ni un solo sonido atraviesa las paredes del ático, ni siquiera una brizna de aire se cuela entre los huecos del techo que aún no he tapado. Es como si estuviéramos encerrados al margen del tiempo.

Por fin, dice:

—No lo sé. Hay imágenes, pero cambian, como las llamas de las velas. No son un reflejo fiel de lo que tengo delante. Sin embargo, es posible que los sentidos me engañen. Mis ojos envejecidos ven lo que esperan ver. Su naturaleza, su verdadera naturaleza… —Sacude la cabeza.

—Su verdadera naturaleza es ser libre —digo—. ¿No es así?

Me acerco, no a una distancia que permita el contacto, pero sí para oler con nitidez el aroma a romero donde le vendé la herida del cuello. Me hundo con dolor sobre una rodilla.

—¿No es así?

No me dirijo a mi hermana. Me dirijo a la criatura. Me encuentro con sus ojos, ventanas a la antigüedad, en busca de un atisbo de acuerdo o desacuerdo.

—Los hombres se apartan de los grandes como yo —oigo, por fin, en la voz que me causa tanto terror—. Desde el miedo, y el miedo al miedo, ofrecen su voluntad a criaturas más pequeñas y se agrupan en sus ciudades como ratones. Erigen nuevos dioses. Construyen y reúnen conocimientos, y se imaginan que contienen la oscuridad que les aterroriza cuando deberían abrazarla y rehuir, en cambio, el fuego que arde para siempre. Dudan del fuego y confían en la luz de la razón. Pero no existe la razón, solo el caos.

—¿Quieres ser libre? —vuelvo a preguntar, con más dureza—. Si te libero, ¿qué harás?

Estoy desesperado y dispuesto a cualquier cosa solo por saber cómo termina. Y con qué tendré que vivir.

Henry sale de las sombras.

—Ahora lo veo —dice en voz baja—. Crece. Permanece oculto hasta el crepúsculo y el fin de todas las cosas, cuando los rayos del sol brillan negros como el carbón y el mundo se torna duro y helado. Levanta olas como palacios, más altas que las montañas y más grandes que los continentes, y perdura cuando la tierra se hunde en el mar. Entonces llega su muerte y la de los dioses. —Mientras habla, sus palabras suben y bajan con una respiración agitada; los ojos se le ensanchan en las órbitas. Al oír el tono de su voz, Mary se precipita hacia su hermano y luego trastabilla cuando se desploma. Me pongo de pie, o lo intento, y juntos tratamos de soportar su peso, pero cae al suelo, convulsionando.

30

Ha pasado casi una semana desde esos acontecimientos, y volvemos a Norfolk. Hemos viajado en secreto, en un carro cubierto, en las primeras horas de la mañana y las últimas horas de la tarde, al lugar donde fallé, al lugar donde condené a Esther a ser el recipiente que contendría el mal para siempre, ya que no fui lo bastante fuerte para destruirlo.

El mal. Como han hecho los hombres durante siglos, incluso milenios, y como harán, con toda probabilidad, hasta el fin de los tiempos, uso palabras que no comprendo. Palabras para fuerzas que existen en lugares que nunca llegaré a pisar. «Tal vez necesitemos palabras nuevas», pienso mientras bajamos con dificultad del carro tirado por caballos y guío a mi hermana por las dunas, hacia el mar.

Aquí no hay nadie más que nosotros. Dejamos a Henry atrás. Su visión precedió a un ataque y, aunque se recuperó durante la noche, sigue debilitado. Habla despacio, y Mary teme por él y por su cordura. No es John Milton, y me pregunto si solo una mente como la de mi antiguo tutor tiene la fortaleza para mirar al infierno y volver para contarlo. Así que lo dejamos en casa. Aunque, tal vez, todavía seamos cuatro. Tal vez, en algún lugar, Milton agudice el oído, detenga el paso y venga a colocarse a nuestro lado.

La arenisca roja de los acantilados, que no son altos, es la misma piedra con la que se construyó la iglesia que se eleva sobre el pequeño pueblo que tenemos detrás. Aquí, el viento y la lluvia atacan la costa con tal constancia que se desintegra en puertos con forma de herradura y torturados montículos de arena que dan paso a zonas de hierba demasiado crecida a medida que se aleja de la orilla. Estos acantilados sí que los recuerdo. La bahía amplia y poco profunda, con vistas al mar del Norte, Dinamarca y más allá, es la misma que entonces, aunque hoy está tranquila y silenciosa, como si un dios hubiera bajado y suavizado las olas hasta convertirlas en cristal.

Sin embargo, yo no soy el mismo. Han pasado demasiados años entre lo que era y lo que soy ahora. Llegué aquí por última vez como un hombre de veinte años, un muchacho con infinitas dudas en un mundo de superstición. Vuelvo como un hombre de ochenta, un hombre de fe en una época de incertidumbre.

Cuando nos acercamos al agua y las vistas y los olores a sal, collejas marinas y col rizada empiezan a invadirnos, ella se aleja y sus pies descalzos saltan con ligereza sobre las piedras desmenuzadas y la arena oscura. Mary levanta la voz para llamarla, pero le digo que no, que la deje ir. La seguimos despacio. Cuando alcanza las brillantes algas negras y el agua espumosa se agolpa en torno a sus pies en la misma orilla del mar, se detiene.

Doy un paso adelante. No escucho ningún sonido que provenga de ella, solo mi propia respiración y el suave crujido de los guijarros bajo mis pies. Ella, eso, no se vuelve.

«Aquí estoy, Señor. En el final de mis fuerzas. Las he guardado para Esther, como ella guardó las suyas para ti».

Solo la llamada de un charrán solitario que regresa al mar perturba el silencio. Me miro las manos, sus callos, venas y nudillos amoratados, y vislumbro una vida, una historia, un regalo impagable que me han dado. ¿Cómo lo he gastado? ¿He aprovechado ese tapiz de horas, días y años mejor que cualquier otro hombre?

Estoy cerca de ella, lo bastante cerca. La alcanzo con las manos y le tiro de la cabeza hacia atrás. Le giro el hombro derecho lejos de mí y le rompo el cuello. Cae en el lugar donde se encuentra y yace como un pájaro roto de blanco plumaje sobre la arena azabache. Yo también caigo y me arrodillo para corregir el ángulo antinatural de su cuello. Le arreglo el vestido y le aliso el pelo con las palmas de las manos. Le susurro palabras de consuelo y dolor, palabras que nunca serán suficientes.

¿Escucho algo en ese momento? ¿Algún suspiro de alivio o alguna señal de libertad perdida recuperada? Miro hacia el horizonte a través de la interminable bahía plana. ¿Veo una sombra oscura, sin aletas e inmensa? ¿Se retuerce y gira como si nadara en el aire? ¿Se enorgullece de su propio movimiento sin obstáculos mientras regresa al antiguo corazón del mar?

Mary se acerca y toma mi mano entre las suyas. Observamos.

Allí, al otro lado de la marisma, entre el diablo y la Ilustración, por un instante, lo vemos. Glorioso y terrible, su poderoso cuerpo se abre paso hasta la superficie y deja tras de sí espirales de agua. Queda suspendido en el aire antes de estrellarse contra las olas y desaparecer, como si no lo hubiéramos visto en absoluto.

Sé que todavía espera allí.

Agradecimientos

Para empezar, creo que las dificultades de escribir una novela palidecen en comparación con estar casado con alguien que escribe una novela. No lo habría conseguido sin tu amor y apoyo incondicionales, Jon. Eres el mejor marido, y el mejor padre para Jennifer, que nadie podría desear. Gracias.

Un enorme agradecimiento a mi agente, Sam Copeland, por ver el potencial de mi trabajo y por todos sus acertados consejos. Me maravillas. También quiero dar las gracias a Honor Spreckley y al equipo de RCW por todo lo que hacen.

El mismo agradecimiento merece el equipo de Bloomsbury Raven. Mis editoras, Alison Hennessey y Katie Ellis-Brown, aportaron su visión y pasión a la redacción, y el libro se ha levantado sobre los hombros de sus habilidades. Los libros no se hacen solos, así que también me gustaría dar las gracias a Ella Harold, Kate Quarry, David Mann, Lilidh Kendrick, Sarah Bance, Phil Beresford, Emilie Chambeyron, Sarah-Jane Forder, Sarah Knight, Sarah McLean, Fabia Ma, Liffey O'Brien y al increíble equipo de ventas de Bloomsbury. Si me he dejado a alguien fuera, asumo toda la culpa.

Una de las mejores cosas de escribir, sobre todo al empezar, son las personas increíbles que aman los libros y las palabras que están dispuestas a apoyarte. Gracias a Katherine Tansley, Joanne Rush, Gaynor Clements, Elizabeth Speller y más gente que me han ofrecido su tiempo y sus comentarios.

Debo dar las gracias al profesor Quentin Skinner. Yo solo fui una alumna más en sus seminarios, pero su pasión me acompañará siempre. He tomado prestada una diminuta fracción de sus conocimientos sobre Hobbes y la guerra civil inglesa para los temas de esta novela.

A mi familia, mamá, papá, Beth, Catherine, Alex, Annie, Mary, Emily, Lily, Susie, Louisa, Lydia y Florrie; he escrito un libro y ahora no encuentro palabras. Todas las familias tienen un lenguaje propio que nadie entiende. Cuando digo que sois mi fuerza y mi tesoro, sé que todos lo entenderéis.

Por último, pero no menos importante, hay alguien que ya no está entre nosotros y a quien le habría encantado tener este libro en sus manos. Si le habría gustado leerlo es otra cuestión, pero se lo he dedicado porque me ha dado más de lo que puedo describir. Gracias, abuelo.

Ático de los Libros le agradece la atención
dedicada a *El leviatán,* de Rosie Andrews.
Esperamos que haya disfrutado de la lectura
y le invitamos a visitarnos
en www.aticodeloslibros.com,
donde encontrará más información
sobre nuestras publicaciones.

Si lo desea, puede también seguirnos
a través de Facebook, Twitter o Instagram y suscribirse a
nuestro boletín utilizando su teléfono móvil
para leer los siguientes códigos QR: